东方彗星

× 成渝科幻创作邀请赛作品集 ×

EASTERN COMET

未来科幻大师奖组委会 编

重庆出版集团 重庆出版社

图书在版编目(CIP)数据

东方彗星·成渝科幻创作邀请赛作品集 / 未来科幻大师奖组委会编. —重庆: 重庆出版社, 2023.10

ISBN 978-7-229-17974-8

Ⅰ.①东… Ⅱ.①未… Ⅲ.①幻想小说—小说集—中国—当代 Ⅳ.①I247.7

中国国家版本馆CIP数据核字(2023)第182076号

东方彗星·成渝科幻创作邀请赛作品集

DONGFANG HUIXING · CHENGYU KEHUAN CHUANGZUO YAOQING SAI ZUOPIN JI

未来科幻大师奖组委会 编

责任编辑:邹 禾 崔明睿 王靓婷
责任校对:刘小燕
装帧设计:冰糖珠子

重庆出版集团 重庆出版社 出版

重庆市南岸区南滨路162号1幢 邮编:400061 http://www.cqph.com

重庆市联谊印务有限公司 印刷

重庆出版集团图书发行有限公司 发行

E-MAIL:fxchu@cqph.com 邮购电话:023-61520646

全国新华书店经销

开本:890mm×1230mm 1/32 印张:8.625 字数:212千
2023年10月第1版 2023年10月第1次印刷
ISBN 978-7-229-17974-8

定价:56.00元

如有印装质量问题,请向本集团图书发行有限公司调换:023-61520678

目　录

出成渝记

石黑曜

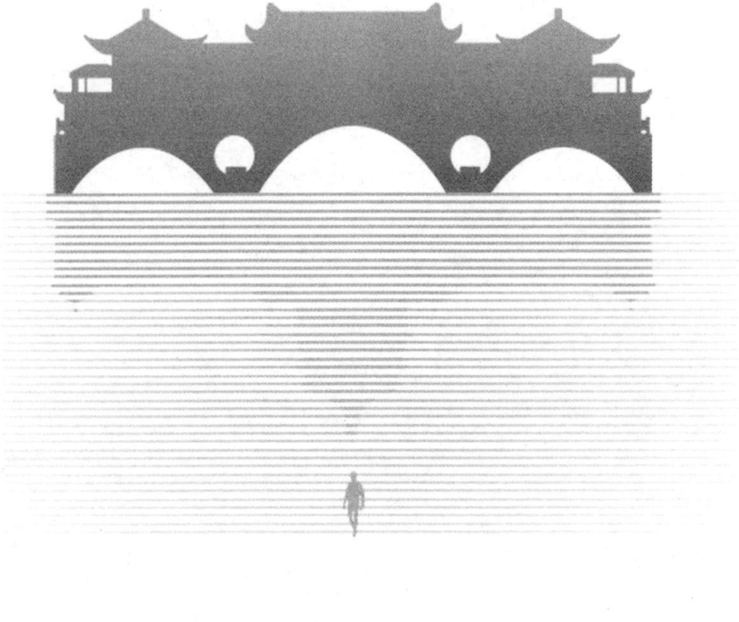

本是同根生，相煎何太急。

——曹植，《七步诗》

红雨

1

“准备好了吗？3，2，1!”

两人同时起脚踹门。

“不许动！举手贴墙站好！”温斯顿高声下令，随即发现情报有误。

灰色的单人沙发上空空如也。目标不在客厅，只有一个戴墨镜、挂金链子的亚裔说唱歌手在电视上跳来跳去。温斯顿做了个手势，示意何塞去检查卧室，自己则走到餐厅的饭桌前，打量冒着热气、即将烧干的炊具。

新来的菜鸟汤尼凑了过来：“这是啥玩意儿，老大?”

“火锅。准确地说，四川火锅。”何塞从卧室出来，泰瑟枪枪口低垂，“屋里没人。”

“啊！你们最爱用它涮猪内脏了对吧?”

“他是从墨西哥来的，蠢货!”温斯顿拔了电磁炉插头，“你怎么看?”

“要么我们晚了半步，要么就是太晚了。”何塞捡起筷子敲敲锅沿，“这东西是违禁品。”

“我会带它们去回收……”

话音未落，房间另一头忽然传来了异响。两人同时将枪口对准卫生间，示意菜鸟上前查看。尽管不情不愿，汤尼还是强作镇定拉开门扉，大叫着跳了进去。

“这他娘的是什么鬼！”

一只贵宾犬猛地窜出。与此同时，汤尼一脚踩进一大坨烂香蕉似的红色物质。他厌恶地抬起腿，试图把其从鞋上刮下来。那东西就像蜂蜜一样黏稠，“啪叽”落在了瓷砖上。

“那，就是我们的目标。”温斯顿收枪道，“何塞说的没错。太晚了。我去拿袋子。通知运输组。”

“这小东西怎么办？”何塞指着脚边摇着尾巴的贵宾犬。

温斯顿将泰瑟枪调到测量模式。红灯瞬间亮起。狗被感染了。

“你知道该怎么做。”温斯顿倒掉火锅底料，把锅和电磁炉绑到一起，随即用手机通知消杀组交接工作。

出门的时候，他听见了一声贵宾犬的呜咽，但是脑海里除了多拿一个小号裹尸袋，什么都没想。

2

“这雨已经下了30年。”岗亭的老头嘟囔道。

作为新奥斯汀最大的单体建筑之一，回收中心以其未来主义的弧形和银色外表著称，可惜的是，对面的停车场还是上个世纪的产物。温斯顿不仅需要手动停车，还得等着从唠叨的管理员手里拿停车票。

“过去那些好年头，几个月才下一次雨。街上没人打什么鬼伞，任谁手里都有点闲钱。那时候街上到处都跑着车！我就有辆皮卡，电动款！载过多少兄弟、姑娘，你知道吗？你们这些小年轻，根本不懂我们付出了怎样的代价！”

“我们在打仗，老爷子。至少你现在还活着。”

“打仗？打什么仗？敌人在哪儿？红雨吗？你们这些疾控队的人，说是要保护市民生命权，盖大穹顶，把所有人的车、篱笆、家具，甚至锅都收了，结果呢？5年了连顶都没封上！废物！要说打仗，老子才有资格说话，老子是真正上过战场的人……”

“是吗？去过哪儿？阿富汗？你们的战争就是把无辜的孩子当猪杀？别搞笑了！”温斯顿伸手穿过窗口抢过停车票，“我们才是真正的士兵!”

不过，尽管认为他满嘴放屁，温斯顿不得不承认，老头有些话的确没错。

算起来，大穹顶和护城运河同年获批，但是后者只用了3年就顺利竣工，前者则浪费了几十版设计稿。等到真正开工动土，就连为其制造复合材料的回收中心都已运行了10个年头。过去曾有人说，回收垃圾在经济上行不通，但当矿场纷纷在红雨下报废，连这都成了一门好生意。刷了身份卡，提交电子档案后，温斯顿带着火锅和电磁炉走进中心内部。洁白的瓷砖地面让这里看起来就像是电影里的宇宙飞船，或者苹果旗舰店。两侧透明车间忙忙碌碌，纷纷将消防栓、车底盘、热水器和露天躺椅拆解、重铸。

负责炊具的回收员是个40多岁的女人，对锅底残留的油垢十分不满。温斯顿敷衍地说了几句好话，只想赶紧交差回去睡上一觉。谁知还没走到停车场，手机上就来了消息。发信人是汤尼。**头儿要见你。**

妈的。

“头儿”克里斯是疾控队队长，和温斯顿是发小，在红雨13代变异株泛滥时因表现优异被火速提拔。不过在温斯顿看来，被提拔的不是自己只有一个原因。他不是白人。在那之后，除非任务出了大差错，两人就很少碰面了。克里斯直接点名更是罕见。

方形办公室里摆了张中式饭桌，标准的九宫格火锅上翻滚着辣椒和红汤，看不见的手夹起鲜毛肚、冷酥肉、耗儿鱼和嫩牛肉，先后投入锅中，香气四溢。克里斯用标准姿势持筷，夹起一根鸭肠在油碟里转了一圈，“哧溜”吸进口中。“你也尝点。”

碗碟凭空出现在面前，像是变魔术一样。

温斯顿咽下口水。“上午的案子，我们以为只是二期感染。”

“情报出错在所难免。所以我一直强调，不能全部依赖举报网。”克里斯说，“何塞怎么样？隔离期习惯吗？”

“胖了一圈。”温斯顿夹了块肉片。尽管烫得舌头打颤，爽滑麻辣的口感还是让他差点叫出声来。“他母亲的身体正在好转。我建议之后可以搬来新奥斯汀，但被婉拒了……”

“嗯。这事强求不得。”克里斯转移了话题，“5 天之后，新奥斯汀周年纪念日，市长会从火星连线参加活动，疾控队也要展示过去一年的成绩和未来规划。有一份报告，在统计数字上有一点小小的瑕疵。具体信息已经发给你了。不是什么大事。只是时间紧张，处理得妥帖点。”

“明白。”

“还有，不要让汤尼知道。”

“那个菜鸟？”温斯顿略一皱眉，正想问为什么，眨眼却被请出了办公室。

他摔躺在硬邦邦的水泥地上，头昏眼花了好一阵子，这才反应过来自己身在何处。

挡风玻璃的辅助投射屏上，香气定格在逸散的瞬间。和回收中心不同，克里斯的办公室位于虚拟网络。尽管那似乎比周遭的一切更为真实。温斯顿的手套箱里没有麻辣火锅，只有加维生素 D 的凝胶蛋白。

停车场的岗亭里，老头冲他竖了个中指。

不知为何，他觉得刚才在办公室里，并不只有他和克里斯两个人。

不知为何，他觉得克里斯吃的，是真正的牛肉。

3

何塞在理发店剃了个莫西干头，看起来就像个刚刚放弃职业生涯的轻量级摔跤选手。温斯顿足足嘲笑了他5分钟，随后载其一同前往3号焚烧电站。

电站位于德尔瓦耶，过去曾是旧奥斯汀国际机场。红雨爆发后，国际航班停飞，这里成了最适合的荒地。附近的居民曾举牌抗议过电站的修建，污染环境、损害不动产价值等等，但是随着南得克萨斯工程核电站被迫关停，家家户户的冰箱电视成了废品，抗议也一并偃旗息鼓了。

焚烧电站的燃料主要来自于硕果仅存的圣胡安煤田，此外还有相当比例的生活垃圾和感染者的尸体。和以往相比，红雨17代变异株的致死率格外高，末期甚至可以侵入骨骼，将整个人变成融化的烂泥。

焚烧是处理尸体的唯一方法。

一见温斯顿的身份卡，3号电站的站长就吓尿了裤子。

这个快50岁的男人一把鼻涕一把泪，哭诉自己每天都看天气预报，从没去过下雨的地区，一定是哪里搞错了。温斯顿不得不解释他们此行并非抓捕疑似感染者，站长这才战战兢兢地爬起来。去卫生间换了条裤子。回来后，他又絮叨起当年在电视上目睹红雨爆发，以为是世界末日的情形，并感恩总统及时宣布国家进入紧急状态，疾控中心获得了实际执法权，这才扭转颓势，给了所有人一条生路。

温斯顿使用调查组的权限接入电站管理系统，申请了 12 个月以来所有登记档案。碍于隐私保护政策，他无法直接调取死者名单，只能查看整体数据。尽管和总发电量相比，焚烧尸体产生的增补发电量微乎其微，但具体人数实则颇为震撼。根据克里斯提供的信息，所谓统计问题正是出现在增补发电量和焚烧死者人数上。过去一年，整个新奥斯汀有大约 12000 人死于红雨，80% 是非法移民和流浪汉，然而最终用发电量折算却只有 11000 人左右。其中 3 号电站的差额最大，超过 400 人的增补发电量不知所终。

从单个月度上看，差额的数值似乎并无规律，但当时间尺度拉长到一年后，明显出现了非线性增长的态势。仅是最近一个月，3 号电站就出现了近 50 人的电量缺口。

“我早就报名参加了火星项目，过了审核就走。我知道，终生卖身契，一辈子也回不来，但好歹火星不会下雨，用不上伞、口罩或者雨衣，可以自由呼吸。”备份数据到手机上时，他听见站长跟何塞攀谈道。

“红雨不会因为你是火星移民就放人一马。那个太空公司老总贾斯特不就是在飞船上被感染了？”

“但他很快就康复了不是吗？用了什么秘密特效血清。有那玩意儿，怎么不给所有人发一剂？”

“研发血清需要资金。免费怎么赚钱？”何塞反驳道。

“呐，这就是我的观点。如果要赚钱，就大大方方地公开卖，两万块一瓶，直接告诉穷人赶紧去死。否则别他妈的假模假样地宣传自己是在为人类命运呕心沥血，肩负文明责任什么的。贾斯特是人，难道我们就不是？公平是解决红雨的唯一办法……”

“过来看看这个。”温斯顿打断站长的话，冲何塞招手道。

监控屏幕上，一个身穿红色工作服的人推着手推车，将一只明显是空的裹尸袋丢进送料口。此人名为安萨里·拉希姆。交叉对比显示，在所有增补发电量异常的时间段里，他的名字出现的次数最多。

“他人现在在哪儿?”何塞问。

“翘辫子了，就上上周的事。还是你们运输组送来的。”

“谁做的交接?”

站长敲了几下屏幕，调出交接人员名单。

“汤尼。汤尼·霍普。”

4

汤尼是一周前被调来调查组的。根据分工，疾控队下共分为消杀组、医疗组、运输组等，组别不同，队员职能也不同。跨组调动十分罕见，更不用说他压根没有完成任何训练科目。温斯顿知道这一点，因为他本人就是调查组的考官。

从别人口中，温斯顿听说汤尼似乎颇有背景，不会待上很久，所以好好哄一哄，最后送走即可。

但他怎么也想不到这小子竟跟案子扯上了关系。

碍于克里斯的命令，温斯顿只能去找运输组组长了解情况。后者告诉他，事发当日运输组接到举报称东六街一处集体公寓发现了已经死亡的感染者，请求援助。汤尼他们的小队是距离最近的一个，便接下了任务。这是他第一次执行外勤。他甚至没有上楼，只是帮忙把裹尸袋丢到了车上。

和周围几个街区一样，东六街如今也成为了贫民区的代名词。这不仅是因为附近修建了一根支撑大穹顶的超级立柱，也是因为这里绝大多数人都是刚刚拿到新奥斯汀市民证的外地移民。他们是温斯顿最厌恶的人，最喜欢把那些未接受红雨检测的外地亲戚偷运进城，制造社区性感染。他相信，早晚有一天，这片地区会成为 18 代变异株的发源地。

尸体被取走后，上门清理的消杀组对公寓进行了彻底的灭菌工作，接着便拉了警戒线禁止人员出入。安萨里的房间因此得以保持原状。这是一间标准的单人间，除了床具和餐桌，几乎没有任何额外的家具。衣橱里整齐地挂着工作外套，床头柜的抽屉里只有本黑色封皮的书，开放式厨房的冰箱里也只有成排的凝胶蛋白。温斯顿登录了安萨里的电脑，在个人账户里找到了他详细的行程记录，备份在手机上，随后申请联入交通系统进行流调筛查，希望能够找到什么线索。

掀开床垫，温斯顿发现床板间有一个秘密的隔层，里面藏着几张尺寸相当大的复合聚酯织布，明显被裁切过。这种织布是用来制作防护服的专用布料。他知道新奥斯汀本地就有一家成衣工厂，但是从未听说过失窃的消息。而且，房间里无论如何也找不到被裁下的其他部分。

准备离开时，门外已经聚集了不少看热闹的人。隔壁的老夫妇拦住何塞，问他是不是来除鼠的。两人抱怨最近一段时间总能听到老鼠在墙内爬来爬去，昼夜不停让人无法安眠。奇怪的是，同层的其他住户表示压根就没有什么声音，纯粹是老人神经衰弱，犯了痴呆症。

温斯顿小时候也住在这样的集体公寓。他隐约记得，当年全市为了提高防雨质量，禁止所有新建住宅使用木材，全部换成了新型疏水材料，后来又扩大到了老旧公寓楼和所有公共建筑，恰好绝了鼠患。

他返回安萨里的房间，打量一番后来到开放式厨房。那里一墙之隔就是隔壁卧室的位置。温斯顿在墙上敲了一通，将嫌疑锁定在那台沉重的冰箱上。他搬开饭桌，用力挪动冰箱直到露出足够侧身查看的缝隙。

散热片正对的位置上，是一个仅有8英寸宽、4英尺高的密室。两双眼白在黑暗中闪烁颤动。温斯顿大喊何塞帮忙，连忙伸手进去，竟拖出两个活人来。

这是一对灰头土脸的亚裔母女。她们看起来饿了很久，胳膊瘦得可怜，甚至都没有力气站起身，蜷缩在地板上瑟瑟发抖。

“凡寻找的，就寻见。”姗姗来迟的何塞喃喃道。

“你说什么?”温斯顿问。

“没什么。我妈家乡那边流传的俗语。”何塞弯下腰，拿出自己的身份卡晃了晃。对方立刻掏出张皱巴巴的纸递了过去。那是张新奥斯汀移民登记证明。“编号是对的。”

温斯顿接过扫了一眼，立刻注意到出生日期不太对劲。要么这张纸是花大价钱从黑市上买的，要么眼前的女人就是个90多岁的老太太。按规定，非法移民必须交给民政部门遣送出城。

“不，不可以……”这个女人嗫嚅着向何塞辩解，枯槁的手一个劲地揪着发梢，像是在遮掩什么。

温斯顿抓住手腕，直觉地掀起她颈后的长发。

“红雨血痕!”他触电般向后退了两步，转身推开何塞，冲到盥洗池前拧开水龙头，把整只手伸到水流下冲洗，“她是个感染者!”

就在她的第三节颈椎的位置上，一道暗红色的完美圆环格外扎眼。那是红雨的印记，感染的证据。死亡的漩涡。

5

结束通话后，医疗组仅用5分钟就赶到了现场。在那之前温斯顿已经完成了标准检测程序。女人自称王莉莉，阳性。她的女儿不是。

由于温斯顿只与她短暂有过肢体接触，因此被允许返回公寓进行24小时的自我隔离。而由于何塞被及时推到了安全距离，因此被允许开车送他回去。上车时，温斯顿看到被迫和女儿分开的莉莉撕心裂肺地尖叫，心中竟有一丝刺痛。这种感觉许多年都没有过了。

温斯顿是红雨爆发那年出生的，当时感染者死亡率还不到3%，人们只把它当作稍微强一点的真菌性流感。6岁那年，红雨演化出了4代变异株，死亡率一下子提高到了15%。他的母亲患有2型糖尿病，下夜班的路上被淋得透湿，最终被医疗组带上救护车时，整个下半身和双手十指都被红色的瘤状真菌覆盖，无论走到哪里、触摸什么东西，都会留下鲜血一般的痕迹。

4代变异株是第一代造成大规模破坏的红雨。它们潜伏期长、抗药性强，并且广泛寄生于各种哺乳动物体内，仅会对人类、红毛猩猩、山地大猩猩和倭黑猩猩的免疫系统和神经中枢发动攻击。与此同时，它们还会侵蚀地下金属矿床，将其变成发霉的废矿。

变异株出现后不久，新任市长唐纳德便宣布了建设新奥斯汀的宏伟计划，其核心包含两项庞大的基础建设，大穹顶和令科罗拉多河改道的护城运河。

事后许多人都认为，新奥斯汀的成功与特殊的历史时期不无关系。首先最重要的便是赶上了技术大爆发。以贾斯特太空公司为代表的火箭制造商将发射成本进一步压缩，不仅令太空采矿得以实施，填补了红雨造成的金属原材料缺口，还将火星城市的建设周期缩短了将近70年，帮助世界经济走出了低谷。

其次，便是费恩法案的出台。

一直以来，疾控中心在社会管理系统中仅仅扮演顾问角色，向行政职能机构提供科学医疗建议。但是由于民众长期以来对政府的不信任，时刻打伞、避雨，保持社交距离等指导都被忽视。“要自由，不要雨衣!”那年 8 月，一场位于加州的反隔离集会上，为了证明红雨只是捏造的骗局，他们当众将收集到的雨水浇在了一名男童头上。

男童名为费恩，当时只有 7 个月大。4 代变异株很快发作，将他变成了一颗爬行的松露。全国最好的专家努力了 100 多天，最终没能挽救他的生命。

此外，同一场集会还造成了超过 70 人感染死亡。

愤怒的舆论爆发后，参众两院迅速通过了以男童的名字命名的费恩法案，为疾控中心赋予了执法权，批准成立与警察、消防、救护同级别的疾控队，高效协同各方管理，并将对抗红雨提高到国家战略的高度。批评者认为这是对公民自由的极大践踏。但是随着时间推移，反对的声音也越来越微弱，最终彻底从公共舆论场中消失了。温斯顿觉得，这很可能不是他们认清了现实，而是他们都感染红雨死掉了。

至于他自己，那天之后，便再也没见过他的母亲。

高中一毕业，温斯顿就加入了疾控队。当飓风迈尔斯助力红雨 13 代变异株北上的时候，他和克里斯组成搭档，挨家挨户地收缴枪支、炊具和所有被列为违禁品的金属物件，回炉重铸。尽管最高法院已经更新了对第二修正案的司法解释，民间的反抗仍然居高不下。长达好几个月，新奥斯汀到处弥漫着硝烟和红雨的味道。到处都是战场。接近 1/3 的疾控人员在枪战中阵亡。但最终，一切都是值得的。

两个街区之外，直径超过 100 码的立柱洁白闪耀。这是支撑大穹顶的 36 根承重柱之一，最大高度甚至超过了帝国大厦。等到下个礼拜完成封顶，整个新奥斯汀的天空都会被半透明复合膜包裹，从此告别红雨的威胁。这将是人类历史上最伟大的单体建筑，仅是施工挖出的渣土就堆成了好几个山头，硬是将硅山围成了盆地。

讽刺的是，它看起来就像一口倒扣的火锅。

6

送温斯顿回房间后，何塞表示自己会去一趟焚烧电站，看看能不能绕过隐私保护协议拿到死者名单。虽然预感会一无所获，温斯顿还是准许了，但就在房门即将合上的时候，他又把何塞叫了回来。“你防护服里是什么东西？鼓鼓囊囊的？”

何塞愣了一下，接着从上衣口袋里摸出一本黑色封面的书。

“安萨里的？”

“对。”何塞点点头，似乎有些尴尬，“我觉得这里面也许会发现什么，所以没来得及登记就带回来了。”

温斯顿弯了弯手：“反正我也没什么好做。”

何塞走后，温斯顿睡了个觉，接着登入虚拟网络，联入交通系统的申请获得了批准，流调筛查没有异常。安萨里的行程三点一线，公寓、焚烧电站和百货超市，既没有接近成衣工厂，也没有去往非法移民聚集的克里德莫尔。但是，那些藏在床垫下的布料，以及藏身在密室中的人一定来自于某个地方。

他的联络人究竟是谁？或许就在电厂里？但这又和消失的尸体有什么关系？

温斯顿想得头痛，躺回床上发了半天呆，才又想起那本书。

书的尺寸不大，外观与钦定版《圣经》相似，从形式到内容都在模仿其行文。书中女主人公是来自另一个世界的先知，由于时间流速不同足足活了几百岁。她毕生都致力于寻找遍布花椒与辣椒的故乡，一个永远也不会落下红雨、四季如春的地方，却不得不流浪在陌生的城市。最后，耄耋之年的她终于明白，自己永远无法在新的世界找回过去的记忆，记忆本身却永远都有机会在未来孕育发芽。于是，她开始述说自己的故事，并希望有人能够找到她的故乡，带它一起回去。

温斯顿将花椒和辣椒输入搜索引擎，头条是个来自地球另一端一个叫做成都的城市，火锅的故乡。

他再次查阅，留意到全书有两处因为频繁翻动格外陈旧。其一是45章27节："他使太阳升起，对着恶人，也对着好人；降雨给义人，也给不义的人。"其二是55章01节："希望恒在。我们终将离开。"

温斯顿长时间盯着这两句话，直到每一个单词都变得陌生、失去意义。然后，他恍然大悟。关键不是语句的含义，而是其拼写方式。

义人，JUST，贾斯特太空公司。希望，HOPE，霍普生命集团。

7

解除隔离后，温斯顿立刻给何塞发了个信息，让他在霍普生命集团总部和自己碰头。大厅的前台小姐以没有预约拒绝了他的拜访。温斯顿找了个理由将其支开，让何塞模仿克里斯的签字假造了一份临时调查令。还在训练期的时候，他就发现这小子经常凭此本事偷偷跑到营外，如今终于派上了用场。

疾控队队长的名字一路将他们带到集团大楼25层的公关部门会议室。稍坐片刻后，他们见到了宣传副总监史蒂文·阮。这个矮小的亚裔男人西装笔挺，袖口仿佛能割伤手腕。温斯顿做了个简短的自我介绍，随即表示想要了解一下霍普生命集团与贾斯特太空公司的合作情况。

"我们是良好的工作伙伴，多个领域都有接触，目前已经在进行中的项目包括无水农业、低重力养殖、基因疗法等等，尚在规划中的还有火星城市的第一家P4生物实验室，目标是研究高能宇宙射线对病毒复制与变异的影响，以及任何可能发现的当地生命。"

“没有与红雨相关的吗？”

“红雨？火星从不下雨。”史蒂文扫视两人，“除非你们是为了另一件事来的。为什么派疾控队？警察呢？”

“是他们要我们先来了解情况的。我们的调查有交集。”温斯顿撒谎道。

史蒂文狐疑地点头：“最近几个月，我们在马诺和特维斯湖的实验中心遭到了破坏。破坏本身并不严重，都是些往下水管道里塞青蛙，或者净水设施大肠杆菌超标、蚊蝇滋生之类的事，但是每一件清理起来都特别费时，严重干扰了我们的研发进度。实验中心除了开发新型抗生素，还承担了部分基因疗法的研究。但是，这跟疾控队有什么关系？”

“我们认为这或许与另外一件案子有关。你们最近一段时间有没有丢失什么东西？防护材料？或者尚未获批的抗生素……”

“没有。”史蒂文坚决否认道，“我们不仅是新奥斯汀，也是全国数一数二的生物集团！是百分百的爱国企业！从第一天起，我们就配合疾控中心开展了一系列研究工作，先后开发出十余种软膏、内服药剂、血清，还有你们脑袋里的健康芯片！我们是保护人类不被红雨击垮的重要力量，什么样的疯子会想要攻击我们？”

“虚伪。”何塞冷不丁地说。

史蒂文刹住话头，缓缓转过视线。“你知道为什么一期感染者身上会出现红雨血痕吗？那是异体侵入体内后在皮下增生留下的瘢痕组织。红雨的本质是红球藻。更详细地说，是被真菌寄生、诱发变异的高致病性红球藻。它们的个头比病毒大得多，借助免疫通道而非血液循环进行扩散，喜欢聚集在脊髓附近，对神经细胞发动攻击。因此，一旦红雨血痕消失，就意味着它们即将全面侵入、占据我们的身体。霍普生命集团开发的抗生素，是少数有效治疗二期、三期感染者的武器。而你，竟然敢说我们虚伪？”

“那么，擅自向红雨云层发射的噬菌体试验炮弹，导致一年出现三代变异株，并对人体产生致残副作用的，也是你们的武器吗？”

“这件事我们已经澄清过很多次了。无论科里奥实验室鲁莽的行为导致了什么不幸的失误，都发生在收购之前，与霍普生命集团无关。”

“失误？只是失误？那令全球几十万人失去了自己的生活！”何塞反驳道，“至于收购，你们裁掉了一半员工，拿走了他们的技术、实验室，还有提升股价的分红，统统装进了自己的口袋，怎么敢说无关？为了让自己的抗生素成为疾控中心认证的药物，从政府口袋里套更多的票子，你们甚至故意拖延新药上市的时间！根本是在利用红雨赚钱、谋杀！”

“何塞！”温斯顿喝道。

史蒂文侧过身，指了指墙上的海报。“这是我们即将推出市场的抗生素，AHRD-17-591，拥有两个手性中心，能够同时识别并且破坏两种对 RNA 转录至关重要蛋白质，二期临床实验显示，每日只需注射两针 8 万单位，就可以显著降低 17 代变异株末期感染者的死亡率。没错，是之前被所有人认为无药可救的末期。在巴特勒公园，我们正建造市内第四家、全国第五十家霍普医疗中心，即将展开三期临床实验，招募大量红雨感染人群，并为他们提供免费治疗。”他正襟危坐道，“你们又做了些什么呢？准备执行什么新的隔离政策？缴枪？还是雨季宵禁？哦，我忘了，你们已经收走了所有人的枪。有用吗？红雨被控制住了吗？每次暴雨来袭，还不是漏成筛子？疾控中心……人始终是自由的，世界也是。自由的世界需要的是自由的市场，需要我们这样的大企业来拯救。我听说过你们，调查组，不过是做些给政客擦屁股、逮捕感染者的事。把人装进裹尸袋送去医院等死，毫不关心他们的下场。指控我们谋杀？恐怕是五十步笑百步吧。”

“这里没人指控任何人。”温斯顿打圆场道，“医药企业、疾控中心，只有通力合作才能终止红雨带来的灾难。”

“你知道涓滴效应吗？为了帮助更多人脱离贫穷，最好的办法是把钱给上层富人，刺激他们再投资，创造经济增长，增加社会总体财富，只有如此，穷人才能真正受惠，慢慢充实自己的钱包。”史蒂文解释道，“霍普生命集团的目标远比终止红雨更为伟大。预测591抗生素的成功，运用了虚拟网络的智能算法。制造它的过程，借助了无重力平台和精细分子打印技术。不仅是收购科里奥实验室，我们参与投资、合作的项目数不胜数。塑造百年以后的人类未来才是终极目标。开发抗生素、终结红雨，不过是受惠于此的一颗小小的果实。这就是技术发展的涓滴效应。”

“是吗？那为什么人们还在不停死去？”何塞低声道。

“对不起，我还有最后一个问题。”温斯顿刻意提高音量，“我们最近注意到，一些已经被登记死亡的感染者并没有按照规定在焚烧电站被火化，而是被秘密带去了其他地方。”

“如果你是暗示我们回收尸体进行生物实验，那么现在就可以离开了。”史蒂文不悦地说，“但如果你指的是本来应当确诊死亡的感染者起死回生，或者他们根本没有死，我倒是可以安排心理咨询师陪你聊聊。”

“不必麻烦了。我只是不明白，为什么有人想要偷走尸体。”

“大概是因为，有人认为这是在做正确的事。”史蒂文说。

8

一回到车上，何塞就道了歉。

他告诉温斯顿，之前休假回蒂华纳探望母亲时，他从亲戚口中得知当地政府已经放弃对抗红雨，连伞也不发，转而宣扬这是人类进化的下一步，应当与之共存。但是所有人都知道，这不仅是因为无能的政府没办法高效强硬地保护它的人民，也是因为像霍普生命集团一样的企业不肯免费甚至低价将药品分发给需要它们的患者。“这是一个操蛋的世界。更操蛋的是你什么都做不了。”

温斯顿没有责怪他。还在训练营的时候，他就把何塞当作了自己的小兄弟，怎么也生不起气。两人随后谈论起方才的会面，双双认同那个史蒂文·阮掩藏了什么东西，但也许得等到几十年后集团破产才能从解封的档案中了解真相。“说起来，你注意到大厅角落的创始人纪念石牌了吗？最上面的名字是安东尼·霍普。”

“你觉得汤尼和他是亲戚？”何塞问，“但他是疾控队的人。而且，他们的目的是什么？”

温斯顿摇摇头。无论是汤尼、霍普生命集团，还是那个已经死了的安萨里·拉希姆，都没有明显的动机。何况，那些失踪的尸体到哪里去了？他打开手机，记下这些名字，想了想又加上了科里奥。就像史蒂文说的，一定有人认为这样做是正确的，一定有人会从中获益，问题在于，究竟是哪一个？

“焚烧电站的名单有进展吗？”

“没有。他们很怕担责，隐私权集体诉讼的官司会耗很久，赔偿金额也很多。”何塞说，“我们现在去哪儿？”

“哪儿都不去。”温斯顿说，“我需要你去成衣工厂，好好检查一下布料的来源，重点关注进出货数量。我打算去一趟科尔顿，看看能不能从那个王莉莉那里问出点什么。”

在路口放下何塞后，温斯顿驱车前往圣马丁医院。作为新奥斯汀唯一一家接收非法移民的医院，圣马丁医院总是处在满负荷状态。根据他的计算，从调查组送来的患者数量看，这里早就应该崩溃了才对，然而不知为何，它坚持了下来，且运行良好。市政部门总会接到救护车的警笛太响或者外面聚集了太多无业游民和流浪汉的抱怨，却从未拿出有效的解决方案。温斯顿曾经很困惑为什么不提供一些训练计划，把他们培养成可以辅助护士工作的医疗人员，后来才意识到这就像为什么老城区总有些地方的房子宁愿空置也不降价出租，或者上世纪 30 年代的商人宁愿把牛奶倒进排水沟也不免费销售。简单的经济学原理，仅此而已。

每次想到这些，他总会不自觉幻想一头庞大的灰色巨象，身体是无限条环形的钢丝圈。它不断向前奔跑，沿途便不断落下坚实的金属环，这令它的身上有些地方总比另一些地方更加疏松。也许将来有一天，大象会因此倒下，再也无法爬起，或者彻底改变成完全不同的东西，继续向前，永不停息。

温斯顿径直来到住院区，但是莉莉并不在那里。他在护士站外嘈杂的候诊人群里等了十来分钟，随后才被告知她被送来后身体状况便急转直下，已经转移到了楼上的重症监护病房。隔着百叶窗和厚重的防护玻璃，莉莉瘦小的身体掩盖在洁白的床被下，脸上佩戴着不成比例的呼吸面罩，胸口随之机械式地起伏，发出电子设备的嗡嗡声。

回到护士站，温斯顿又等待了将近十分钟，了解到莉莉的主治医师正在进行手术。他去楼下餐厅吃了个饭，一直盯着公告屏上的手术动态更新表，掐着时间在手术室外拦住了他。出示身份卡后，对方解释称王莉莉身上感染的很可能是 17 代变异株的一种新型变体，其发病速度比任何一代都要快得多，也对之前适用的多种抗生素表现出了耐药性。如果不是中途离开过医院导致治疗中断，或许他还有时间搞清楚致病机理的变化，寻找可行的治疗方案。现在则只能指望新型抗生素能够在免疫系统彻底投降之前清除所有红球藻。

“等等，你是说，她之前就来接受过治疗？”温斯顿困惑地问，“她那时候康复了吗？如果没有，医院为什么会放她走?”

“我们没放人。是她自己离开的。”

“为什么?”

“听着，我只是医生。你才是调查组的人。”对方举起双手，“现在不好意思，我今天还有三台手术要做，不能奉陪了。”

温斯顿注视着主治医生返回手术室，苦思冥想也得不出结论，于是决定再去隔离区，寻找莉莉的女儿问个清楚。然而就在门口的登记处，他得知了另一个意外的消息。

有人刚刚带走了她，而且出示了疾控队的证件。在签到簿上，潦草的花体字是“汤尼·霍普”。

温斯顿立刻掏出手机，准备申请再次联入交通系统，往停车场走到一半时突然又折了回来。他找出汤尼的照片，展示给登记处的女士看。“是这个人吗?”

“不。不是他。”她眯着眼睛说，“是个墨西哥裔的年轻人。”

9

25 码高的落地窗外，占据半个夜空的翡翠星球正在缓缓转动。十几个赤裸的冲浪者从海面的浪尖跃起，高高地滑上银色的星环。

温斯顿情不自禁地鼓掌，接着意识到自己也许是整个宴会厅唯一这么做的人。

每一年，霍普生命集团都会在虚拟网络举办“为了下一代”慈善宴会，受邀出席的包括律师、CEO、创业明星、华尔街精英和华盛顿政客。他们会在数字建筑师释放极致想象所打造的宴会厅里品酒谈笑，动用敏锐的嗅觉寻找新的机遇，并且想方设法插一脚进去。与此同时，世界顶级歌手、影视演员和体育明星纷纷登台献艺，渐渐将活动引向最后的高潮。

他们中的许多人，资产都多到可以毫不眨眼地买下整个新奥斯汀。如果后者可以被贴上价签、放到交易市场上的话。与之相比，慈善捐赠的金额看起来就像是个糟糕的讽刺笑话。虽然那仍然是一笔足以把人吓尿的钱，而且相当一部分会被用到公开透明的账目上，为捐赠者带来十分合理的减税。

温斯顿当然没有邀请函。他来这里只是为了向无暇分身的克里斯汇报工作。后者为他搞了张一次性的访客许可。他原本期望可以顺便开开眼界，登录后才意识到情况和自己想的完全不同。

又一名他不认识的女歌手上了台，疯狂扭动大得不成比例的臀部，身上只有几片碎布。每当温斯顿试图聚焦视线，她、宾客和其他自己不被获准观看和收听的东西就会模糊至寂静的透明，仿佛根本不存在似的。

“我什么时候教你去搞这些有的没的了？数字不对，就想办法解决数学问题！这很复杂吗？”听完调查进展，克里斯不出意外地动了怒，“我不管你用什么统计算法，纪念日前必须搞定！”

温斯顿低头连连说是，再抬头时发现克里斯也变成了透明的一片，大概也是屏蔽了。这样也好，他也不用提起那个带走莉莉女儿的人可能是何塞的事。毕竟新奥斯汀是个大城市，少数族裔占到了30%。墨西哥裔的年轻人可以是其中任何一个。

何况只要拿出何塞的照片，真相自然就揭晓了。

尽管他迟迟没有这么做。

温斯顿在吧台晃了会儿，打算去阳台看看有没有办法加入那些冲浪者。就在这时，他注意到了一个身穿定制燕尾服、端着无酒精鸡尾酒的男孩，大概有十二三岁的样子，表情和温斯顿一样索然无味。

“嗨，想看点酷的东西吗？”他凭空撒下一把土。片刻之后，青烟油然而生，两条白色的眼镜蛇毫无征兆地窜出，相互缠绕在烟气化为的乳白色木杖上，凝固成疾控队的经典标志。

“这是什么？”

“一个小戏法。限量版的数字艺术品。”疾控队五周年特别发售。温斯顿花光年终奖才抢到一个，而且只能使用100次。

“我也有一个。”男孩摊开手，一头十层楼高的三头火龙腾空而起，喷射炽热的青焰，随后猛转直下，张开巨口直接将温斯顿和他那精致的双蛇杖吞了个干净。

温斯顿呆立烈火之中，等到最后一丝青色从视网膜上消退才止住下意识的颤抖。

“这可真是……酷啊。”他望着宴会厅上方迅速从烧焦中复原的横幅，“你知道为什么他们要说‘为了下一代’吗？你们已经把我们抛弃在了后面。你们才是人类的未来。”

“所以呢？”

“迟早有一天，你会离开这个世界，前往任何人都没有去过的地方。”

“比如另一个宇宙？”

“对。比如火星。”

“我不喜欢火星。上面只有些沙子，又没有龙。”男孩说，“我妈告诉我，等我满了14岁，就会送我一个宇宙。”

“虚拟的？”

“不，真实的。我的表哥就有好几个，从来也不邀请我去玩。”

“我不明白。”温斯顿困惑地问，“一共有多少宇宙？”

“要多少有多少。我妈说她想了个办法，不像以前一样只能打开随机的门，这样就可以提高效率。市长的宇宙就是从她那儿买的，别人都以为他是去了火星，但其实……”

男孩的声音忽然被切断，身体也定格在那一瞬间，随后散落成像素大小的粒子，消失在温斯顿眼前。

10

假设那个男孩的话是可信的，那些位于顶部的1%的人真的能够打开通往另一个宇宙的门，并且把它当作成年礼之类的玩意儿，那么，安萨里那本小黑书上的记载，便也有可能是真实的。

温斯顿找到成都的地图，将其调成半透明后叠加在新奥斯汀的地图上，并没有发现什么值得注意之处。接着他反应过来自己用错了比例尺。第二次时，他选择了成都周边地形图，并将其叠加于新奥斯汀的地形图上。经过适当调整，将山峦与山峦重叠之后，一家为名“川”的中餐馆出现在了温斯顿眼前。

不巧的是，那里已经成了一片废墟。

现场没有施工人员。警戒线旁的挂牌上表明拆除工作在去年年底就已经开始了，未来将改建成一座共享办公楼。此处是大穹顶封顶前最后的露天区域。由于天气预报称明日将有中到大雨，工会才决定暂时停工。

废墟对面，仅隔一条街的地方就是巴特勒公园和热火朝天修建中的霍普医疗中心。阳光斜射而下，给其蒙上一层金色的镶边。受到医疗中心的带动，周围的城区正呈现出复苏的迹象，路上的行人中衣着时髦、嬉皮的比例比别的地方都要高。没人打伞或者穿雨衣。陈旧的公寓楼上覆盖了全新的涂鸦，街角甚至出现了贝果面包烘焙坊、有机果蔬店，以及一家新开的星巴克。

一切都是新的，仿佛红雨从未发生过。温斯顿想，**也许我来错了**

地方。

什么东西在他的脚下咯吱一响。

温斯顿低头，砖石瓦砾之间有一个没上锁的锡铁盒子，里面装着一堆幸运签。

“过去没有死去，它甚至还没有成为过去。”“我拒绝接受你所提供的事实，我要自己证明它的真伪。”“凡祈求的，就得到；寻找的，就寻见。”“我要说，他们一点也不在乎我们。”“如果你不闭上嘴，你就得他妈的挨上一吉他。”“不管是沙是石，落水一样沉。”

他把它们都捡了出来，露出底部用布基胶带粘着的一个荧光橙色的塑料球。里面的芯片上，激光蚀刻的号码是 CQ1003514。

他把它带了回去。

根据搜索引擎提供的结果，这个东西是一种探测器，它的功能包括记录移动路线，收集水文信息，以及向一个不存在的波段发送定位信息。自上世纪 30 年代起，就有人不断地在全球各个地方发现类似的东西，但没有任何实体机构宣称对此负责。

关于它的来源，猜测众说纷纭。有人认为这是远古时代遗留下来的高科技遗物，是史前超级文明存在的铁证。有人认为这是二战时代纳粹德国研发的秘密武器，用来探测盟军潜水艇的方位，以便进行精准打击。还有人认为，这是来自另一个宇宙的东西。

而所有的帖子都将他最终带到了一个地方。

虚拟网络上的加密房间，从建成时间推断可能是第一代版本。最新的更新时间却是一个月前。

温斯顿输入芯片编号。密码错误。

他在空无一物的门外踱步，注意到门框在特定角度下会显示出闪烁的字符。那是一串维吉尼亚密码。需要一个关键词。温斯顿打开在线破译程序，先后尝试了 JUST 和 HOPE，都不管用。

温斯顿想了想，在关键词栏输入了中餐馆的店名。川，CHUAN。然后他按下回车。

11

在监护病房的床上躺了60个小时后，王莉莉终于从昏迷中苏醒过来。她撑起身子，眼神迷茫地扫视四周，与隐身角落的另一个人相遇。

温斯顿走出阴影，拉了把椅子坐到床前。“安萨里是接应员。他收下了从医院逃出来的你们，却因为红雨意外去世了，这导致你们被困在密室。里面那么狭窄，根本用不上力，冰箱想推也推不开。”

他停顿片刻，等待莉莉做出回答。但她并没有。于是他继续说了下去。

“我去了一趟成衣工厂。他们怎么也查不出来丢失的布料究竟属于哪一批次，但是提供了进出货清单。二者的差额比和焚烧电站的数字异常非常相似。所以，我又找来了马诺实验中心的采购表，以及圣马丁医院的进出院人数统计。同样的差额比再次出现了。你们究竟在计划什么？给红雨感染者注射未经批准的试验抗生素？是谁在你们背后提供援助？霍普生命集团吗？”

“不。只有我们自己。”莉莉开口道。

“不可能。”温斯顿说，“为什么他们要帮你们隐瞒？”

“他们没有帮我们。他们只是在乎自己。工厂每年都有正常损耗，实验中心也是如此，我们拿走的，都在可接受的误差范围内。”莉莉说，“至于我们，如果不离开医院，我们就会因为医治无效而死。”

“这是非常严肃的指控。如果你有证据，应该向疾控队和更高部门反映。”

“然后呢？就会有改变吗？两年前，要求医院最多只能安排 40% 的医护人员治疗红雨感染者的行政命令，不正是疾控队为了避免医疗资源挤兑才提出来的吗？圣马丁是唯一接收我们的地方，每次下雨之后，走廊上都躺满了人，身上遍是红雨血痕。可是幸运到能被救治的有几个？有人甚至意识清醒、还有心跳和呼吸就被放弃治疗，装进裹尸袋送去了焚化电厂。这些事难道你们不知道吗？”

温斯顿摇了摇头。尽管这是个谎言。

“疾控队在乎的是疾病控制，那是一个貌似高尚的概念，是数字，而不是每一个具体的人。你们宣称生命权和自由同等重要，所以要不惜一切保护城市、保护未来，却剥夺了我们保护自己的机会，以几十万人的死亡为代价。”

“他使太阳升起，对着恶人，也对着好人；降雨给义人，也给不义的人。”温斯顿想起书上的话。这也是那间加密房间被破译后的密码。

“有些人永远不会淋雨。无论是义人还是不义。他们用权力、金钱、法案、口蜜腹剑和罩在城市上的大穹顶把我们分成一个个的群体，自己却在安全无虞的地方逍遥快活，嘲笑我们不思进取，坐吃山空！”莉莉猛烈地喘息，好一阵子才平复回神，“告诉我，你上一次淋雨是什么时候？”

“我……不记得。”

“这就是我们离开的理由。”

“去哪儿？成都？”

“这么说，你去过了？”她的眼睛明亮了些，“告诉我，你看到了什么？”

温斯顿陷入思索之中，想起了那个加密房间。究竟应该如何才能完整描述那房间里的全部？是灰色的墓碑、江中的渡船，还是咆哮的落水洞？是潮湿的水汽、橡皮的清香，还是辣椒的辛味？是慈祥的絮语、琅琅的读书声，还是一个小女孩对过去的无尽留恋？

“回忆。”他最后说，“不过是些回忆。”

“回忆，就是希望的源泉。”

“但你们根本不知道真实的情况。那间加密房间的建立者不是什么先知。他的名字是奥利弗·G. 怀特。一个爱荷华州迷信阴谋论的少年。那房间里的一切，不过是转述的转述。也许书里描述的地方根本不是成都，而是另一个完全不同的地方。也许两个宇宙根本无法相互理解。”

“是的。至少，那是另一种可能。远比等待死亡更有价值的可能。”

“哪怕代价是搭上你的女儿？”温斯顿问。

莉莉没有回答，只是手攥得更紧了些。

“告诉我，你们计划哪天动身？”

沉默许久，她轻声问温斯顿：“今天是几号？”

主治医生过来后，温斯顿离开了病房。进电梯时，他忽然听到走廊传来惊呼和尖叫。只见医生惊慌失措夺门而出，扭动着试图脱掉沾上污物的防护服。好奇的护士大胆凑近门口，目睹里面的情况后立刻恶心得干呕。

病房门口，一摊淡淡的红色液体缓缓流出，像是稀释了的枫糖糖浆。

远方响起一记闷雷。

开始下雨了。

12

驶下 360 号公路时，雨势已经达到了极值。红色的雨水瓢泼般从天而降，糊在挡风玻璃上迟迟不肯流下，像是鲜血。温斯顿降到二挡，提高雨刷速度，试图看清前方路况，很快就发现自己不得不彻底停下。

人，全都是人。

成千上万，甚至十几万的人身着手工缝纫的防护服站在狂风暴雨之中，被染成夺目的红色。温斯顿熄火下了车。没有人对他的出现表现出丝毫的惊讶。他们根本没有移动分毫，雕像般伫立、等待着。

越往前走，人群站得越密。温斯顿不得不花上几分力气才能穿过。即便如此，距离特维斯湖畔最后 100 码左右时，他无论如何也挤不进去了。他们用自己的血肉之躯并排而立，组成铜墙铁壁将他隔绝在外。

但他必须向前。

温斯顿爬上最近的杉树，奋力跳到一块高出地面六七英尺的岩石上。擦去面罩上的红色，湖畔的全貌终于展现在了他的眼前。脚下的人群呈现出完美的半圆形，一圈圈地套叠集中。圆心的位置，有人正在操作一台尖塔模样的机器，贾斯特太空公司的标识格外显眼。其顶部的金属长杆疯狂旋转，像是直升机的螺旋叶片。

他太迟了。

“何塞！”他高声喊道，“别这么做！”

那个人停住了手上的动作。尽管相隔遥远根本看不清被雨水遮掩的面孔，温斯顿笃定地知道，那就是他。

“你是什么时候知道的？”

“你的笔迹！你知道我信不过汤尼，所以用他转移了注意力，对吗？”温斯顿张开双臂，“这就是你的目的吗？组织这些人，前往另一个宇宙？为什么？”

“回头看看！”何塞喊道，“你就明白了！”

他转身。狂暴的雨点敲打在大穹顶上，激起薄薄的一层红雾。积水沿着预定的轨迹向边缘汇聚，向下洒落猩红的水幕，将新奥斯汀与以外的地区彻底分隔，宛若两个截然不同的世界。

红色的水流汇入科罗拉多河，在围城运河中流向更远的地方，最终在温斯顿看不到的地方与红色的海洋融为一体，并将在未来的某天重新蒸腾升空，再次成雨而落。

“你考虑过这样的后果吗?”温斯顿回过头，仍然不肯放弃，“你们不知道另一个宇宙是怎样的。那也许根本就不是成都。就算最后你们真的抵达了那里，除了自己身上的衣服什么都没有。你们会过上几十年甚至上百年的原始人生活，还有可能把红雨带到无辜的世界，像这里一样散播开来！这就是你们想要的吗!”

“有些事情，哪怕还没开始就知道你大概会输。但你仍然要去做，而且无论如何也要坚持到底。因为只有这样，才有一丝赢的可能。”何塞回应道，“我的母亲两年前就在蒂华纳去世了，你知道吗?”

“哪怕你去了，她也回不来了。”

“即便是留下，她也回不来了!”何塞喊道，“但至少，我们可以不让更多的人失去他们的母亲。我相信，在无数宇宙之中，一定有一个是这样的!”

空气中传来别样的颤动。温斯顿愣了片刻才意识到那是从何塞面前的设备上发出的。通往另一个宇宙的大门出现在特维斯湖面的上空。不是圆形，而是一道将漫天红雨斩作两半的裂缝。成吨雪白的洪水自其中流出，洗刷下方的一切，随后天地倒转，重力异变，悬浮的水雾凝结成一道冰铸的坡道，与裂缝另一头的世界相连。

一个小女孩从人群中走出，第一个踏上未知的道路。冥冥之中，他知道那是王莉莉的女儿。

“再见了，老大。”何塞摆了摆手，接着走了上去。

在他身后，是所有等待着的人。

13

“真是没想到，现在我是你的头儿了。老大。”

一个小时前，温斯顿才收到通知。事情原本应当在新奥斯汀周年纪念日庆典上宣布，因为突降的红雨临时改到了线上。受市长唐纳德之约，克里斯接下了新的工作，前往火星城市组建一支新的疾控队。

他的继任者是汤尼，菜鸟汤尼·霍普。

温斯顿环视四周，方形办公室改了装潢，空间也比之前大了一些。上次摆放中式餐桌的位置上，被两尊一人高的青铜人像取代了。塑像头戴高帽，衣着花纹繁复，双目突出，双耳招风，鼻梁高挺，嘴唇细长，双手一高一低，环抱在胸前虚握，赤脚站在怪兽模样的基座上，仿佛是要诉说些什么。

“喜欢吗？我叔叔送的数字艺术品。说是在医疗中心的施工地挖出来的。本是同根生，相煎何太急。对吧？”汤尼胡诌两句中文古诗，敲了敲桌子，声音清脆响亮。这让温斯顿觉得，它们或许和办公室里的其他布置一样，并非虚拟，而是真实的存在。

“它们很好看。”他说。

“交接的时候，我注意到克里斯的工作汇报里有一些数据上的错误。因为你是跟着他时间最长的人，所以我觉得直接问你比较合适。”

温斯顿接过文件，是焚烧电站的增补发电量年表。

“不过是些统计误差而已。”他把矫正更新后的版本还了回去。数字完美无误。

“那我就放心了。”汤尼漫不经心道，“至于你的离职申请，我会让人力部门尽早通过。真遗憾。疾控队刚刚收到科里奥实验室的一大笔赞助，原本还期待你我可以一起做点大事呢，老大。”

温斯顿赔笑点头。他想告诉他，之所以接替克里斯的人不是自己，完全是因为他的姓氏不是霍普。但是最终，他没有开口。

他看着两尊青铜人像，忽然很想知道，他的小兄弟有没有抵达真正的成都。

“那么，接下来你有什么打算?”

“我不知道。”温斯顿说。

但我希望，那可以帮助每一个需要帮助的人。

我希望。

落水洞

1

这雨已经下了三年。

2

起初，没有人认为它会持续这么久。

第一个星期的时候，人们只将其当作了普通的阴雨。第二个星期也是如此。甚至过了一个月，人们也不过多了点抱怨而已。但是，当雨连续下了 100 天后，所有人都意识到情况不太对劲。

最先站出来的是气象部门的专家。他在电视节目上向主持人保证，这雨不过是来自西太平洋的副热带高压和来自南方热带气旋的气流深入内陆，减速抬升后的正常降水效应。与往年同期相比，此轮降雨空间分布集中在主城区，日均降水量不足 50 毫米，上下游的汛情压力较为温和，实在无须多虑，预计入秋雨势就会正常结束。

负责保障民生的公共事业部门发起了“同舟共济·爱心暖山城”活动，在各大街头免费发放雨具，并向有困难的特殊群众提供烘干机、电暖炉等小型电器，一时收获好评无数。

过了立秋，雨水依旧没有停止的迹象。

社交平台上的各路科普账号吵了起来。一派主张长江与嘉陵江的交汇本就提供了充沛的水分，如此漫长的降雨不过是天气混沌系统造成的小概率事件；一派坚称气候变暖导致环球水汽输送通道异常，进而诱发极端天气才是主因。双方都认同雨水将在入冬之前被南下的干燥寒流结束，只是具体时间未能统一。还有人为此开了赌局。

然而，随着发源自青藏高原的冷湿气流忽然东移，并转化为第三条稳定的水汽通道，几乎所有的争论都中止了。

强烈的大气对流短时间内便演化成了一场灾难。水文监测显示每小时降水量超过 200 毫米，市区路面积水深达 1.5 米，并以肉眼可见的速度持续攀升。内涝的洪水瀑布般涌入低层平台、地下商城和地铁枢纽，塞满一切可以被塞满的空间，然后贯穿山体，喷薄而出。主城九区在 24 小时内全部失去供电，光纤通信网络则勉强坚持到了第二天凌晨。

与此同时，气象图上被寄予厚望的南下高压气团以反常的速率从周围空气中汲取水分，预计将在两个星期以内与降水气旋会合，形成第四条水汽通道。

经过紧急研究，重庆在暴雨持续 36 小时后发布了疏散全城的命令。全国范围武警支队紧急驰援，赶在下一轮强降雨到来之前成功转移主城九区 100 万人，后续转移逾千万人。

无止无休的雨水令土壤进入过饱和状态，变成了黄油般柔软的混合物。滑坡、塌方和泥石流轮番上演。洪水冲垮了铁轨与码头，淹没了公路和机场，全面中断的交通终于令重庆变成了一座空城。

如今，几乎没有人认为这场雨会停下来。

除了我。

3

我在大疏散时回到了重庆。在那之前，我在江北生活了12年。

我的父母很早就离婚了，一个去了上海，一个去了深圳。是婆婆一手带大了我。模糊的印象里，我仍能回忆起在狭窄的巷子中追逐小伙伴，摔倒在陡峭的石头台阶上磕得鼻青脸肿；跟着婆婆乘坐大巴过江，到重百[①]买钢笔、笔记本和长颈鹿玩偶；在朝天门码头用包子皮砸水鸟，看棒棒们蹲在货箱旁嗦小面，摆龙门阵[②]。六年级那年，婆婆因为身体不适进了医院，我被送到父亲那里，不久又转给了母亲。她其实也并不乐意。在那之后不久，婆婆就去世了，房子则被亲戚占下。后来老城拆迁的时候，听说父亲还专程回去打了官司。但那官司究竟是输是赢，和其他属于过去的记忆一道，不太真切了。

工作之后，我一直在深圳生活。但当重庆第一次发布暴雨红色预警时，出于某种说不清楚的冲动，我报名加入了北上支援的志愿者队伍。

由于交通中断，我们最近只能抵达涪陵。虽然疏散才刚刚开始，火车站外已经排了上千名等待救助的市民。他们披着武警发的军用毛毯，扎堆询问亲人的下落。在他们身后，乌黑的气旋仿佛是一艘巨大

① 重庆人对“重庆百货商店”的简称。

② 重庆方言，闲聊的意思。

的飞碟，悬停在主城区上方，降下无止无休的暴雨，与远方明亮的天空形成鲜明对比。

我们很快就分发完了带来的应急食物，随后配合社区将市民们疏散到汽车站，乘坐大巴车前往位于黔江的临时安置地。在那里，将近五百名市民挤在寥寥几顶迷彩帐篷里等待援助。我们的队长联系了几辆物流卡车，加急运送免费的防寒帐篷、方便面、饮用水和卫生用品。队伍中的医生开始检查皮肤感染的老人和临产的孕妇，其他人则负责分发药品、安抚市民，并且统计受灾的具体情况。据一名被武警救下的少年说，他当时是从地铁里跑出来的，原本后面还有好几十人，但是当他好不容易从较场口站逃出来时，转头却看到站内已被泥黄色的洪水彻底淹没。雨水冲破玻璃，从四面八方奔流而来，转眼便没过了胸口。洪水将他和连根拔起的树干、垃圾桶、小汽车卷到一起，要不是几个攀在解放碑上的老乡眼疾手快，恐怕他已经撞在财富中心、东方广场，或者其他什么大楼的外墙上丢了性命。

结束安置地的志愿者工作后，我们中大约一半人回了深圳，剩下的则分散加入了官方指定的队伍接受统一调度。随着雨势减小，搜救工作接近尾声，安置地的气氛渐渐缓和，社交平台上也开始流传起载歌载舞的短视频。

就在那时，我听说了招募驻城志愿者的事。

因为担心短时强降雨对三峡大坝造成冲击，气象部门无法使用碘化银等手段切断水汽输送通道，这为评估受灾的具体情况增加了难度。观测卫星无法穿透浓厚的云层，无人机的续航时间亦很有限，唯一可行的办法是人工深入灾区，安置一些水域监测设备，并且长期监管维护。起初预计招募的人数是 450 人，考虑种种原因后缩减到了 90 人，每区 10 人左右，居住在政府与房主协商后的指定住房，政府定期发放补助，投放饮食和发电机燃料，生活垃圾则留在屋内，塞满后更换新房即可。

头三个月里，驻城志愿者每 14 天轮岗一次，后来变成了 21 天，再后来又延长到了每两个月一轮。迄今为止，我是唯一一个全程留守，没有离开过的人，也是仅剩的女性志愿者。去年除夕，甚至有一出以我为原型的小品上了春晚。

我曾以为，自己会一直在重庆待下去，见证雨水的停止。

直到我发现了那个男人。

4

当时我正在看一部电影。70 年代的美国片。主人公是个喜欢穿绿色军外套的出租车司机，有暴力倾向且愤世嫉俗。电影被房主保存在移动硬盘里，和房间里所有其他东西一起，疏散时被留了下来，在潮湿的空气里等待生锈发霉。根据规定，我不能拿走它，但并没有限制我使用它。

电影中的许多情节都荒诞不经，主人公的行为也像疯子一样缺乏逻辑，实在让人提不起精神。幸好如此，当那个男人被岸边回旋的水流抓住，打着旋在江面上漂荡时，我一下就注意到了他的身影。

第一眼望过去，我误把他当作了失足落水的武警战士。但是很快我就想起上次补给刚过，下次怎么也是半个月以后。那人身边既没有冲锋舟和战友，身上也没有熟悉的亮橙色救生衣和迷彩服，赤裸的身体在微弱的阳光下脆弱苍白，随时都有沉没的可能。

来不及多想，我抓过急救背包便冲下了楼。抵达江滩的时候，他的整个身子几乎都没在水下，波浪混着雨点扑打在后脑勺上，没有丝毫反应。加入驻城志愿者的时候，我们进行了专门的水中救援训练。即便没有，我的水性也足够让我从后面接近，双手勒住其胸口，抱他游回岸边。

雨点淅淅沥沥。我把他裹进铝箔保温毯，奋力拖进商业街上距离最近的门店，一边哆嗦着摩擦腋下取暖，一边打量他的外貌。他是个男人，看起来 30 岁左右，离开水后，他的肤色不再发白，而是呈现出小麦色。他留着很短的莫西干头，面部轮廓立体，眉骨、颧骨突出，鼻梁挺拔，看起来不太像是本地人。

他还有心跳，还在呼吸。

驻城的第一天，政府就在全市范围内建立了内网超短波通信系统，同时配发了专用手机。由于带宽不足，我们只能以有限字数的短信相互交流，并且交由负责协调志愿者工作的主任、负责处理数据的信息员和科学顾问团的专家三方审核。

为了精简措辞，我决定叫他特维斯。电影里那个出租车司机的名字。把情况发上内网后，我便开始琢磨如何把他拖回去。特维斯大约 1.8 米高，身形匀称，体重至少 75 公斤。我的房间位于 11 层。就算成年男性也没法背他爬那么高。分配给我的发电机功率又太小，不足以启动电梯。唯一的办法是绕道后山，从位于 7 层的正门进楼，再造个斜坡从楼梯上去。

我从受损较轻的仓库里找了台手推车，推他上了山路。走到差不多一半，内网就有了回复。其他志愿者大多对我表示赞许，少数则在质疑真实性。毕竟大疏散已经结束了两年半，最后一次发现幸存者是在 32 个月前。幸好，信息员和专家从之前的发言记录判断我说谎的概率只有 0.6%。我接着向主任申请派遣医疗援助，却被告知气象部门留意到一股暖湿气流正从南海海域汇入水汽输送通道，预计将会带来十天以上的暴雨，短时间内无法派人进城。一切只能靠我自己。

作为支援，他们会提供远程协助。但是首先，我必须尽可能地描述特维斯的身体状况。

回去房间，我给他套上了房主的内衣裤。尽管双眼紧闭，意识不清，他的神态却总给人一种庄严而优雅的印象。特维斯的肤色较深，眉眼深邃。但是，信息员表示周边地区最近并没有任何失踪人口的报告。何况，即便他真的是顺着江水漂下来的，在水里泡不了多久，低体温症也会要了他的命。

他的右手上臂有一小行文身，因为皮肤挫伤和瘀青难以辨认，只能看出是“4”“5”等数字。我记下后为他翻了个身，发现在其后背正中肩胛骨附近的位置上有一片类似红晕的图案。那是一个标准的正圆形，外围是一道细环，沿着肌肉的方向分布着自然的褶皱，像是荡漾开的波纹，中心则像是深邃的漩涡。

更准确地说，像是落水洞。

5

根据推测，落水洞最早出现于大疏散后第二轮强降雨过程。

早在阴雨持续下了 100 时，三峡大坝就启动了防汛预备程序，在对上下游分布的 3 万多个水雨监测站点进行大数据汇总的同时，加强了对区域径流水位上涨的关注，随时应对可能出现的重大汛情。但当第二轮强降雨到来的时候，奇怪的事情发生了。

根据综合卫星图和水雨监测站点的统计，重庆上空每小时降水量超过了 300 毫米，下游地表径流的水流量却没有明显增加，部分地区的水位甚至出现了下降。

如此大量的水一定去了某个地方。排查周边没有漫滩、溃坝，或者新的河流出现后，专家将调查范围缩小到了主城区。虽然多波段图像卫星仍然无法穿透降水气旋，重力遥感探测却注意到了明显的区域异常。由于水流汹涌多变，暂时无法派人深入，经过一番努力后，他们终于用无人机拍下了清晰的鸟瞰照片。

一个直径近 1.5 公里的巨洞横跨两江，将重庆大剧院、嘉陵江大桥、半个洪崖洞和整个朝天门全部吞没其中。

从照片上看，落水洞是一个光滑的漏斗，吸引了半个嘉陵江和 1/8 长江的水，穿过边缘白色的环状水花，流入位于中心、直径超过 200 米的漆黑深渊。

天然条件下，确实能够形成类似的洞穴，但那是溶洞顶部坍塌的结果，需要长时间的地下流水侵蚀和庞大的洞穴体系。虽然重庆周边分布有不少喀斯特地貌，其主城区却位于坚实的向斜构造上，下部岩层并非易溶解于水的石灰岩。最重要的是，无论规模多大，地表流入和地下流出的水量最终一定会达到平衡，令天然落水洞成为平静的湖泊。

而自第二轮强降雨至今，粗略估计已有 1200 亿立方米的水被重庆落水洞吞没，后者仍然没有丝毫会被填满的迹象。

当我和其他志愿者返回城区后不久，地质部门的专家便启动了追踪水流去向的研究。他们前后总共投放了超过 100 万颗球形探测器，使用北斗卫星导航追踪，却没有在任何地方找到它们的下落。仿佛那些探测器不是掉入了落水洞，而是黑洞。

冥冥之中，我相信特维斯与落水洞，也许还与久散不去的雨水有着莫大的联系。他的文身上或许藏着关于它们的秘密。而当他苏醒过来、揭晓真相的时候，雨水将会停止，落水洞将会填满、愈合，阳光也会重新穿过浓厚的江雾，照射在人们曾经居住、生活过的每个街口。

膝跳反射测试表明他的神经系统没有大碍，但无论是拍脸、呼喊、强光照射，还是对面商场厕所收集来的氨气，都没能将他唤醒。专家认为问题也许在于神经中枢，颈椎或者颅脑损伤。信息员找到了最近的医疗机构。那是一家位于500米外的综合性社区医院，地下室有备用发电机，但我最好带上自己的柴油储备，以应不时之需。

按照他们的指导，我用房主的厨房用品和攀岩绳索组建了一套滑轮组，可以更方便地运送特维斯。出门前我把文身的事发上了内网，立刻收获了激烈的讨论。信息员开始和主任研究如何对通信系统进行升级改造以便发送图片文件，等我抵达医院门口的时候，他们已经拿出了具体方案。

地下室不出意外积了水，幸运的是只有膝盖深。大疏散时的全城停电触发了不间断供电系统，备用发电机停止工作时只剩下能维持大约20分钟的油量。保险起见，我把自己的柴油统统加了进去。

我先为特维斯拍了X光片，等待出胶片的时候又做了核磁共振扫描，并将结果保存在了房主的移动硬盘里。对不起。再见了老电影。回到大厅的时候，夜幕已经降临。明亮的候诊大厅一时让我有些恍惚，仿佛回到了雨水落下前的日子。尽管那时我身在深圳，从未回来过。

随后，发电机耗尽了柴油，将世界重归黑暗。

回去房间，我擦干身子，开了个食物包。从被发现起已经过去了12小时，特维斯始终紧抿双唇，没有表现出任何进食意愿。即便如此，我还是用敲碎的高纤饼干、午餐肉的肉渣、维生素片的粉末加水调成了糊糊。

把糊糊用汤匙递到唇边时，特维斯的鼻翼明显有所扩张，呼吸也稍微强了些。然而不管我用什么方法，都无法撬开他紧闭的牙齿。糊糊和水全都沿着嘴角流到了衣服上，弄得一团糟。我去内网上抱怨了几句，先前和我同队的医生提议可以考虑用鼻胃管或者食道插管的方式喂食流质，但这实在超过了我这外行的水平，而他本人身处铜锣山，没有冲锋舟的情况下步行起码需要14小时，还有可能碰上地质灾害，最终只好作罢。

又过了大约 1 个小时，内网完成了技术升级，稍微增加的带宽终于可以发送 10MB 以内的图片了。我脱去特维斯的上衣，拍下文在他上臂的数字，翻过身体、露出后背时却吃了一惊。

他的背上空空如也。落水洞图案的文身消失不见了，如同鬼魂一般。

6

阴雨落下之后，传说重庆就出现了鬼魂。这早已不是什么秘密。

社交平台上，最早关于鬼魂的帖子发表于立秋前后。有人在千厮门大桥上和朋友步行过江，走到江心时为了给来福士广场的塔楼拍照临时停了下来，被一个身穿绿衬衫的姑娘匆匆超过。之后，在对岸和朋友会合时，却被告知压根没看到什么姑娘，仿佛就在这不到 200 米的距离里，一个大活人凭空蒸发了似的。

暴雨降临，洪水淹没全城之后，与鬼魂相关的帖子迅速多了起来。最常见的应该是在高处避难或者被武警战士救援撤离时，听到女人喊叫或是孩子哭泣的声音。后来跟随冲锋舟参与疏散市民时，我也听到过与其描述类似的现象。但是说实话，在我听来，它们更像是建筑物受潮变形或是阵风穿过破损的窗洞所发出的自然声响，与鬼魂并没有什么关系。

不过，我的确曾亲眼见到过鬼魂。

5 岁生日那年，婆婆带着我去动物园看长颈鹿，晚上借住在亲戚家。我清楚地记得半夜醒来，因为口渴去窗台边用水瓶喝水的时候，见到院子里站着一个穿着白衬衫的年轻人。他的袖口撸在胳膊肘上，下摆塞进裤腰，用腰带扎紧，手上拿着一杆很长的步枪，竖起来比人还高。夜色下，年轻人兴奋地左顾右盼，高挥左手，无声地喊着什么，像是召唤并不存在的同伴。随后，他便向前冲去，身体消散在了月光之中，面容也渐渐在我的回忆中淡去，和整件事的真实性一样，朦胧得难以辨别了。

后来回到重庆，我又有过一次相似的经历。当时我坐在武警战士的冲锋舟上，沿着江面安置水域监测设备，经过第一福利院附近，随行的工程师远远地看到一位爷爷在雨中废墟缓缓行走。喊话后，我们得知他是在寻找被洪水冲散的孙女。由于靠岸难度较大、冲锋舟上还有贵重仪器等原因，武警战士只好喊他待在原地不要动，并向中队发出救援消息。然而等我们完成任务回到驻地，却从后来前往救援的人口中得知那里只有一摊没过福利院窗户、光滑平整的淤泥，什么人都没有。

对于所有这些鬼魂故事，政府的态度自然是嗤之以鼻，有一段时间甚至封禁了相关话题。后来大概是觉得它们实在荒诞不经，不可能有人相信，才重新放开。而与之前类似，社交平台上的讨论也分成了好几派。有人因为鬼魂故事大多在驻城志愿者间流传，判断这是典型的幽居综合征。有人展示过往类似案例，试图证明这是一种建立在悠久历史和共同心理创伤上的集体性癔症。还有人坚称鬼魂是真实存在的，它们就是在灾难中不幸死去的人。反驳者则指出如果真的如此，目击事件数量应该远超实际统计才对。反驳这些反驳者的人又指出，自从灾情发生以来，究竟多少人直接死于洪水、多少人死于次生灾害的统计尚无结果，加上可能存在的瞒报，恐怕具体数字永远都不会知晓，顶多估个大概。而针对这估计的数字，又不断地有人吵来吵去，最后连一开始的观点也被忘记了。

但就在发现特维斯的这天晚上，我再一次目击到了鬼魂。

宽广的江面上，成群的鬼魂在水中漂流。它们拉长的身形被无数雨点敲成碎片，发着淡淡的白光，沿着庞大的漩涡缓缓旋转，仿佛宇宙中璀璨的椭圆星系，庄严、静谧。最终，就像坠入黑洞的群星那样，鬼魂们也不可避免地被落水洞捕获，纠结缠绕，加速向洞口跌落，却又奇异地在边缘停驻下来，汇聚成银白色的光环。

我痴迷地望着那个银环，渐渐意识到，它们其实才是雨水，是重庆，是驱动落水洞不断吞噬的发动机。

然后，我回到床上，在特维斯身旁昏昏睡去，就像 5 岁时一样，难以分清这一切究竟是真实还是梦境。

7

升级后的内网网速快了很多，让我可以进入数据库申请阅读研究报告。种种迹象表明，重庆落水洞很可能是一种人为产物。

不同的专家给出了不同的意见。比如当地建筑施工时意外诱发了某种共振机制，破坏了下方基岩稳定性。比如个别不怀好意的西方国家使用某种新型激光武器进行攻击，带来了雨水和深洞。更科幻一些的观点认为，落水洞其实是远古外星人留下的遗址，没准洞内就是飞船，以水作为星际旅行的能源。荒谬的是，竟然还有传统文化学者发表公开署名文章，将雨灾怪在某高楼的风水上，因为它看起来太像是对两江汇流竖起了中指。

最令我感兴趣的报告来自当初宣称阴雨将会很快结束的气象专家。通过水汽通道在卫星图像上的反射率，他建立了一套数学模型，用来评估究竟有多少水分输送到了重庆，并将其与维持气旋所需要的水汽补充量做了对比，发现后者差不多是前者的 1.2 倍。缺少的水从何而来？他认为，落水洞既是入口，也是出口。根据计算，进入洞中的江水大约有 70% 蒸发回到了对流层。

回收驻城志愿者释放的采集器，水汽样品检测结果显示其中氘、氚同位素的比值远低于全球平均水平。由此，他猜想落水洞内存在一种尚未被认知的分离浓缩机制，并对没有返回的 30% 的江水表示担忧。如此长期失衡的分配模式很有可能加剧全球水资源分布的极化，进一步提高生态环境崩溃的风险。

这份报告之后，气象专家又联合多领域专家发表了一系列专题文章。但没等我逐篇查阅，手机突然响起了尖锐的警报。警报是特维斯身上的监测贴片发出的，心房纤颤，同时呼吸骤停。

我从急救背包中抓出 AED[①]，贴在他的胸口放电除颤。随后跳到他的身上，压上全部力量做 CPR[②]。他的牙齿仍然咬得很死，我不得不用力捏住他的咬合肌才能勉强吹进去一些空气。这一过程持续了将近半个小时，最后当他终于恢复自主呼吸时，特维斯的胸前已被捶得发紫，我则瘫在床尾一个劲儿地喘气，连汗湿的衣服也没力气换。

内网上，专家对我的反应发出了赞许，主任却显得不太满意。经过短暂的讨论，他们终于确认会在下一轮暴雨到来前派来医疗援助，而我必须保证在那之前特维斯不会再出现类似的生命危险。

我搬了把椅子坐在床前，注视他胸膛的起伏。

特维斯看上去十分平静，仿佛只是熟睡，但和昨天相比，他的身体显然更虚弱了，昏暗的光线下，他像是瘦了整整一圈。**你为什么会出现在江上？这里有什么值得你来的吗？**我很想问他这些问题，心里却清楚这毫无意义。

他的皮肤很好，肌肉发达，手上的茧子却很多。如果不是在健身房里练出来的，就是从事体力劳动的结果。我检查了下他的眼睛，是漂亮的褐色，没戴过隐形眼镜。真好奇他眼中的世界是怎样的颜色。

---

① AED 指除颤仪。

② CPR 指心肺复苏术。

你会是个游客吗？真可惜啊，在这个时候来了重庆，破败的街道、冲毁的楼房和晦暗的阴雨，一切都是灰褐色。

也许他不会醒来了，等不到太阳重新照耀的时候。这也许是件好事。这也许就是你的命运。

你再也回不去自己的家乡了。一想到这，我就沮丧得想哭。

我扯了房主的毛巾，撕成一缕缕的布条，打湿了放到他的嘴上。特维斯的喉咙动了下，像是在吞咽，肚子也咕咕叫了几声。但当我再调了糊糊端到他的嘴边，结果又毫无反应。

为什么！我愤恨地捶了他一拳，接着又冲他的胳膊狠狠地打了好几下。**为什么你不让我帮你！**

手机响了。

内网发来新的消息。那个位于特维斯上臂的数字文身，被破解了。

8

那是两组数字。4527,5501。

它们指的可以是任何东西，邮政编号、书籍页码，甚至汽车牌照，但和重庆结合到一起时，清晰的可能性便浮了出来。

106.4527,29.5501。经纬坐标。是一座公园。

我清楚自己不应该离开特维斯。脱离视线后的每分每秒，他都有可能再次陷入心衰，停止呼吸。可是即便待在房间，我也只是稍微延后这一过程而已，而在坐标指示的地方，也许存在着拯救他的方法。存在着希望。

暴雨中，菜园坝大桥从中间折成了三截，长江大桥南侧的塔基整体塌陷，仅剩的选择是取道东水门大桥，从桥北绕去较场口。根据其他志愿者之前分享的信息，小什字受落水洞影响塌了一半，却也因此成为一号线的排水口，降低了隧道内的积水水位。虽然没人知道下面情况究竟如何，但必然不会比地上满目疮痍的景象更加糟糕。

我带上了强光手电、攀岩绳索，以及用来充当登山杖的房主的扫帚。走到桥头时，我忽然想起还在黔江安置地的时候，曾听闻停电时有人被困在了过江缆车上。如今，缆索上确实停留着一架轿厢，外壳已经锈成了大片的棕红色，面目全非。我无法确定那架轿厢是否就是同一架，毕竟那人很快就被武警战士救了下来。

但是，如果没有救援呢？如果我就是那个被困住的人呢？悬挂在半空中，无法前进，无法后退，唯一的办法就是跳进江中了吧。这样的高度，就算跳下来也无法存活。大概与在轿厢里饿死、慢慢化成枯骨相比，在水泥一样的江面上摔得粉身碎骨要更痛快些。

越往渝中区走，江水涌入落水洞的轰隆声越发响亮，接近下桥的时候，耳朵除了水流倾泻而下的声音便什么也听不见了。哪怕距离其中心的深渊十分遥远，这庞大的、超自然的存在仍每时每刻彰显着磅礴的威力，给人强烈的不真实感。昔日繁华的步行街不复存在，超过 3 层的建筑全部倒下，像是几十年前的模样。奇怪的是，唯独解放碑半点倾斜的迹象都没有。这让我觉得，或许当人类文明从地球表面彻底消失、变成红巨星的太阳烧焦一切的时候，解放碑仍然会像今天一样，在所有遗迹之中傲然屹立。

较场口站的水位确实降下去了，但站内积水仍有一人多高。绝不可能步行。幸运的是，水面上漂着许多大块的泡沫板。它们大概是附近旧楼改造时安在外墙上的保温层材料，长时间被雨水侵蚀剥落，漂流至此。我用身上的绳索捆住几块最大的，做成简易的筏子，用扫帚当桨，一点点朝西划去。

没过多久，落水洞的轰隆声就渐渐变弱、消失不见了。黑暗的隧道中一片寂静，连只老鼠都没有，除了划水声什么也听不到。我想，在这水下某处，一定沉没着地铁的车厢和那些来不及逃生的人。强光手电勉强能照亮 100 米左右的前方，却令积水的水面看起来如墨般深沉，根本看不透。这些被水埋葬的人也会诞生出鬼魂吗？它们会不会因为积水无法汇入江水，一并滞留于此呢？这个念头让我十分惶恐。黑暗仿佛永无止境，我不敢左右侧目，向下扫视，也不敢回头，只敢减轻呼吸，加快手上的动作，尽量不去惊扰那些可能的存在。

这段旅程花了很长时间，久到令我产生错觉，以为身下并非死寂的积水，而是飘渺的宇宙，身处的隧道则是永恒的长廊，无论航行多久，最终都会回到同一个地方，与等待着的鬼魂相逢。但直到划到沙坪坝，与出站口落下的天光重逢，我都没有见到一个鬼魂。我莫名又有些失望了。

从残破的火车站上去，不久就到了那座公园。三年来不断降下的雨水刺激了植物生长，山茶、黄杨和我叫不出名字的野草肆意蔓延，将倒下的围墙层层遮掩，模糊了边界。才进去没一会儿，我便迷失了方向。出门时我没有带上手机，因为那会暴露我离开特维斯的事实。然而眼下站在漫山遍野的绿色之中，我认识到这或许是个错误的决定。

我朝公园的另一头走去。高大的水杉和香樟树冠交叠，投下清冷细密的阴影，雨水却总能穿透细密的缝隙，落到我的脸上，将视野模糊。我边走边擦，不知走了多远，蓦然再抬头时，竟发现自己站在一座墓园之中。

灰色的墓碑鳞次栉比，大大小小能有上百座，遍布四周。看不见的地方也许还有更多。厚实的苔藓覆盖表面，将碑上的铭文遮掩侵蚀，无论如何也读不出什么。这就是坐标所在的地点吗？我无法确定。但能确定的是，除了这些墓碑，这里什么都没有。

不管是鬼魂、洪水，还是历史，都早已随着时间与江水，一同逝去了。

我踱步，在众多墓碑之间游走，终于在一棵玉兰树下发现了一句用粉笔写在墓碑底部、未被雨水冲刷殆尽的话。“不管是沙是石，落水一样沉。”

对不起，特维斯。这里没有希望。

我在雨中沉默地站了一分钟，转身踏上来时的路。

什么东西在脚下咯吱一响。

我低头，把它捡了起来。

那是一颗球形探测器。

9

我把探测器带了回去。

根据报告，共计 100 万颗球形探测器中，共有 96.9% 进入了落水洞，3% 在下游回收，只有 0.1% 因为种种原因丢失信号，且全部位于长江下游地区。

所有探测器的外壳均采用了高弹性复合塑料，并在表面喷涂了对环境无害的荧光橙，鲜艳且易被发现。但是被我踩碎的探测器外壳色泽黯淡，质地薄脆，仿佛在阳光下暴晒过 5 年甚至 10 年之久。

我取出里面的电路板，电池表面生了层锈，必然是没电了。将芯片编号输入查询系统，结果却显示查无此号。所有定位芯片的编号均是连续的，且开头设有特殊识别码 CQ，与其他批次区别。加上最初用于验证可行性使用的几千颗探测器，现有最大的编号是 CQ1003514。我手上的这枚，编号是 CQ1008701。

也就是说，它还没有被造出来。

科学顾问团的专家看过特维斯的核磁共振结果后，同样发现了不同寻常的证据。在他的大脑后部接近小脑的地方，多了一片高密度的灰质。它的形状非常规整，是一厘米见方的正方形，补丁似的贴在大脑皮层上，且有人工修饰的痕迹。先前同队的医生提出了一个有趣的观点，认为该灰质有可能是某种植入式生物芯片，用以提升肢体协调能力、提高反应速度等，同时，也是因为芯片的损坏才导致特维斯至今未醒。主任则认为这是天方夜谭，建议不妨从中医角度切入寻找突破口。

这话提醒了我。之前房主家的卧室墙上挂着一张针灸图，因为太过难看被我收了起来。重新展开，我看到特维斯背后那消失的落水洞文身位于神道穴，其解释为：太初有道，道与神同在。所谓神乃天之气，道乃通道，神道即督脉阳气上行的通道。神道穴位于心脏正中，按摩可以缓解心气不畅，并可治疗神经衰弱、心悸和健忘。

仅此而已。

我回到椅子上，扶额俯视地板上一块不起眼的霉点。这一切似乎都毫无意义。数字、文身、探测器，甚至特维斯自己。没有任何证据能够证明探测器来自特维斯来自的地方，就像没有任何证据能够证明特维斯与这雨水有着联系一样。我拯救不了他，就像我无法阻止这雨水降下。除非他是我们这个宇宙的全息投影，而压住神道穴就是阻止落水洞的方法。

*我们来自两个不同的宇宙。*我默默地想。*我们永远不能相互理解。*

第二天清晨，特维斯离开了。

10

房门仍然反锁着。他没有去任何地方。但就在我睡着的时候，有些事情悄然发生了。醒来时，床上只剩下一个淡红色的、模糊的、潮湿的人形轮廓。监测贴片落在胸口的位置上，仿佛他不过是蒸发了而已。

监测记录显示，信号在凌晨时分同时终止，由于不同寻常，系统判定为人工操作，所以没有发出警报。我捡起贴片，注意到其另一面分布着少许红色物质。那不是血，而是和地板上的霉菌有些类似的、湿润的东西，在手指揉搓下迅速凋零，散落不见了。

我注视着已经一无所有的床上，直到敲门声持续了一分多钟才回过神。承诺的医疗援助终于来了。但是站在外面的不是医生、护士，或者准备将人带走的武警战士，而是一台携带网络摄像头的无人机。它在卧室里盘旋了一圈，喀嚓喀嚓地拍下了许多超高清晰度的照片，随即便要离开。我抓住旋翼强行阻止了它，问它，或者藏在摄像头后面的人，对此究竟有什么想法。无人机嗡嗡地沉默片刻，通过扬声器说："我们认为这无关紧要。"

"怎么会无关紧要呢？"我指着床上越来越淡的轮廓，"这可曾经是一个人啊！"

"和我们最新的研究成果相比，他存活与否其实无关紧要。"无人机停顿了一下，"我们发现了落水洞的秘密。落水洞的尽头，是另一个宇宙。"

"我不明白。"

"根据上个月发射的高精度重力遥感卫星传回的信号，我们对落水洞进行了三维绘制，在落水洞的底部有一个虫洞，每时每刻进行不平衡的物质交换。你们释放的那些采集器回收的水汽，其实来自于虫洞另一端的世界。而你发现的探测器，佐证了这点。"

我坐回到椅子上，努力消化刚才听到的信息。"你们的意思是，特维斯也是从另一个宇宙来的？"

“就像江水总会携带泥沙之类的杂质一样，落水洞偶尔也会返回除了水汽之外别的东西。沙石、草木，甚至缎带、手表等人造物品。在你的案例中，是一个探测器，和一个人。”无人机停顿了一下，接着说道，“确实，你的发现是最独特的，也是目前与其他宇宙的生命直接接触的唯一案例。失去研究他的宝贵机会确实很可惜。但就目前我们掌握的信息而言，即使在更好的医疗机构，我们也无法挽救他的生命。虫洞另一端的世界和我们的世界并不一样，甚至连时间结构都存在显著差异。在他的宇宙，放射性粒子的半衰期要短得多。呼吸我们的空气、吃下我们的食物、饮用我们的水，只会加速他的衰亡。”

所以，我猜对了他的命运。“他再也回不去自己的家乡了……”

“这无关紧要。”无人机宣布道，“重要的是未来的图景。目前我们已经成立了一个多国专家组成的团队，对即将展开的国际合作进行协调。落水洞的物质交换差额比是70%，这比世界上最好的垃圾回收效率还要高。未来在上海、广州、厦门、福州，还有宁波，都会建设直达重庆的超高速运输管道，落水洞上方也会建设多级浮空装置，回收交换物质。届时一座新重庆将拔地而起，成为世界瞩目的焦点!”

“那么，雨水什么时候会停下来?”

无人机在空中悬浮了很长时间，然后如梦呓般说：“昨天，在东非的草原上，12头长颈鹿因为饥渴而死。”

最后，在离开之前，无人机告诉我，伴随着国际合作细则的具体敲定，驻城志愿者的工作将会结束。我终于可以回家了。

可是，那又是哪里呢?

11

我想，我最后还是理解了特维斯。不是那个消失的男人，而是那部电影的主人公。

江水渐渐淹没脚踝，有些寒冷，又有些温暖。

那个我所怀念的重庆永远不会回来了。也许从一开始我就不应该如此希望。当婆婆去世的那一刻，一切就都已经结束了。什么都改变不了。我帮不了它。

我继续向前，轰鸣声震耳欲聋。落水洞的边缘是如此完美，一个漆黑的圆。我想到那些鬼魂，想到自己即将加入它们，或者抵达另一个世界。

也许雨水永远不会停下，而正因如此，灾难才拥有了新的价值。

江水继续上涨，淹没了我的胸口。

我不再盼望雨水停止，而是完全相反。

我盼望，终有一天，真正的大雨会从天而降，将街上的残骸洗刷一空。

叫马

王元

公映许可证

电审故字［2066］第0034号

国家电影局

CHINA FILM ADMINISTRATION

△黑屏。

△出字幕：

雪崩：名词

1. 一种自然灾害，当山坡积雪内部的内聚力抗拒不了它所受到的重力拉引时，便向下滑动，引起大量雪体崩塌，这种自然现象即为雪崩。

2. 尼尔·史蒂芬森所著的科幻小说，它展现的“超元域”（虚拟实境技术）对后来的计算机技术，尤其游戏领域影响深远。

3. 特指肇始于2030年秋冬相交之际的一场全球性雪灾。

……

摘自《现代汉语词典》（第四版）

外语教学与研究出版社

1. 夜/内　陈家厨房

△黑屏。

△锅碗瓢盆碰撞的协奏曲，抽油烟机、微波炉和空气炸锅是厨房引擎，为晚饭保驾护航。随着嗞啦一声，爆炒出对话。

男声OS[①]：热锅凉油，热锅凉油，我说了很多遍，你啷个就记不住？看，肉黏在锅底了。

① OS，指画外音。

女声OS：你吃现成饭就不要聒噪。

男声OS：我们讲道理噻，就事论事。热锅凉油是经实践检验过的真理，你唧个就不尊重客观规律？

女声OS：过日子不能照本宣科。要么给我打下手，要么个人赶紧给我走起。

男声OS：我往哪儿走嘛我？是你非要霸占我心爱的厨房，让我无的放矢。

女声OS：我不是下岗了吗？想着表现一哈[①]。

男声OS：哪个让你表现了？哎，不对，你以为我是来跟你摆龙门阵的噻，我是要跟你谈强强的课外作业。楚老师都在群里@我们了，问我们到底哪个去。你说嘛，你不是能说会道，哪个去？我工作性质你晓得，请不到假，不像你，自由职业者。你转身爪子[②]，你莫过来，有话好好说，把刀放下——

△瓷器与瓷器碰撞的声音，清冽、高亢，转瞬即逝。

△男人尖叫的声音。

女声OS：你惊叫唤啥子？

△画面渐亮，镜头由远及近，推到一只四分五裂的碗的特写。

△镜头逐渐拉远，将男女主人公囊入画中，他们沉默地望着窗外。窗外飘舞着鹅毛般的大雪，举目四望，原驰蜡象，只有几个不起眼的小黑点缓慢移动，那是在雪地中艰难前行的路人。

△镜头越拉越远，将纷纷扬扬的大雪定格为背景。

△背景音乐 *You Never Can Tell* 由弱渐强。

△蓝色字幕飞入：

---

①哈，四川话，下。

②爪子，四川话，做啥子。

融汇文化集团

出品

△黑色字幕飞入：

波纳影业集团

北京视线传媒

万里影视传媒

上海亭西影业

天津好猴子影业

联合出品

△出字幕：

根据作家白猿同名小说《叫马》改编

监制/编剧　技安

技安　导演作品

△出片名：（用麻将牌拼成）

叫

马

△黑屏。

△出字幕：

Chapter Ⅰ

竹鼠

小老鼠，上灯台

偷油吃，下不来

2. 日/内　陈家驹夫妻卧室

△这是一间装潢简约的居室，灰白色墙布，榉木床，明黄色的床上用品，主色调很暖。浅蓝色的、厚重的窗帘封住了房间的眼睛，墙边贴着一圈膝盖高的暖气。成都没有安装地暖的先例，“雪崩”之后，大多数家庭都加装了挂墙的暖气片。

△陈家驹和阿美钻进各自为营的被筒，背靠着背。床头柜上的电子时钟跳动了一下，来到北京时间早上七点整。两人已经醒来，都在看手机，互不打扰，清净疏离。阿美醉心于小蓝书，陈家驹沉湎于懂球帝，一款绿色的足球 APP。行过不惑之年，精气神猛地萎靡，对于生活的兴致和热情不复以往，陈家驹很久没有在比赛日熬夜看球了，都是隔天早起刷刷战报，点开精彩瞬间的 GIF，就算阅读过比赛了。受“雪崩”影响，室外足球场大都封闭起来，转战室内，五人制、七人制逐渐成为主流。

△陈家驹从小就是球迷，他就读于四川大学附属实验小学，曾代表学校参加成都市级小学联赛，帮助球队打进四强，差点因为足球特长被成都市第十六中学特招。陈家驹是西汉姆联[①]死忠粉，四十岁之前，但凡有铁锤帮的比赛，陈家驹总是会蹲直播，不管工作多忙，不管开球时间多晚。他二十岁时的梦想是能够为铁锤帮效力，当不了职业足球运动员，做后勤也可以；三十岁时的梦想是在伦敦碗拍结婚照；四十岁时的梦想是能够去现场朝圣。随后“雪崩”来了，伦敦碗被迫关闭，积雪恐怕已经有二十多米深。

① 英超球队，因队徽含有一对交叉的铁锤，加之球风硬朗，被球迷戏称为“铁锤帮”。球队从 2016—2017 赛季搬入了被称为“伦敦碗”的伦敦奥林匹克体育场。

△“雪崩”之后各种体育运动都受到影响，有的甚至直接被取缔，有的则踉踉跄跄难以为继，只有像乒乓球、羽毛球、排球之类的室内运动保留下来；即使保留下来，观众席上也很难见到之前那种拥挤和热闹。运动毕竟是消遣，是温饱思淫欲的后调，当人们面对生活的压力自顾不暇的时候，自然没有精力和心情关注体育。陈家驹对于足球的热爱同样缩了水，或者说注了水，但他始终没有把足球从生活中剔除；并非是他对于足球那么虔诚和狂热，而是这项拥有两百年历史的运动让他觉得日子没有那么糟糕，依偎着足球的惯性，陈家驹隐约能够感受到从旧世界一脉相承的美好与期待。

△阿美掀开被子，穿着吊带背心和内裤坐在床边，愣神几秒钟，打着哈欠拉开衣橱，套上一件宽松的卫衣。

△陈家驹马上把手机扣过来，塞进枕头底下，假寐。

△木门开合的声音。

△陈家驹睁开眼睛，从枕下打捞出手机，切回刚才的页面。

△手机屏幕特写（含以下字样）：伦敦德比、铁锤帮不敌蓝军[①]、落入保级区。

△陈家驹沉重叹息，放下手机，仰面躺在床上，拉过被子，蒙住脑袋。

3. 日/内　陈家厨房

△一组镜头，快切。

△阿美从冰箱中拿出四根火山石烤肠丢入空气炸锅，长按启动键，调至 190℃、10 分钟，按下启动键。

△阿美从消毒柜中拿出两个广口碗，每个里面磕入两颗鸡蛋，用

① 指切尔西队。

筷子快速打散，浇入温水，继续搅拌，用铁勺拂去浮沫，盖上保鲜膜，用筷子戳两个洞，把其中一只碗放入微波炉，选择蒸水蛋模式，启动。

△阿美从冰箱拿出几片速冻黑椒牛肉馅饼，放进电饼铛。

△阿美终于松了一口气，双手扶住案台，望向窗外。

△音乐响起，是由杨乃文在伍佰“冬之火·九重天”演唱会现场表演的《最初的地方》，歌词和饭香一起弥漫开来：

没有约任何行程的早上

我喜欢打开每扇窗

迷失在充满诱惑我味觉的厨房

我总是选择 最恬静的香

昨天或许有遗憾

明天可能的迷茫 我不去想

看谁会紧张

或许你会觉得寂寞叫人难以抵抗

它却带我回到最初的地方

A-HA-A-HA-A-HA-A-HA-A-HA……

△阿美拿起手机，来电显示的昵称是“乔姐”，阿美将跳动的电话标识滑到绿色那端。

乔姐 OS：你爪子还没接龙？

阿美（有些慌张，试图掩盖慌张，好像乔姐可以通过无线电信号追查到她的面部表情）：啊，我有点事，还没敲准，先报待定。

乔姐 OS：你可是我们团队不可或缺的一员，关键时刻，莫掉链子啊。

阿美：我尽量。

乔姐 OS（斩钉截铁地）：不是尽量，是务必，周末的活动意义重大，一个都不能少。

△乔姐挂断电话。

△阿美咬了咬下嘴唇。

陈家驹 OS：谁这么早打电话？

阿美（敷衍地）：没谁。这个周末强强布置了亲子户外作业，你——

陈家驹（抢白道）：我没得空。

阿美：帮帮忙嘛，我们团队有重要活动，我匀不开时间。

陈家驹：你们一个打麻将的团伙，有好重要的活动？

阿美：清早八晨的，我不跟你吵，你去呼娃儿起床。

△陈家驹欲言又止，离开厨房，穿过客厅，走到儿子卧室门口，潦草地敲了敲门，转到另外一间卧室，直接推门进去。

△这里是陈母的房间，她正在房间中抖空竹，年近古稀的母亲看上去比陈家驹还要精力充沛，活力四射。

△“雪崩”之后，非必要的室外活动都被迫压缩，早起的晨练和晚上的广场舞首当其冲。他们抗议过几次，最后不了了之，究其原因，一是当局认为老年人体质较差，不宜在室外久留，一是当原有的社会秩序受到冲击，老年人的利益总是首当其冲。

陈家驹：妈，你去喊强强起床。

陈母：我正在晨练，走不开。

陈家驹：这个月零花钱翻倍。

陈母：这都几点了还睡瞌睡，上学该迟到了，我去叫他。

4. 日/内　陈家餐厅

△一家四口，三世同堂，紧张有序地进食，桌子上摆有馅饼、烤

肠、鸡蛋羹，基本都是预制品，对炊具的要求大过厨艺。

△众人吃罢饭，陈家驹照例收拾碗筷搬进厨房，堆进洗碗机。

阿美（站在厨房门口）：不是说家务归我嘛？

陈家驹（一脸委屈）：惯性使然。

△陈家驹带儿子出门。

5. 日/外　建设北路三段

△陈家驹和陈铭并肩走在马路中央。

△人行道已经被积雪吞没，马路上有铲雪车二十四小时不间断作业，尚可行人，至于自行车、电动车、汽车等交通工具多沦为历史，一是遍布积雪，一是温度寒冷，总之难以为继。

△陈家驹用余光瞟了儿子一眼，惊讶地发现他长高不少，刚上初中，基本与自己持平。一般来说，只有经常不见面的远亲才会惊讶小孩的生长速度，他们住在一起，竟然也会如此感慨，好像父子多年两地分居似的。他们天天见面，但鲜有互动，像两条平行线，距离很近，却没交集。

△“雪崩”之后，作为地下管道工程的从业者，陈家驹工作日加班，周末加班，节假日加班。陈家驹用力回想父子二人上一次出行的经历，竟然是带陈铭观看雪球比赛——陈家驹兀自吓了一跳，那是儿子二年级的老皇历了。

6. 日/外　龙泉驿雪球场
（原龙泉驿阳光城足球场，四川九牛俱乐部主场）

【闪回】

△三十五六岁的陈家驹，虽然已经是一家之主，但远远不能贴上“成熟”“稳重”之类的标签，只有眼角的鱼尾纹和日益后退的发际线使他看上去不再年轻。他旁边坐着阿美，儿子骑在他的脖子上。一家三口专注地观看比赛，欢呼，加油，喝彩，呐喊。

△“雪崩”之后，许多产业萧条了，灭迹了，但也冒出一些全新的领域：比如铲雪司机——八小时工作制，三班倒，清理主干道积雪；比如地下管道工人，他们重置了城市地铁线，主线四通八达，支线阡陌纵横，许多大型社区都建设了连接地铁站的隧道，可从地下停车场步行直达；比如雪球，聪明的人们在足球场玩起雪球游戏，规则大致同足球比赛类似，只是改成手滚，两队先在各自半场滚出雪球，直径与瑜伽球相仿，之后便可进攻，雪球在后场不准破坏，一旦到了前场，则会遭到对手阻击，将雪球滚入对方球门即为得分，而破门后的雪球如果形状和直径不达标，视为“越位”，分数被取消。

△陈家驹恍惚间来到中圈，原本人声鼎沸的球场霎时安静，球员不见了，观众不见了，妻与子不见了，偌大的足球场只有陈家驹一人，映衬得空旷而绝望。

△一颗雪球从天而降，越滚越大，差不多有一人高，很快有一层楼高，巨大的雪球朝陈家驹滚来。陈家驹转身跑起来。雪球穷追不舍，越滚越大，最后竟跟望江楼差不多高，陈家驹被对比得像只蚂蚁。

△陈家驹终于被雪球撞倒。他趴在地上，直径接近四十米的雪球从他身上碾过。

7. 日/内　二仙桥地铁站

△一辆地铁呼啸而至。

△陈家驹紧闭双眼，身体微微打战。

△（蒙太奇）地铁变成了雪球。

陈铭 OS：爸爸，爸爸，你啷个了？

△雪球轰然崩塌，冲出一辆地铁。

陈家驹（揉着太阳穴）：没事，爸爸就是有点累了，最近总是加班。

陈铭：这周末也要加班吗？

陈家驹：嗯，我们公司接了一个大项目，如果达到预期，可能一举解决成都的积雪问题。

△陈铭失落地低下头。

△地铁到站。

△陈家驹和陈铭挤上去。

8. 日/内　地铁车厢

△陈家驹和陈铭裹挟在人群中。

△车内广播：前方到达理工大学站，左侧车门即将打开，请下车的乘客提前移动到车门附近。理工大学站是换乘车站，换乘 8 号线的乘客请提前做好准备。

△陈铭努力挤到门口。

△陈家驹望着被人群吞食的儿子，爱莫能助。

9. 夜/内　陈家厨房

△陈家驹走进厨房，绕到阿美身后。

△阿美从微波炉里拿出化好的冻肉，扔在案板上。一旁还有切好的尖椒和胡萝卜丝。

陈家驹：今天不吃预制菜了？

阿美：今天吃咸烧白和尖椒炒肉。

陈家驹：出息了啊。

阿美：做饭没那么难，跟着视频学就行（着手收拾肉、菜）。这周末的活动我必须出席，你请假去陪强强，你已经连轴转了两个月，也该歇歇了。

陈家驹：你以为我不想歇啊？但工作需要，我有啥办法。（“必须”两个字触怒了他）这个家是我撑起的，你每天就晓得搓麻将，晚上说梦话都是“先出南不输钱，先出北不吃亏”。

阿美：说孩子的事情，你莫要拐弯。

陈家驹：我落脚点就在这，你周末能不能别去搓麻将，带孩子出去耍一哈。我要加班噻。

阿美：你就是想说，你工作是正事，我搓麻将是副业。

陈家驹：真抬举自己，最多是消遣；我没说赌博就不错了。

阿美：你小点声，仔细强强和婆婆听到。这周我们在人民公园搞个大型活动，我是社团元老，不能缺席。

陈家驹（小声地）：啥子社团，麻将团伙。

阿美：再者说了，我这是给你创造机会，你不要好心当成驴肝肺。强强从幼儿园到小学的手工都是我做的，你打过一次卡吗？画过一幅手抄报吗？你加班辛苦，我心里清楚，所以我现在不让你搞家务。他念了中学，班主任让做家长的陪同搞一次户外活动，你不应该积极一点吗？请个假，公司不缺你一个员工，强强可就你一个老汉儿。你说是不？

△陈家驹说不过阿美。

△陈家驹真后悔当初找了导游，每次信心十足的争吵都铩羽而归。阿美之前在杜甫草堂和金沙博物馆都做过讲解，随着游客越来越少，景点相继歇业，员工无限期休假；说是休假，其实就是遣散。没

办法，“雪崩”到现在已经三十六年，人类文明被这场史无前例的大雪牵掣，发展缓慢，甚至出现某种程度的停滞与倒退，尤其是旅游业遭到致命打击，出行成为“雪崩”时代首要的问题。

△阿美说着把切好的肉片下锅，嗞啦一声，带水的肉片撞入热油，冒出一阵白烟。

陈家驹：热锅凉油，热锅凉油，我说了很多遍，你啷个就记不住？看，肉黏在锅底了。

阿美：你吃现成饭就不要聒噪。

陈家驹：我们讲道理嘛，就事论事。热锅凉油是经实践检验过的真理，你啷个就不尊重客观规律？

阿美：过日子不能照本宣科。要么给我打下手，要么个人赶紧给我走起。

陈家驹：我往哪儿走嘛我？是你非要霸占我心爱的厨房，让我无的放矢。

阿美：我不是下岗了吗？想着表现一哈。

陈家驹：哪个让你表现了？哎，不对，你以为我是来跟你摆龙门阵的，我是要跟你谈强强的课外作业。楚老师都在群里@我们了，问我们到底哪个去。你说嘛，你不是能说会道，哪个去？我工作性质你晓得，请不到假，不像你，自由职业者。你转身爪子，你莫过来，有话好好说，把刀放下——

△陈家驹不小心撞落一只碗，瓷器与瓷器碰撞的声音，清冽、高亢，转瞬即逝。

△陈家驹尖叫的声音。

阿美：你惊叫唤啥子？当心老子给你一耳屎[1]。（阿美举起手。）

陈家驹：君子动口不动手。

---

① 耳屎，四川话，耳光。

阿美（放下手）：强强想让爸爸去。你儿子想让爸爸陪他一起去！

△陈家驹欲言又止，默认了阿美的安排。陈家驹没有想到陈铭会主动要求他陪同，他以为儿子并不愿意亲近自己，他之前总是在辅导作业时忍不住吼儿子，有几次甚至出手打人。他当然知道这样不对，可是怒火那么容易燎原，他根本克制不住；克制不住不是开脱的借口，陈家驹对此内疚而纠结，只能在外围做一些找补，比如买零食、买玩具、看电视，这些都是平时明令禁止的项目。陈家驹打破自己设定的牢笼，暂时让儿子出来放风，是他以为的仁慈与补偿。

10. 空镜　夜/外　陈家小区

△雪还在不停落下。

△路灯下，有一个憨态可掬的雪人，枯枝做胳膊，蛋壳当眼睛，鼻子却不是传统的胡萝卜，如今蔬菜稀缺，没人舍得用一整根胡萝卜，取而代之的是一条冰锥。雪人与冰鼻，相得益彰。

11. 日/外　成都大熊猫繁育研究基地遗址

△陈家驹穿着厚厚的雪地靴，厚厚的冲锋衣，戴上厚厚的皮帽和厚厚的棉手套，并以同样的穿着武装陈铭。

△父子二人走入大熊猫研究基地的正门，多亏志愿者们不时清扫积雪，确保这个曾经地标性的景点没有被大雪吞噬。饶是如此，积雪差不多也要及膝。

△陈家驹小学时代经常跟父母一起来熊猫基地做团建，那时候不仅可以看到大熊猫，还可以看到刚出生不久的熊猫宝宝和小熊猫。那时候陈家驹对于成长和未来没有明确的概念，他所有的畅想都围绕个

人意愿展开，没想到有一天会被婚姻和家庭所累；说所累有些赌气，更多是报复性的情绪表达。生活就像那只梦中的雪球，追着他跑，最后还要把他压扁。

△很少有人热爱自己的工作，陈家驹也不例外，他之所以扑在工作上面，其实是一种另类的逃亡。工作总是没错的，哪儿哪儿都是支出，挣钱养家就像给一艘破船堵窟窿。阿美说得对，他只是公司职员，并非不可或缺的一员。黎工很快批准了他的请假。不得不承认，陈家驹之前跟阿美抗争，很大一部分原因是他觉得上班比陪孩子更自如，也更简单。大概，父亲们都不怎么擅长与青春期的儿子交际。转眼间，陈铭就从那个拖着鼻涕的小屁孩成长为眉清目秀的青少年，陈家驹恍惚之中有点上当受骗的感觉，好像进行了一次跟预期不符的购物，而且不支持退换货。

△陈家驹提着铁笼一步一个脚印走在前面，儿子踩着他的脚印紧随其后。好几次，他都想挑起对话，搜肠刮肚开了头，儿子回馈几个语气助词，戛然而止。他本来也不是能言善辩的主儿，这点儿子倒是随他。

陈家驹：雪真大。

陈铭：唔。

陈家驹：学校一切都好？

陈铭：唔。

陈家驹：有事多跟妈妈沟通。

陈铭：唔。

△陈家驹再找不到其他话头，词穷了，搜肠刮肚也搜刮不出一句囫囵的句子。快到目的地，陈家驹才发起相对自然的对话。

陈家驹：楚老师讲了要抓好多只竹鼠？

陈铭：若干。

陈家驹：抓竹鼠爪子？

陈铭：喂大熊猫噻。

陈家驹：傻——子？（陈家驹差点爆粗口，生硬转折到方言。喂大熊猫？哪里还有大熊猫？这不是傻逼是啥子？）

陈铭：喂大熊猫。（陈铭没有听出父亲的质疑，又回答了一遍。）

△“雪崩”来得太过猛烈，人类自顾不暇，没有时间转移大熊猫。据统计，全世界直接和间接死于“雪崩”的受害者累计超过十亿。等到人们几年后适应了灾难（很难说和解，“雪崩”并没有作出让步，雪依然在下，放晴的日子屈指可数），才发现大熊猫早已不见踪迹。成都市政府和民间都组织过几次搜救，一无所获。人们推测，大熊猫已经被冻死，也有的说，大熊猫迁徙了。总之，成都再也没有了大熊猫。

陈家驹：你确定？

陈铭：确定。

陈家驹：好吧。

△唉，何必较真，老师讲喂大熊猫就喂大熊猫喽，不过是一次户外活动的家庭作业，捕鼠才是正经事。大熊猫基地曾种植大量箭竹，竹鼠最喜欢吃竹根。

△陈家驹把铁笼下好，撒上一线诱饵，带儿子走开。

△他们找到一座矮坡，双双匍匐，从高处俯瞰，像一副等号。陈铭上小学之后就跟奶奶睡上下铺，那时，他们家还住在武侯区凯莱帝景一室两厅的房子，四年级后换到现在的小区，陈铭拥有了自己的卧室。父子俩像这样贴近地靠在一起似乎是上个世纪的事。

△雪还在下。

△天地之间，一片苍茫，父子二人静默地注视着陷阱，有一种并肩作战的熟悉感。陈家驹开始感谢班主任的课外作业，让他有机会与

儿子交流。想一想，所谓的青春期、叛逆期，也并不是孩子主动与家长宣战，大多是家长先入为主地给孩子下了不懂事的定义。孩子能有什么坏心眼？与其说孩子疏远家长，不如说大部分成年人被责任与义务裹挟，疏远了爱。

△不知过了多久，一只竹鼠从雪堆中探出脑袋，机警地环伺左右，小心翼翼拾着诱饵，在铁笼边缘疯狂试探，仿佛有灵性，就是不往里钻。陈铭有些着急，想要冲过去抓捕，被陈家驹摁住。

陈家驹：莫慌。

陈铭（紧张地）：别让我的作业跑了。

陈家驹（笃定地）：相信爸爸。

△黑屏。

△出字幕：

Chapter Ⅱ

麻将

静静的深夜群星在闪耀

老师的房间彻夜明亮

12. 空镜　日/外　楚家小区

△小区里面常见的儿童游乐设施，一座滑梯，旁边有两副秋千。秋千上堆着半米高的雪，滑梯的滑道口也被大雪焊死。

13. 日/内　楚家客厅

△四位妇女在打麻将，年龄从二十左右到五十上下不等。她们抓、查、出牌动作娴熟。每人手边扣着一张麻将①。镜头扫过，可以从中辨认出阿美。（间杂着出牌、听牌的声音——阿美：摇裤②。另外一个牌友：碰。）听声音，年长者则是电话中通知阿美出席周末活动的乔姐。她烫了头发，嘴边叼着一根细长的坤烟，时不时似有若无地嘬一口。

△一局终了，自动麻将机桌面出现四张小臂长短的大嘴，将麻将吞食，片刻后吐出码得整整齐齐的长条。

△不知是谁讲了一个笑话，四人专注地大笑不止，脸都笑烂了。

△乔姐抓牌、码牌的特写，她神情专注，摸了一张牌，兴奋地拽在桌面上。画面定格。

楚乔旁白（成都话，下同）：观众朋友大家好，现在到了我的章节，非常高兴你们还没有走出电影院。说实话，我也不晓得技导演啷个安排的，前面的【竹鼠】好端端的，到了我这一趴突然放飞，让剧中人充当讲解。画外音很常见，但演员直接跳脱出来与观众面对面还是比较先锋，大概是受《搏击俱乐部》和《大佛普拉斯》的影响。简单科普一下，旁白一般分两种：一种是剧中人主观性自述，以第一人称回忆过去或展开情节，比如我的旁白；还有一种是作者对故事的客观性叙述，概括故事发生的背景及原委，或对人物、事件表明态度，进行议论和抒情，比如第五章节的旁白。OK，言归正传，回到电影

---

① 成都麻将的规则，除庄家外，另外三家需要扣一张牌，是为缺门，这是成都特色。

② 成都人打麻将时将“三条”（“三索”）称为摇裤（四川话“内裤”的意思）。

中。你们现在看到的这位迷人的女士就是我（停顿）妈。她左手边是李翘姐、右手边是阿美姐、对面是苏嬢嬢。苏嬢嬢生平有两大爱好：搓麻将和保媒拉纤，乃我当下最大的克星。我妈是一位麻将爱好者，已经退休的她每天要靠一百单八将度日。全国各地的麻将牌数量有所不同，通常有108、136和144三种，成都习惯打108张，故我用一百单八将指代麻将牌。大家是不是觉得这个指代有些傻，没办法，剧本是这么写的，我只好照读不误，否则这条过不了。我妈的口头语是，搓麻将不是成都人的娱乐，而是生活方式。对此我求同存异。我就是一枚土生土长、如假包换的成都幺妹，但我对麻将深恶痛绝，由此可得，我妈的理论以偏概全。但在她们眼中，我才是那个偏。

△楚乔讲话时快切一组各地棋牌室的画面，接着集中到成都市，画风逐渐变得清奇：瓢泼大雨，人们擎着伞打麻将，雨水已经淹到脚踝；戴着氧气瓶在水下打麻将；楚乔家客厅（接前文定格的画面），乔姐推倒自己的牌。

乔姐（志得意满地）：割了[①]。

△门开了，楚乔从外面进来，抖落身上的雪，阿美和另外两个雀友跟楚乔打招呼。

阿美：楚老师回来了，强强今天乖不？

楚乔（笑）：乖噻。

△楚乔还想跟学生家长叨扰两句，阿美重新扎入牌局。

△楚乔穿过客厅，回到卧室，关上门。

14. 日/内　楚乔卧室/客厅不断交换场景

△房间有两面墙书架，密密麻麻供奉着各色书脊的读物。

---

①割了，四川话，指和牌。

△特写：一排梁晓声的“专栏”，包含但不限于《今夜有暴风雨》《年轮》《人世间》《浮城》《雪城》《梁晓声自白》《人间烟火》……

△其中一栏有一只排球形状的音乐播放器。

楚乔：Friday?

Friday：我在。

楚乔：播放音乐。

Friday：好的，为小主找到刘森的《和小葛去石家庄》，请欣赏。

楚乔旁白：可能因为我最近总听万青的第三张专辑《我们如此热爱石家庄》，所以Friday抓取关键词，为我推荐了这首歌。我从未去过石家庄，只是在影视剧和歌曲中邂逅过那座北方城市。印象中，那是一座干燥而灰翳的工业城市。我想过去石家庄，但“囿于厨房与爱”，只能想想而已。“雪崩”后，全球旅游业熔断，后来虽然打通了一些重要线路，但人们苦于眼前的苟且，少有去远方的冲动和资本。

△楚乔仰面躺在床上，用音乐隔开外屋麻将机和四个女人的博弈。

楚乔旁白：作为第二章《麻将》的主角，是时候正式做一哈自我介绍。我叫楚乔，楚国的楚，大乔小乔的乔。是哦，有字幕，我不用组词。再次声明，这都是剧本里面的台词，而剧本是导演自己写的。多说一句，我看过整个戏的剧本，虽然我们这部电影是多个故事的拼盘，但我的戏份应该是最多的，串联意义也非常明显。综上，我不仅是第二章的主角，说我是整部戏的一号也不遑多让。作为一名职业演员，我不仅看完剧本，还在第一时间通读了原著。可能因为作者也是女性，行文非常细腻，而且视角固定，人称有序。作为同性，我能感觉到她向我这个角色倾斜的笔墨。在此，我要对作者说声抱歉，导演把小说改得“面目全非”，尤其是第四章节。我既希望她坐进电影院，又祈祷她永远不要看到成片。OK，我们已经知道这是一位有想法的先锋导演了，他拍过许多叫好不叫座的艺术片，许多观众买票进来是冲着他的名气和口碑，但进来之后，我想你们更关心剧中人物，所以——我叫楚乔，是一名中学老师，教生物，而且还是班主任。我老汉儿生前是川剧表演家，我妈退休前是成都科普研究所的副所长。综上，我们家好歹能跻身书香门第，但我妈的嗜好却是搓麻将。麻将社每天下午两点集合，雷打不动。不是做女儿的编派，我亲眼所见，天然气灶上的水壶扯着嗓子嘶吼，四位太太或小姐纹丝不动，精神都被东南西北风吹散了。对她们来讲，搓麻将才是正经事。

△屋外，以乔姐为首的女子麻将军团尽情投入，有的眉头紧锁，有的挥斥方遒。

△楚乔屋内的书架，有些书是倒放的，看不出其中规律。

楚乔旁白：我妈不晓得从哪里翻来一篇上世纪的报道，题目是《临床重大发现：搓麻抗抑郁！》：研究发现，社交活动与中老年人更低的抑郁风险有关。结合社交情况和抑郁症的发生率，与没有参与社交活动相比，参与一种和多种社交活动的志愿者们的抑郁症状显著减轻。所有社交活动之中，搓麻将效果最佳，其次是体育运动或社交俱乐部，然后是朋友聚会；社区组织、志愿活动和网络社交反而与抑郁症状减轻没有密切关联。

△画面中出现一张统计表。

楚乔旁白：据报道统计，2011 年 65 岁以上的老人有 1.1 亿，预计这一数字在 2050 年会增加到 4 亿，或许是经过了严谨调查和估算，但当年的研究者肯定没有设置“雪崩”的不可抗力。在这场全球性气候灾难中，老年人率先掉队，冻死的不计其数。单从数据上说，这减轻了社会老龄化负担，将幸存者的年龄结构调整得更加生机勃勃。可谁要是敢公开发表以上言论，一定会被群起攻之。不管死去的先人还是活着的后辈，都经不起这样轻浮的调侃和科学的概括。研究也表明，人这一生出现抑郁症的最高峰就是中老年时期，缺乏子女关爱，没有社会认同。我妈当初把这份报告甩给我看，落脚点就在这里。我不是不想陪她，可是我的重心偏倚在学生身上。所以纵容她搓麻将，就像家长体罚了孩子，补偿其看动画片。谁让我是她女儿呢，我不管她谁管？之前有句话“你把我养大，我为你养老”，我觉得不对，应该是“你把我养大，我把你养小”。这个周末，麻将社要举办一场活动，我也没想阻拦和说教，但是她们这次要玩把大的，不由得我着急上火。

△客厅里，大家不再打麻将，而是神色庄重地攀谈。

乔姐：在座各位都是麻将社的核心，周末的活动其他人可以缺席，你们必须到场，否则别怪我这个社长翻脸不认人。

苏孃孃：没问题。

李翘：一定。

阿美：谁不来只要下叫[1]就放炮！

乔姐（欣慰地）：非常好，就算所有人都不理解，至少还有家人们支持我。我搞这样的活动也不是哗众取宠，而是要让世人看见我们成都的姿态，大雪压垮了屋顶，但压不垮心房。我们的口号是——

李翘和苏孃孃：安逸。

阿美：巴适。

△乔姐、李翘、苏孃孃一起盯着阿美。

阿美（小声地）：安逸。

乔姐：安逸是刻在我们成都人基因里的核糖核苷酸，是我们川蜀大地一代又一代的印随，我们成都人是打不死的，不管多么恶劣的自然环境，都无法浇熄我们打麻将的热情。我们要以实际行动号召人们以积极乐观的心态面对“雪崩”。雪崩了，人心不能崩。这周末，我

① 下叫，四川话，指听牌。

们要玩把大的。

楚乔旁白：所谓“大的”不是指牌局的流水——她们享受的不是赢钱，而是和牌那一刻的满足。这倒是佐证了报道中另外一个观点：只有城市实验者的抑郁症状减轻与搓麻将有关。研究人员猜测，在农村，搓麻将往往是一种赌博活动，没有社交属性，非但不能改善心理健康，而且危害无穷——单纯是指麻将的个头。麻将能有多大呢？

△一排由小到大立正的麻将。

楚乔旁白：从左到右分别是汤圆［又名花胸罩（一筒）］、眼镜儿（二筒）、楼梯（三筒）、肚皮（四筒）、肚脐眼儿（五筒）、六筒、七筒、猪奶奶［又名黑娃儿（八筒）］、狗熊（九筒）。常见的麻将规格有40、42、44、46、48和50这几种，50已经算大的，长50毫米、宽35毫米、高25毫米，而她们准备玩的麻将牌还要更大，更大，更大。有的观众可能会说，你很无聊哎，麻将再大能有多大？总归要用手来抓牌啊。观众就是上帝，但是亲爱的上帝，我向您保证，绝对比您想象中更大。真是的，我关心这个爪子，我更应该关心的不是备课吗？

△楚乔像软体动物一般蠕动到床沿，从床底抽出一只整理箱。

△背景音乐仍然是之前那首《和小葛去石家庄》，歌词唱道：

你想看一看你崇拜的乐队的家乡

顺便带我找一找他的老街坊刘华强

Wu——Wu——Wu……

15. 日/外　楚家小区

△雪还在下，小区里除了清扫积雪作业的工人，基本上看不到其他居民。

△小区儿童游乐区，滑道口仍然被大雪封杀。

△一个小孩冲破积雪，浑身雪白地从滑道口冲出来，人仰马翻地倒在地上，咯咯地笑。

△全副武装的楚乔经过游乐区，看见躺在地上的小孩，她浑身上下仅仅露出的一双眼睛也跟着笑。她喜欢收集这些蛰伏在生活动线的周围的美好瞬间，不仅仅是让她感受温暖，更重要的是，感受秩序。楚乔从冬青上面抓了一捧雪，简单抟两下，丢中灯杆。

△背景音乐再次响起，接上首《和小葛去石家庄》：

Wu——Wu——Wu……

生活年复一年　我不去想大厦塌不塌

我只想知道何处是我家

16. 日/外　一组“雪崩”之后的成都街景快切

△被大雪埋没的武侯祠，只露出门头招牌。这是真正意义上的雪藏。

△太古里不复之前的人山人海，路面上的奢侈品店萧条了，反倒是地下的方所书店涌入不少读者。因为“雪崩”，许多室外活动受到毁灭性冲击，电视、电影拍摄也受到极大的威胁，产量骤减。人们度过最初的不安与慌乱之后，对于精神文明的需求日益增加，读书成为不二之选，成本低，能耗低。

△作为展会的宠儿，“雪崩”之后的东郊记忆沦为弃儿，室外活动太费周折和资金，如今这里已经成为无家可归之人的避难所。

△四川大学操场上，学子们正在举行雪球比赛。

△拥有成都三环内唯一原生态湖泊的东湖公园不仅是附近居民消遣的场所，也是白鹭等鸟类的天堂。如今湖面冰封三尺，园内积雪严

重，只露出一个尖尖的塔顶。这里曾被称为成都之肺，现在的成都呼吸困难。

△天府广场上一片毗邻的冰屋，造型各异，大小不同，有不少人进出。

△背景音乐换成了曲调积极、向上的《FLY-飞》，演唱者为ANU组合，歌词为藏语。

△字幕：

歌词大意：飞，当你想展翅翱翔。飞，冲破命运的围墙。若想自由飞翔，从此刻飞翔，从此刻飞翔。飞……

楚乔旁白："雪崩"之后经历过一段动荡，到了"雪二代"已经习以为常。由于常年酷寒，许多房屋都被冻裂，当年建筑可没有预想到这种严刑拷打。地球仿佛一枚被大雪冰封的标本，一百年间没有明显的改观，不管是外在的建筑，还是内在的人文（科技的进步也大打折扣），早几年，人们忙着应对灾难，经历漫长的过渡期，再后来，人们逐渐接受恶劣的气候。聪明的科学家因地制宜，学习爱斯基摩人，制造了冰屋。冰砖由取之不尽、用之不竭的雪花压制而成，不用黏合剂，只需砌好之后浇水即可。冰屋里面非常暖和，唯一的缺点就是无法建成摩天大厦，多是大平层或者小高层。这种冰屋如雨后春笋（虽然"雪崩"之后，基本不再下雨，但并不影响这个成语的使用，有多少人真的见过雨后的春笋?）般冒出来，形成一种成都特色。

△冰屋多作商业之用，有火锅店，有麻将屋。一间名为"阿里斯托芬"的麻将屋内人声鼎沸，人们安之若素，乔姐、阿美、李翘和苏孃孃也乐在其中。

楚乔旁白：母亲常常去一家冰屋麻将馆。喜欢搓麻将的人多少有些迷信，尤其上了年纪，母亲开始特别排斥去冰屋，说爱斯基摩跟埃斯库罗斯发音接近。楚乔大学参加过戏剧社，知道埃斯库罗斯是伟大的剧作家，古希腊悲剧之父，便觉得新奇；追问之下才明白，这不是新奇，而是老话。成都土著用此语形容倒霉，不如意，牌场上输钱，带有自嘲成分。楚乔哭笑不得。后来频繁光顾冰屋麻将馆也是因为老板匠心独运，取名为阿里斯托芬——古希腊喜剧之父。赢钱就是今天阿里斯托芬了，输钱就是今天埃斯库罗斯了。

17. 日/外　楚乔学校

△下课铃敲响。

△学生有序走出教室，在各班级老师带领下去操场清雪。

18. 日/内　楚乔班教室

△陈铭拿着除雪铲正准备往外走，楚乔喊住他。

楚乔：定了吗，周末谁陪你去？

陈铭：应该是我爸。

楚乔：我猜也是。你妈和我妈她们要去人民公园打麻将。

陈铭：楚老师，你说咱俩算是同病相怜吗？

楚乔（愣了一下）：嗯，但我们要同舟共济。你周末能不能把阿美姐支走，让她陪你抓竹鼠。（楚乔使了个眼色）老师帮你请个病假，下周都不用清雪，啷个样？

陈铭（认真地）：对不起楚老师，我想跟爸爸一起去。而且，我热爱劳动。

楚乔：我们师生友谊的小船，翻了。

19. 日/外　人民公园广场

△人民公园人来人往，两棵香樟树拉着一条巨大的宣传横幅，为周末即将举办的麻将赛造势。成都人热衷各种各样的展会与活动，这跟他们对安逸生活的向往相互映照。成都的休闲绝不是一时半刻养成的，也非一小撮人的追求，而是城市底蕴，或者说底色。“雪崩”之后，能够点燃人们的室外活动太少，在广场上打麻将迅速成为爆点。

楚乔旁白：阿里斯托芬老板，受冰砖启发，用雪花压制成一副高两米、长一米、宽四十公分的麻将模子，又花钱雇来几个冰雕师，在上面篆刻“萬”“筒”“条”，准备在人民公园广场展开一场别开生面的麻将大赛，每位选手还会配备一辆挖掘机（前一个月，选手经过专业训练，可熟练使用挖掘机洗牌、码牌和抓牌）。我妈作为老一辈的麻将圣手受邀参加，与其他三位同好竞技。这就是“玩把大的”。

20. 日/内　楚家客厅

△乔姐倚在沙发上敷面膜，楚乔隔着茶几跟她对峙。

楚乔：你又用我的面膜。

乔姐：你又不用。你天生丽质，用不着，我年老色衰，得保养。

楚乔：别恭维我。我们需要好好谈谈，关于周末的活动，我希望你能退出，悬崖勒马，为时不晚。你在家打麻将，去棋牌室打麻将还不够，非得去人民公园哗众取宠？

乔姐：你不懂，我们在创造历史。而且，这不是哗众取宠，这是众人拾柴，我们要复燃成都人的热火。

楚乔：我看你就会拱火。只有具备价值的事物才会被记载为史料，搓麻将说好听点叫爱好，说白了就是聚众赌博。没有任何一个史学家愿意为这件事动笔，顶多有一些不良媒体拿来炒作，赚取流量。

乔姐：你莫要看不起搓麻将，“雪崩”之后，成都是全国乃至全世界从阵痛中痊愈最快的城市，你以为靠的是啥子？

楚乔（朝母亲翻了一个白眼）：难道靠搓麻将？

乔姐：耍、乐观、不认输、脒到脑壳[1]。成都人对搓麻将的笃定与向往跟这种精神一脉相承。别以为我不晓得，你是嫌我出去丢脸。拉倒吧，你三十多岁的人了，家、校两点一线，商场都没逛两回，哪个认识你个傻撮撮[2]的？

△楚乔不晓得母亲从哪里淘来这么多乱七八糟的论据，总之不允许她出门，一改往日教学时温柔和蔼的脾气，双手叉腰据守门口，摆出玉石俱焚的架势。

楚乔：你莫转移话题。

乔姐：我告诉你，我必须参加，我可是重要嘉宾，啥事也不能耽误我搓麻将。跟我们打牌的不全是退休职工、无业游民，你李翘姐就是地热专家，她屋头个就是号称要给成都铺上地暖那位，政界要员。

楚乔：你所谓的政界要员就是居委会治保主任吧，比如乱点鸳鸯谱的苏嬢嬢。

乔姐（没有争辩）：说到你苏嬢嬢，我差点忘了，周末你也要去。

楚乔（梗着脖子）：你一麻将打死我算了，打死我也不会跟你们同流合污。质本洁来还洁去。

乔姐：哪个让你出席活动了？你苏嬢嬢介绍了一位对象。男方也是老师，教音乐的，我已经摸过底，称不上出众，但还算优秀。时间周日下午两点，地点太古里方所书店，就差你们两个人物登场，凑齐

① 脒到脑壳，四川话，一根筋。

② 傻撮撮，四川话，傻乎乎。

故事三要素就能召唤剧情了。我没说爱情已经给你脸了，别说我专制。

楚乔：你专治我。

△乔姐揭下面膜，放在掌心揉搓，再擦拭手背和小臂。

乔姐：你要是有能耐自己搞一个，我愿意操这份心吗？

楚乔：一说你的问题，你就用感情问题呛我。我告诉你，我没得空。我还要备大熊猫进食的评优课。

乔姐：大熊猫都灭绝了，还研究爪子？

楚乔：大熊猫是国宝。

乔姐：麻将还是国粹。

楚乔：你无理取闹。

乔姐：你理屈词穷。我没说黔驴技穷就是给你留面子了。

△乔姐把压榨干净的面膜丢进垃圾桶，径直走到楚乔房间。

楚乔（跟在后面喊）：你去我屋爪子？

△乔姐拿着一本书出来，边走边翻，书名为《自行车日：成都1966》，作者为黑狐。

乔姐：这本书为啥倒着放？

楚乔：我看过的书都会倒过来。

乔姐：怪不得只有几本书倒着。这本书是写我们成都的，讲啥子？

楚乔（没好气地）：自己看。

△除了书，乔姐顺手抄走一瓶乳液，在手背上涂匀。

乔姐：用一哈你的香香[①]。

楚乔：你都用完了再征求我的意见有啥用？

乔姐：我没有征求你的意见，我是告知。

① 香香，成都话，指护肤品。

△乔姐窝在沙发上，双腿并拢，下巴顶着膝盖，迅速浸入深度阅读。

楚乔旁白：是啊，母亲当年也是江南水乡一般的温婉女子，蹙起眉头比戴望舒的雨巷还要惆怅，地地道道的文学女青年。楚乔这个名字还是她册封的，母亲姓乔，巧妙地将男女双方姓氏嫁接在一起。我最终还是没能说服母亲，她给出的理由那么正点，不但让我无法反驳，反而被刺痛。但有一点可以肯定，无论如何，我不会赴约。我不是没有想过人生大事，只是我的重心倾斜在学生身上。我爱我的工作，我爱我的学生，我爱我妈，我爱成都。我没有时间和空间再爱上一个男人。

21. 日/内　楚乔卧室/一些闪回镜头和蒙太奇

△楚乔坐在床边，脚下是一只整理箱。

楚乔：Friday，放歌。

Friday：好的，为您播放酷玩乐队的 *Strawberry Swing*：

They were sitting

They were sitting in the strawberry swing

Every moment was so precious

楚乔旁白：人们总说科技冰冷，其实科技更能温暖人心，它永远牢记用户的爱好和需求，给予默默守候，在你需要的时候从不缺席和掉链子。酷玩 yyds——我上网查了才知道什么叫 yyds，导演真够怀旧。

△楚乔打开整理箱，拿出里面的服装铺在床上，那是一件熊猫人偶服。箱子里还有一只熊猫头套。楚乔端起来，扣在头上，左右打量。

楚乔旁白：作为成都人，我当然见过大熊猫，文字的大熊猫，歌曲的大熊猫，舞台剧的大熊猫，图片的大熊猫，全息投影的大熊猫。大熊猫与我有种与生俱来的缘分。我现在最头疼的就是如何向学生演示大熊猫进食，我购买了一些煮熟的竹笋。我听过其他老师的课，他们都是播放影像资料，潦草地打发学生的好奇心和求知欲。我不想用资料敷衍，我要亲力亲为。我上小学时，父亲告诉我四川是大熊猫的家，成都更是建设了一座全球独有的大熊猫繁育研究基地，我吵着要去基地看熊猫，父亲却犯了难，最后购买了一身人偶服装，假扮大熊猫跟我互动。我身上的人偶服，就是父亲留给我的遗产。

22.【闪回】日/内　楚家客厅

△楚乔父亲穿着熊猫人偶服，四肢着地，缓慢爬行，年少的小楚乔跳到父亲后背。乔姐站在一旁，端着手机录影。

楚乔旁白：我永远难忘那段记忆，每逢清明、中元、农历十月节，别人都给仙逝的亲人烧纸钱，我烧自己画的大熊猫或者做的手工制品。

23.【闪回】夜/外　街头

△十字街头，大雪纷飞。

△乔姐和楚乔打着伞蹲在地上，楚乔把一只熊猫纸偶扔进点燃着黄纸的火堆。火光瞬间舔舐了熊猫纸偶。

△乔姐把她抱在怀里，楚乔脑袋抵住母亲肩头，她看见一只硕大的熊猫从火堆中爬出来，一步一步走进雪中。大熊猫走着走着突然停下，楚乔以为它会转身，结果它最终头也不回地离开了。大雪模糊了她的视线。

楚乔旁白：我想把父亲生动的教学复刻给学生，只是播放录像，根本提不起孩子们的兴趣，必须要让他们参与进来，而我作为主演，要为他们呈上一节绘声绘色的生物课。我很难跟别人复述这种感受，别人也不会感同身受，“雪崩”让我们的授课变成了纸上谈兵。现在的孩子，对于大熊猫只剩下一个模糊的概念，只知道这是曾经的国宝，黑白两色，胖，笨，懒，喜食竹子。这还不够，远远不够。他们不知道，大熊猫其实非常勇敢，不惧寒湿；跟熊不一样，大熊猫从不冬眠。它们可以在零下四到十四摄氏度的严寒天气中从容自在地在积雪很厚的竹丛中穿行。它们并不懒，只是嗜睡，大熊猫每天一半时间进食，剩下的一半时间多数在睡梦中度过，平躺、侧躺、俯卧、伸展或蜷成一团都是它们中意的睡姿。它们不笨，甚至非常灵活，能够把臃肿的身体摆成各种造型，最喜欢双腿撑在树上，前掌蒙面，像个娇羞的新嫁娘。大熊猫很温驯，初次见人，也是前掌蒙面，或把头低下，不露真容。这点跟成都人很像，尤其以母亲为代表那类坚守传统的成都人，他们乐观，从容，悠闲，安逸，带一点有格调的慵懒，但不消极。它们几乎不会主动攻击其他动物或人，野外偶遇，总是回避，一旦当上熊猫妈妈，熊猫宝宝便神圣不可侵犯，即便是关怀看望，也会遭到凶猛的劝退。大熊猫吃竹子是既定事实，也是固有印象，其实大熊猫的食性奇特而有趣，它几乎靠吃竹为生，竹子占全年食物量的99%，特别偏爱箭竹。除了竹子，大熊猫也进食杂草。很多人都不知道，大熊猫的祖先是食肉动物，它们偶尔也会捕食一些鼠类。大熊猫栖息地有一种害鼠，名叫竹鼠，俗称“竹溜子”，专吃箭竹地下根。大熊猫闻到竹鼠气味，或者发现踪迹，很快就能锁定栖身之所，捕获的方法也非常有趣，它用嘴向洞内喷气，用前爪使劲拍打，迫使竹鼠慌忙出逃，大熊猫乘机一跃而上，用前爪按住，撕去鼠皮，尽食其肉。若是竹鼠拒不出洞，大熊猫就会将洞口掘开，将其捕获。

△一丛翠绿的竹林，一只探头探脑的竹鼠。竹鼠从洞中钻出来，

左右看看，被大熊猫摁住。捕鼠时的大熊猫全然没有平时的臃肿懒慢，而是去掉“大熊”，像猫一般敏捷。

楚乔旁白：我想让同学们全方位了解大熊猫，而不只是有一个朦胧的概念。“雪崩”造成了大熊猫的灭亡，竹鼠却逃过一劫，不仅是因为体形，更是因为它们打洞的本领。外面的雪越厚，洞穴越温暖，而且成都拥有丰富的地热能源，竹鼠的洞可以打得很深。它们很好地适应了“雪崩”，野外的竹子都被冻死，它们转而食用草根。让学生捕捉竹鼠还不够，我想要做得更加深入和逼真，最好可以演示食用竹鼠。当然，这只是我的幻想，学校也不会允许老师在课堂上演示血腥的内容；而且最重要的是，我也不可能生食竹鼠。且不说鼠肉是否卫生，味道如何，单是想想那个画面，我的胃里就泛酸水。当老师容易吗？天天绞尽脑汁备课，还要被三四十名学生平分精力、耐心跟和蔼可亲，太折寿了。

△楚乔摘下熊猫头套。

楚乔旁白：我望着床上的大熊猫人偶服，想起父亲；又想，父亲去世，受打击最大的还是母亲。我突然认识到一个悲催的事实：父亲在世时，最喜欢拉着母亲一起搓麻将。会不会，搓麻将正是母亲对父亲的怀念呢？

24.【闪回】2022年秋　日/外　孟屯河谷露营基地

楚乔旁白：他们结识于2022年秋，彼时，肆虐全球两年半的疫情彻底终结。从2022年春季流行起来的露营风刮到了秋天。父亲和母亲一起去孟屯河谷露营，他们当时并不认识，父亲跟他的哥们同行，母亲则和她的闺蜜作伴。

△放眼望去，上孟乡的高桥沟附近扎满颜色各异的帐篷和天幕，

周围地势平坦，植被丰富，龙门山脉与邛崃山脉在此接壤，形成了罕见的地质景观。

△年轻的乔姐跟几个闺蜜一起露营，她们懒懒地瘫坐在野餐垫上，一边啃兔头，一边摆龙门阵。走过来一位戴着墨镜的男子，正是楚乔父亲。

楚乔父亲：你们谁会搓麻将吗？我们三缺一。

乔姐（一把丢掉兔头，像课堂上积极回答问题的学生似的高举右手）：我牌技还可以，给你们搭把手。

△乔姐走过去，看见对方有三个人。刚坐下，就有一个男人跑过来。

男人：厕所太远了，来回耽误事，早知道憋着了。该我坐庄了吧？（看见乔姐）这位美女是谁？

楚乔父亲：救火的。

男人：那我呢？

楚乔父亲：你不会玩。

△楚乔父亲、母亲，伙同另外两个人一起搓麻将。他们玩的是一种袖珍麻将牌，比传统麻将的尺寸小一半，人手配备一把 20 厘米尺子长短的牌尺，将麻将放进牌尺，便可以一手端起十三张牌，腾出另一手抓牌。刚才被楚乔父亲判定不会玩的男人只能叫马。

△（叫马是川蜀地区特有的玩法，某些时候打牌的玩家过剩，该玩家可以“叫马”。在牌局开始前，叫马者从牌堆尾部随机抽走的一张牌视为叫马牌，不做公示。然后自己根据牌上的点数从庄家起沿出牌方向数，叫马者将与数到的玩家绑定。牌局结束后，叫马者与被叫者同进退、共输赢。这是成都人对麻将的热爱才催生出来的玩法，无论如何要参与进来，反过来，也体现了一种雨露均沾的包容与博爱——摘自白猿《叫马》P258。）

△他们从天亮玩到天黑，露营灯照耀着牌局，辜负了满天繁星。

25. 日/内　楚家客厅

△乔姐坐在沙发上沉思，茶几上摆放着一副晶莹剔透的袖珍麻将牌，她爱怜地抚摸牌身，若有所思。

△黑屏。

△出字幕：

Chapter Ⅲ

相亲

小船儿轻轻，漂荡在水中

迎面吹来凉爽的风

26. 日/内　陈家小区门口的走廊

△楚乔从陈家驹家退出来，朝里面挥挥手，脸上洋溢着难以自抑的笑容，看得出来，楚乔心情大好，嘴边还哼着《和小葛去石家庄》的副歌。

△陈家驹母亲把陈铭推出去。

陈家驹母亲：楚老师吃饱了吗？

楚乔（拍拍小腹）：胀翻起了。

陈家驹母亲：去，送送你们老师。

楚乔（连忙拒绝）：啊，不用，外面太冷了。

△楚乔小跑两步，按电梯，蹿进去。

27. 日/内　地铁2号线车厢内

△地铁内人挤人，楚乔艰难地蹭到门口，终于找到一个可以喘息的位置。

楚乔旁白：哎，这个章节还是我的part啦，所以我又要出来做旁白，大家不要烦哦，这一章不是很长，很快就会翻篇。

△“雪崩”之后，地面交通濒临瘫痪，出门都是地铁，许多地铁口修到小区地下停车场，坐电梯可直达，省去外面周转的辛劳与寒冷。比较偏远的城区，政府配备了摆渡车，打通市民家门口到地铁口的连线。

△广播报站，前方到达人民公园。

楚乔旁白：人民公园？那不就是我妈她们用铲车打麻将的活动地点？我为自己当时的想法感到歉疚，这哪个是丢人呢？她们在用自己的方式感染灾难中的成都人民啊。

△楚乔看着车厢内的线路图，下一站是天府广场，再下一站就到春熙路了。从春熙路站下车，经过一段长长的地下甬道就能到达太古里。这段甬道现在已经形成了成都规模最大的地下酒吧聚集地。

楚乔旁白：我当老师之前，经常去那里消遣，是一家名为“投奔怒海”的酒吧常客。当上人民教师后，再去酒吧似乎显得有些不自重，老师、酒吧，格格不入。人们都知道这是一个想当然的错误观点，可是没人愿意纠正。我今天很想到我之前常去的酒吧转转。

28. 日/内　春熙路到太古里的甬道

△酒吧门口不断有人进进出出，临近目的地，楚乔却踟蹰了。她

望着“投奔怒海”的招牌，转身离开。

楚乔旁白：看来我还是没有勇气挑战世俗的观点，虽然酒吧里面的客人不知道我是一名中学老师，我身边的亲朋好友也不会知道我到此一游，可我还是觉得有无数双眼睛在窥探。我穿过长长的甬道，上来后，正好到达太古里，一眼就看见了方所书店。突发奇想，我决定跟那个同行见一面。

29.日/内　方所书店

△书店比酒吧还要热闹，人满为患；人虽然多，但是异常安静，有部分交头接耳的现象，但是听不到明显的嘈杂。你永远可以相信成都人在公共场合的素质。小孩捧着绘本坐在地上看书，成年人站在书架旁聚精会神，还有一些爷爷和嬢嬢斜倚着书架，徜徉在字里行间。

△楚乔走到饮品区，里面同样座无虚席，只是相对外场，这里有一些芜杂的背景声。

△书店正在举行一场讲座，一条曲曲折折的长龙排到了饮品区门口。楚乔看见一张广告牌，原来是有作家签售，物料上的书封是《双城故事》，作者为黑狐。楚乔看着眼熟，却想不起来哪里见过。

楚乔旁白：我妈固然唠叨，但一针见血。我平时很少出门，也不像其他成都女孩一样喜欢捯饬自己，我活得非常主观，对于自己喜欢的事物疯狂坚持，讨厌的则不屑一顾，连装作感兴趣的样子都懒得摆出。我不是没有相过亲，过去几年，前前后后被安排的约会不到一百，也有八十。我妈就像一个售货员，急不可耐地想把我推销出去。最近两年，我开始排斥，常常以各种理由搪塞、回避，甚至欺骗，好几次出门了，去书店兜一圈，读两篇短文，翻几页杂志，回来之后用不合适交差。这是非常烂的借口，但屡试不爽，毫无破绽，不管对方被母亲形容得多么优秀，不合适就是不合适。我妈总说，哪里不合适，我看就很般配。我也有应对之策，性格合不来。这下，母亲就不知从何下手了。还有一点，当老师真的很忙，尤其是班主任，我们办公室有一句话，班主任不配拥有健康和自由，静脉曲张、扁桃体炎、肩周炎等长期形成的疾病从入职第一天就环伺在我们左右，感冒、发烧、头疼、脑热更是家常便饭。今天之所以进来，或许因为对方也是老师，就算走个过场，还可以去书店消磨时光，不亏。

△恰在此时，一位男士走到楚乔面前，手里捧着一本《今夜有暴风雪》。楚乔先注意到书，再看见人。

男士：您是楚老师吗？

楚乔：您是？

男士：我是苏嬢嬢介绍的李森，木子李，森林的森。阿姨说您喜欢看书，我就约在了这里。

楚乔（惊喜地端详着李森手中的读物）：您选的书挺应景。

李森：不瞒您说，我喜欢伤痕文学，特别向往上世纪八九十年代，那是中国当代文学最好的时代。

楚乔：太有缘了，我也爱看伤痕文学。说不出为什么，那种淡淡的伤感非常打动我。

楚乔旁白：喜欢读书不算合拍，关注同一领域的作品非常难得，我对他的好感陡增，偷偷拿眼打量李森，寸头，白衬衫，牛仔裤，看上去清爽健朗，是我心仪的类型；干净，懂礼貌，是我欣赏的品质。最重要的是，他长得不丑，身高也蛮高。千万别给我扣以貌取人的帽子。我们毕竟是相亲，如果没有眼缘，其他就不会发生。

李森（招呼楚乔）：我们边喝边聊？

△李森主导了这次相亲，把楚乔带到书店的咖啡区，李森点了一杯蜂蜜柚子茶，一杯拿铁。

李森：您是教生物的对吧？

楚乔：我们别您您的了，都是同辈。

李森（笑着抓了抓头发）：这样显得我尊敬您。我这人不会说话，我妈说跟人客气总没错。您在哪所学校任职？

楚乔：七中。

李森：我在蓉城小学，教音乐。虽然说起来都是人民教师，可跟你们站在一起总有些不好意思，好像占了你们的便宜。

楚乔：我教生物，也是副科。很少见男的音乐老师。

李森：是吧，您要是喜欢，以后可以常见。

△楚乔笑了笑，竟然对于李森的土味情话不反感，她以前是讨厌甚至难以忍受这种油腔滑调的。

△对话到此为止，能聊的也就这些。楚乔不是那种把控聊天走向的人，如果对方不主动提起话头，她就陪着沉默。纵观她的相亲史，其中一半以上都要经历这种场面，这往往代表此次约会是初次见面也是最终话，很难有后续。楚乔心里有些遗憾，觉得还可以争取一下，但李森只顾喝咖啡，喝完之后又点了一杯，仿佛心里有一团燃烧的火焰亟待浇灭。

△就这样吧，不要勉强自己，也不要苛求他人，感情的事，尤其如此。她准备起身告辞，恰在这时，背景音乐换成了酷玩乐队的 *Up & Up*，她决定听完这首歌就说拜拜。

李森（突然声情并茂，一字一顿，有板有眼）：说起来您可能不信，每次听到他们的歌，我都热泪盈眶。

楚乔：啊？

李森：我是他们的 super fan，每一首歌我都会唱。当年就是为了学唱他们的歌才报考的音乐专业，误打误撞成了一名小学音乐老师。

△好像为了证明自己所言不虚，李森轻轻哼唱：

See a pearl form, a diamond in the rough

See a bird soaring high above the flood

It's in your blood, it's in your blood

△情之所至，楚乔和道：

We're going to get it, get it together right now（我们会挺过去，一起坚持）

Going to get it, get it together somehow（一切都会好转，阳光终将降临）

Going to get it，get it together and flower（越过荆棘，花开遍地）

楚乔：我也是，super fan。

李森：真的？太巧了。我还说现在已经没有人愿意听老歌了。我收藏了他们演唱会的高清视频，有空一起看。

楚乔（脱口而出）：好啊。

楚乔旁白：“好啊”就这么不矜持地说出来，我的脸变得烫手，好像滚过一枚刚煮熟的鸡蛋。糟糕，是心动的感觉。

李森：对不起。我实在演不下去了。我其实不喜欢看书，我喜欢动漫，我更不懂伤痕文学，梁晓声和高晓声都分不清。我是喜欢英文摇滚，也对酷玩耳熟能详，但我对涅槃情有独钟，咖啡馆的歌是我拜托老板播放的。我不想骗您。这些都是您母亲塞给我的信息，让我取得您的欢心。可是我想啊，就算我们在一起了，日后肯定还会暴露。而且，对不起，您也不是我心仪的类型。我喜欢开朗活泼的女娃，您有点矜持。

楚乔（愣怔一下）：这才是主要原因吧。

楚乔旁白：这位叫李森的音乐老师转折太生硬了，但我并不生气。我也奇怪自己什么时候培养出的这么漂亮的涵养。或许，是我一开始就没有做好展开一段感情的准备。

李森：啥子？

楚乔（直白地）：看不上我。

李森：您千万别这么想，您很优秀，只是咱俩不合适。（楚乔扑哧一声笑了，更加释然，用魔法打败魔法）您笑起来挺好看的，多笑一点噻，别总绷着脸。我们能做朋友吗？没事可以交流教学经验。

楚乔：好啊。

李森：说到教学，我现在正头疼。小学生都很天真，以为歌里面唱的都是现实存在的。（李森喝了一口咖啡，微微抬起头，唱了两句）“让我们荡起双桨，小船儿推开波浪。”可是所有河流湖泊海洋都被冻结，哪个荡起双桨？哪个推开波浪？他们根本没有见过，更别提坐过真正的船。我们这代也一样，多么悲哀啊。他们一个个睁大眼睛看着我，我不晓得哪个解释，我不想告诉他们我们的世界被大雪封杀了。您遇到过类似的问题吗？

△李森认真地盯着楚乔。

楚乔旁白：那一刻，我体会到什么叫做同病相怜，一个没忍住，哭了出来。李森慌了，手足无措。我一时半会儿也跟他说不清道不明，只想痛快地哭一会儿。果然是教学问题最能刺痛老师。

△就在这时，乔姐斜刺里杀出，大声向李森问责和警告。

乔姐：你是不是欺负我女娃了？小心我让你站着进来横着出去！

楚乔：妈！

△楚乔钻进母亲怀里。

楚乔：与他无关，我这是油然而生，有感而发。

乔姐：啥子？

△楚乔哭了几声鼻子，回过味来，抬头望着母亲。

楚乔：你不是搓麻将去了？

△乔姐有些紧张。

乔姐：这个，那个……

△突然一阵骚乱，排队的长龙被冲散了，乔姐借机逃走。楚乔后来才知道，签售会的作家黑狐借着上厕所的名义逃离现场，放了几百名读者的鸽子。

△黑屏。

△出字幕：

Chapter Ⅳ

签售

我的朋友在哪里

在天涯，在海角

我的朋友在这里

今天我们相聚在一起

△黑屏。

△十秒钟过去了，仍然黑屏，如果不是放映事故，就是导演对《2001：太空漫游》拙劣的模仿。

楚乔旁白：没错，又是我，这次真的不怪我，签合同的时候根本没有这场戏，是开拍后导演硬塞给我的，这属于填鸭。预告一下，下个章节，旁白就不是我了。大家可以猜一下是谁。提示，ta跟我有对手戏。或许有人觉得我得了便宜卖乖，作为演员，谁不想多剪一秒戏份？好吧，我也想多剪一秒，但这场戏没有我一个镜头，事实上，这个章节没有一个镜头。拜我伟大的导演所赐，他答应制片方七个月拍摄，一年后期，结果从开拍到现在已经三年，还有好几场戏没有取景。甲方爸爸怒了，给他划了一道不可逾越的死线，导演只能潦草地结尾。当他剪片子的时候才发现漏了非常重要的一场戏，按说应该补拍，再不济也要用电脑抠图，但时间太急了，导演另辟蹊径，想到了我，让我录制这段旁白。其他章节之所以加入许多旁白，也是为了弥补素材的拮据。按照电影理论，旁白是电影剧作结构的一种辅助手段，它只起“黏合剂”的作用，绝不能把它当作代替银幕动作的基本材料使用，但我们“先天不足”，只能“后天弥补”。接下来，你们将见证电影史上的奇迹：相信不少观众都听说过无实物表演，那么，你们见过无人物表演吗？好啦，不兜圈子了，因为经费和时间问题，以下这个章节将采用文字展示，在此，再次对原著作者白猿女士致以真诚的歉意，她肯定不会想到，我们会原封不动地改（照）编（搬）她的小说。

△字幕：

怕什么来什么。

阿杜简直要崩溃了，说好今天搓麻将，千算万算，没想到最不可能旷工的乔姨放了鸽子。三缺一，世上没有比这更痛苦的事情，阿杜本来已经退出雀界，迫于无奈，只好出山补缺。这对于他来说可不是寻常的牌局，由不得半点敷衍和马虎。开打之前，李翘和阿美也跟阿杜抱怨，说她们百忙之中抽出空来赴约，一是给阿杜面子，二是不想扫大家的兴，没想到退休在家的乔姨反而失信。大家都说，乔姨一定被什么重要的事临时缠住，又说，按照乔姨的性格，除非进ICU，否则挂着点滴也要打四圈。

阿杜不想顶上去还有另外一个原因，他最喜欢的科幻作家今天下午要来成都签售，他早早盼望着这天，面见偶像。阿杜从小到大仍在坚持的爱好只剩科幻，他迷恋过摇滚，不了了之；他热衷过足球，无疾而终；唯有科幻，心心念念。该作家就是他当年入坑的始作俑者，或者说，就是该作家把他推入了科幻的无底深渊。阿杜的外号就是他自己册封的，他特别喜欢阿西莫夫，就管自己叫阿西莫夫杜，简称阿杜。搓麻将跟签售时间冲突，他事先安排好一切，他们至少要打八圈，他有足够的时间来回。但意外还是发生了，他不得不顶上去。

八圈打完，阿杜马不停蹄赶到书店，签售已经结束。阿杜只好背着一书包他的作品离开。阿杜伤心不已，迁怒于乔姨，暗暗发誓今后永远拒绝她进入自己的麻将馆。这还不够，远远不够，他要利用自己在成都棋牌室的裙带关系，彻底封杀乔姨。阿杜心情糟糕到极点，就像铁公鸡丢了钱包，读秒时刻被死敌逆转，现在唯一能安慰阿杜的就是一顿火锅。

阿杜提前一周就预订了大龙燚太古里店的包间，本来是准备叫上麻将馆那几个功勋元老一起庆祝，现在只能一个人舔舐受伤的心灵。这家火锅店是成都老字号，营业历史可以追溯到“雪崩”之前，排号比最近火爆的虚拟歌姬演唱会门票都难搞——阿杜不大理解，年轻人哪个都喜欢假的。他刚进饭店，就看见一个戴眼镜的中年男人正跟前台理论。前台发现阿杜如释重负，对中年男人说：“这就是那位先生，你和他协商吧。”

“哪个回事?”

“他看你没来，想占你订的包间用餐。”

“是这样，我来成都出差，明天就要离开，我是偷着跑出来吃大龙燚火锅的，您一个人吗?我请您吃，中不中?”

“偶像!”阿杜认出眼前的男人正是自己仰慕已久的作家黑狐。什么叫踏破铁鞋无觅处，得来全不费工夫，这就叫踏破铁鞋无觅处，得来全不费工夫。他非但不会刁难乔姨，还要给她永久会员，以后搓麻将不用上份钱。阿杜受宠若惊，跟黑狐美美吃了一顿火锅。他做梦都没有想到，那个动辄毁灭人类文明的幕后黑手竟然与自己共饮。他没喝酒，已经微醺，情感可以醉人，以至于黑狐借故去洗手间离开，他都没有察觉，还是前台告诉他，先前那位先生把账结了。阿杜赶紧追出去，在黑狐下地铁站之前赶了上去。

“说好我请客。”

“不是这事。你还没给我签名呢。”阿杜打开背包，“从你的处女作到《双城故事》，一应俱全。”

黑狐乐了，眼睛眯成一条缝，掏出钢笔，却写不出一个字。外面太冷，钢笔水冻住了。黑狐把笔尖放在嘴里哈气，甩了甩，仍然没用，尴尬地看着阿杜笑，“要不你留下地址，我回头寄给你。”

“我有个办法。”阿杜带黑狐回到火锅店，红油锅底还在沸腾，阿杜用手一指。黑狐会意，把笔尖在铜锅中一涮，飞快签完所有的书，最后一本了，黑狐问阿杜要不要写点什么。阿杜想了想说：“‘冬天总会过去，愿我们在春天热烈拥抱。’就写这两句吧。”

“你的名字？我给你 To 签。”

“To 阿里斯托芬。”阿杜小心翼翼把黑狐签名的书收进背包，“你酒店订在哪个沓沓[1]，我开车送你过去。”

“不用了，我跟成都地热局还有一个活动。我想感受一下成都的地铁。”

——摘自《叫马》

△黑屏。

△出字幕：

① 沓沓，四川话，地方。

Chapter V

地热

一个挂在，挂在冬天
一个挂在，挂在晚上

△字幕：

题记：

一开始都觉新鲜/事后发现上了新鲜的当/你不再声张我的拥抱/我也从你的肋下逃亡

——回春丹《寻人启事》

30.日/内　黎家书房

△黎小军趴在书桌上睡觉。

△案头的专著层峦叠嶂，就像即将高考的高三学子的教辅，站在门口都看不到他的身躯。

△天已经亮了，窗外大雪纷飞，室内光线很暗，天色难辨。

技安旁白：大家好，我是这部电影的导演，我叫技安，不是李安，是技安。这是我的艺名。我本名有个“建”字，我拆成了技安。我当时沾沾自得，好像爱因斯坦创造出相对论，后来觉得这个名字太中二了，但懒得再换。我想，每个人都有或多或少不堪的过去，这是我们的一部分。这一章的旁白本来由我负责，但我不想介入太多个人情感与色彩，我只想当一个冷冰冰的语音助手。所以，为什么不交给Friday呢？它足够冷冰冰，而且本身就是语音助手。

Friday旁白：大家好，我是冷冰冰的Friday，“雪崩”之前，成都极少下雪，市区最多只能在车顶积压薄薄一层，地面暖和，雪一落下就化，潮湿、泥泞，没有任何美好可言；毛主席的词，千里冰封，万里雪飘，只能在脑海中构建相关画面。龙泉山倒是可以收留积雪，赶上有雪的日子，市民们就会开车去龙泉，在车顶堆一个雪娃娃，拍照发朋友圈，证明自己在过冬天。成都人就是安逸，也有些童真。市区的人们遇见下雪就是一场狂欢，上着班也要不忙多不慌多去凹个造型，不能像他们瓜得要命，瓜得可以报警。你去看吧，朋友圈里都是陶醉在雪景中的男女，仿佛全城热恋。人们嘲笑成都的雪是“头皮雪（屑）”，可他们不介意。这些人也就能在这件事上地域歧视一下成都，其他任何指标，成都都会吊打这些凛冽的北方城市；也有省会城市嘲笑济南没有地铁，其实是羡慕济南地下四通八达的泉道，“雪崩”之后，人们不得不破坏泉道修建地铁。“雪崩”之后，成都人民再也不用跑到龙泉寻觅雪景，全国，全球，同此凉热。

△手机闹钟丁零零敲碎黎小军的美梦。他一边吞吐哈欠，一边抻懒腰。

△黎小军站起来，走到窗前。

△窗外，银装素裹。

31. 日/内　黎家卫生间

△黎小军走进卫生间，妻子李翘正盘踞在马桶上拿手机玩麻将。她每天早起打四圈才能醒觉。认识李翘之前，黎小军只知道有醒酒，没听说过还有醒觉一说。

△黎小军拧开水龙头，用两手掬了一捧，几乎是泼在脸上，之后再取洗面奶，上下刮两下，再掬水，再泼，疾风骤雨一般。

李翘：昨晚打梦脚了？

△黎小军摇摇头。

李翘：熬通宵了？

△黎小军含糊地嗯了一声。

李翘：注意休息，身体是革命的本钱噻。

黎小军：你好了没有，我憋不住了。

李翘：你知道我在马桶上的时候手气最佳，让我打完这一圈噻。

△黎小军咬咬牙，看见洗手池上方的架子口红盖都拧下来了，顺手帮李翘盖好。

李翘：哎，哎，别碰，这是我摆的阵。

黎小军：你打个麻将都快赶上祭祀了，还摆阵，太迷信了吧？

李翘：这是我们成都人的倔强。

32. 日/内　一组展示黎小军日常的快切镜头

Friday 旁白：黎小军的确熬夜了，但没有工作，而是啃了一本书。他是一名地质工作者，根红苗正的科学家，本来不喜欢那些天马行空的科幻小说；天马行空已经是客气的定语，许多设定简直胡说八道。不懂是一回事，不懂装懂则是另一回事；写出文章，还要四处兜售，贻害青少年，性质就更加恶劣。说来奇怪，“雪崩”造成了巨大的破坏，许多业态因之凋零，谁也没想到最先复苏的反而是文学。可能因为电力供应受限，卫星也受到恶劣天气的干扰，通信设备跟社会新闻一样更新缓慢，影视和游戏都遭到冲击，成本较低的书籍就脱颖而出，慰藉了人们受伤的心灵。黎小军挺喜欢看书，但很少碰科幻小说，只是被几个征文大赛拉去做过评委，硬着头皮读了一些文章，抱着看作者出糗的心情，挑拣科学设定的毛病。这本书的作者前阵子来成都做签售，据说现场人山人海，队伍甚至排到了书店大门外面。签售会下午两点开始，持续到傍晚结束，还闹了一个小插曲，黑狐借故上厕所，结果人跑了。黎小军倒是同情这个作家，要他坐着不动写三四个小时的字，他也会跑；他估计连自己的名字都不认识了吧。所里有黑狐的书迷，上午没吃饭就过去排队，最后也没能要到签名，那个小插曲就是他们普及给黎小军的。

△黎小军与黑狐一起聚餐。

Friday 旁白：说巧不巧，所里安排的“成都地暖”的启动仪式，邀请黑狐当嘉宾，会后聚餐，他俩刚好邻座。黎小军想着给所里的小朋友（黎小军跟妻子达成默契，没要孩子，管四五岁的儿童和二十四五的青年都叫小朋友）一个惊喜，问黑狐要了签名，他没有书，签在了记事簿上。黑狐人很谦逊，一直不怎么说话，有人敬酒就笑纳，偶尔也主动推杯换盏。酒席没结束，黑狐就说上厕所，迟迟没有回来。黎小军想起那个插曲，以为黑狐又演奏一遍。没想到，黑狐最终折回来，手里还抱着三本书，说刚去书店采买，签好名赠送给黎小军，两本送他的同事，一本让他留念。

△黎小军一边泡脚，一边读书。

Friday 旁白：黎小军当晚回到家，接了一盆热水，坐在沙发上泡脚，随手翻开这本小说，很快就被文字塑造的漩涡吸引进去，不知不觉读到天亮，双脚在冷水中委屈了一夜毫无怨言。说是科幻，其实更像纪实文学，小说以“雪崩”为背景，描述了一种“人工太阳”的研发历程。看到结尾，一颗颗“太阳”冉冉升起，雪停了，霸屏百年的积雪开始融化，仿佛大地流出喜悦的泪水。入戏太深，情之所至，黎小军的眼角也湿润了。他们做的事情一样，只不过黑狐在幻想中升起太阳，而他要把太阳种在成都地下。洗脚水已经冰凉了，黎小军的心却火热。如果每个人这辈子只能实现一个梦想，黎小军会毫不犹豫选择地热。提到地热，黎小军经常被误会是安装暖气的工人。他还记得第一次去妻子家拜访她父母，未来的岳丈还安慰他："做什么工作不要紧，要紧的是脚踏实地。'雪崩'时代，谁家都需要地暖嘛，这是朝阳产业。"后来黎小军解释说，他不给具体的户主安装地暖，他要做的是给整座城市安装地暖。老丈人对地热的认识代表了大部分市民。他话少，被酒怂恿着，说到自己熟悉的专业，就有些停不下来：地热主要分为三种，浅层地热能（温度低于25摄氏度，深度在地下200米以上，常见的温泉就属于此类）、水热型地热能（目前最常用的地热能，又分为低温、中温和高温地热能三种，各自对应的温度分别是90摄氏度以下、90到150摄氏度，150摄氏度以上，分布深度在200米到3000米区间）、增强型地热能（即干热岩，被誉为地热能的未来，温度在200摄氏度以上，深度位于3000米到10000米区间），这符合人们对于事物的认知，想要得到更优良的东西，就必须付出更高的代价。中国利用浅层地热能全球第一，但是对于干热岩的开发远远落后其他国家，这也符合中国发展中国家的国情。四川地区拥有多种类型的地热资源，可利用量位居全国前列。早在"雪崩"之前就对浅层地热能进行了广泛的开发利用，采用热泵技术，提取地表水中的热能，利用水温差为建筑物室内供冷供热。在浅层地热能开发利用方面，四川省地质工程勘察院（黎小军工作单位的前身）完成了峨眉山、海螺沟、雅安周公山、大邑花水湾、北川县、青川县、泸县等地的众多温泉旅游区理疗热矿水的勘察评价工作。据记载，2020年左右，四川已有近3000万平方米的建筑在利用地热能进行供暖和制冷。这还不够，远远不够。四川盆地存在规模巨大的浅层地温能资源，盆地周边存在丰富的中低温地热资源，川西高原区的德格—巴塘—乡城地热带、甘孜—理塘地热带和炉霍—康定地热带蕴藏中高温地热资源，这些都是四川的宝藏，黎小军梦想着打造一个地热体系，物尽其用。"雪崩"来了，大熊猫不知所踪，竹鼠通过把洞穴向下延伸保全性命。过去十几年，黎小军就像竹鼠，每学习如何打洞。项目最忙的时候，黎小军在地下待过两个礼拜，回家后妻子打趣道："哟，恭喜你重见天日。"或者说："你再不出土就变成文物了。"

33. 日/内　地下管廊

△高约十米的廊道就像匍匐在地下的一条巨蟒，黎小军和陈家驹戴着白色的工程帽，乍一看，仿佛巨蟒的两颗毒牙。

黎小军：听说大熊猫的事了吗？

陈家驹：何止听说，我亲眼所见。

黎小军：真的假的？

陈家驹：真的。

黎小军：眼花了吧？

陈家驹：我又不是花眼，啷个会眼花？

黎小军：但是从科学的角度来看，可能性几乎为零。

陈家驹：几乎，就是还有机会。

黎小军：你们成都人真倔强啊。

陈家驹：我们达观[1]噻。

黎小军：是达观，用铲车打麻将的事都做得出来。我老婆和你老婆出名了。对了，现场怎么样，很震撼吧？

陈家驹：我没去。

黎小军：你跟我请假，我以为你要去现场助阵。你不去，阿美没意见吗？

陈家驹：开玩笑。老子不得虚她。老子家庭地位高，不像你们一个个耙耳朵。周末我陪娃儿去大熊猫基地抓竹鼠了，就是在那里看见

① 达观，四川话，乐观。

的大熊猫。

△谈起孩子，陈家驹脸上有了光亮。黎小军则没有太多反应与附和。

Friday 旁白：黎小军和妻子没要孩子，不是讨厌，而是他知道成都回暖之前，他都没时间照顾和陪同，他不愿意让孩子生来就“没有”父亲。这是他们结婚最大的阻力，没想到李翘反而轻描淡写，说孩子可以不要，麻将不能不搓。李翘爱搓麻将，每逢过年过节，两口子回丈母娘家，吃完饭，妻子总想攒一个牌局，常常是庄家还没选好，黎小军就被一个电话叫走。没办法，他操心的是整个成都的温暖。这个项目就是他的孩子。他看着它被孕育，看着它出生，看着它跌跌撞撞地成长，如今迎来人生第一次大考，给成都这片土地供暖的日子近在咫尺。黎小军无比希冀又害怕这一天的到来，就像女儿出嫁。

陈家驹（向往的）：等雪化了，我要带儿子去踢足球。

黎小军（拍拍陈家驹肩膀）：加油干吧。

Friday 旁白：最后一次下井检查，没有任何问题。他对这些埋在大地之下的管道比对他的血管还要熟悉。像血管给人体带来温度一样，这些管道将会点燃成都的冬天，而黎小军就是保证血液正常泵出和循环的心脏。这颗心脏受到成都人民无微不至的保护，却在妻子那里吃了瘪。

34.夜/内　黎家客厅

△夫妻二人正在吃炸酱面，菜码分别是黄瓜丝、胡萝卜丝、榨菜丝、（烫过的）黄豆芽。黎小军是石家庄人，地地道道的北方汉子，喜食面食。

李翘：听说大熊猫的事情了吗？

黎小军：到处都在传，好像是在大熊猫基地发现了保存完好的遗体。我上午还跟家驹聊呢，他说他亲眼所见。

李翘：你有啥子想法吗?

黎小军（不明所以）：我有啥想法?

Friday 旁白：**黎小军不晓得妻子为何这么问，他满心都是地热管道铺设，无暇关注其他新闻，听到就是过过耳朵，不往心里搁。妻子用色眯眯的眼睛盯着黎小军，弄得他浑身发毛。**

黎小军：你有话直说，我现在可没多余的精力和时间。

李翘：我想请你帮个小忙噻，推迟几天启动地热工程。

黎小军（吃惊得像见鬼一样）：你以为这是个人经营的小卖铺吗?想什么时候开张就什么时候开张，这是成都十几年以来最受瞩目的项目，关系所有人切身的利益。哪一天供热，一分一秒都不得马虎。我说了不算。(迟下补充道）谁说了也不算。

李翘：你在会议上提一下嘛。你是总工程师，说话还没得分量?

黎小军：你到底想做什么？直说。

李翘：我参与了寻找大熊猫的活动，我坚信我们一定能找到。

黎小军：这跟供热有什么联系?

李翘：一旦供热，土地的温度就会突破零度，积雪开始融化，掩埋在雪地中的大熊猫遗体也会暴露出来。

黎小军：这不是正好吗？一举两得。

李翘：大熊猫遗体之所以保存完整，一方面是因为低温，另一方面是因为隔绝空气，一旦暴露，就会发生氧化反应。所以，我们想跟你申请几天时间，让我们完成对大熊猫基地的地毯式搜索。

黎小军：你别闹了。

李翘：我非常认真，以及诚恳。

黎小军：寻找大熊猫本来就是子虚乌有的事情。就算实锤，找到大熊猫遗体也是小概率事件；就算找到遗体，又有啥用，全民瞻仰吗？供热关系到千万个活人，不要用一两具死尸跟我谈判。

李翘：我们有机会看到真正的大熊猫，这难道不重要吗？

黎小军：完全没有可比性。

Friday 旁白：黎小军甚至连生气都觉得多此一举，这根本就是无稽之谈。且不说他为了这个项目付出十几年心血，一天，一小时，一秒钟他都不愿意等待。任何一个稍有社会常识的人也会得出显而易见的结论，孰轻孰重，一目了然。这就像一场不战而胜的对抗赛，高下立判，没有出手的必要。

李翘：我好言好语跟你商量，你就这个态度？

黎小军：李翘！我告诉你，这件事没得商量。

李翘：黎小军！我们结婚这么多年，我没跟你提过什么要求吧，也没管过你。你说不要小孩，好，不要；你说下井就下井，几个月摸不到人影，好几次，我都以为你死在里面，每次见到你我都有一种劫后余生的庆幸。我对你来说算什么？这个家算什么？就是一个临时歇脚的场所吗？吃顿饭，洗个澡，充分休息，以便再次扑入工作之中。你多久没碰过我了？

黎小军（语气塌下来）：忙完这阵就好了。这次是真的，你也知道，我等这一天等了多久。

△提到家庭，黎小军有些心虚。他试图搂住妻子的肩膀，被她躲闪。

李翘：个人给老子起开。

△李翘哭了，印象中，这是他们几年来第一次争吵，妻子的眼泪让他猝不及防。

李翘（一把鼻涕一把泪）：我也不晓得为啥子要跟牌友一起寻找大熊猫，我只在电视上见过它们憨态可掬的样子，可我就是忍不住加入其中，好像我们在挽救一种濒危的精神。大熊猫曾是国宝，也是成都的代表，或许，我们只是在缅怀“雪崩”之前的成都。

△李翘说完夺门而出，黎小军想追出去，可怎么也挪不动脚步。

35.夜/内　黎家书房

△黎小军焦急地站在窗前打电话。

陈家驹 OS：你别急黎工，我跟阿美说了，麻将社的人都在帮忙找翘姐。

黎小军：谢谢你们了。

陈家驹 OS：说真的黎工，大熊猫对成都很重要。

黎小军：有多重要？

△电话那头沉默片刻。

陈家驹 OS：就像搓麻将一样重要。虽然我也抵制过麻将社，但是不可否认，大熊猫、麻将、火锅都是成都的图腾。

Friday 旁白：当天晚上，李翘没有回来，黎小军打了几通电话，都没人听。电视里报道当地新闻，一大批市民向大熊猫基地进发，寻找大熊猫遗体，甚至还出动了挖掘机。镜头扫过，其中一台挖掘机的驾驶者竟然是白发苍苍的老太太（苏嬢嬢）。大量市民向市政府请愿，要求推迟供暖时间。黎小军也接到所里电话，连夜参加市委组织的商讨大会。

36.夜/外　街道

△雪还在下。

△黎小军冒雪上街，出门太急，忘了戴滑雪帽。从地铁站出来没走几步，黎小军就顶了一头白发。

Friday 旁白：不过夜里十点，街上冷清得非常纯粹，路灯也早就熄灭，节省电力。黎小军通过一些文学作品了解到，“雪崩”之前的成都人民有着丰富的夜生活，晚上十二点出门，路边还有吃麻辣兔肉的小摊，还能见到老人小孩全家出动吃宵夜的场面，如今天黑了，人们就被笼进屋子，足不出户，归顺了日落而息的自然法则。外面黑黢黢的，冷飕飕的，没有重要的、不得不做的事情谁愿意风雪夜归。环境改变了人们的生活方式。黎小军想要打造一个四季如春的成都，让记忆里那些破碎的美好一点点重圆。其实，他跟妻子殊途同归。他们身上都流着成都人民乐观、热爱生活的精神。

37. 日/内　会议室

△会议室里坐了一半政府官员，剩下一半由军人和知名社会人士填满，任何一个人单拎出来都能独当一面，黎小军的头衔是最轻的，如果不是涉及地热问题，他几乎没有话语权，他也识时务地坐在末尾。

△众人争论不休。

Friday 旁白：主持会议的领导简要发言，告知召集大家的目的。他们评估了群众寻找大熊猫遗体的积极性，还找生物学专家进行过讨论，假如真的找到被大雪覆盖的大熊猫，有没有复活的可能。第一，某种机缘巧合之下，大熊猫并没有死，而是低温冬眠（后被指出，大熊猫没有冬眠属性），能否将其唤醒；第二，利用基因技术，克隆大熊猫。这看起来有些无厘头，但仔细想想，如果大熊猫重新回归成都，能够提升整座城市的文化自信。某种程度上，大熊猫就是成都的图腾。人们开始七嘴八舌，有人觉得这只是群众的一厢情愿，晃壳儿[1]才认为能找到大熊猫；有人认为这具有非常重要的象征意义，地

① 晃壳儿，四川话，没脑子、瞎混的人。

面可以不热，不能让老百姓心凉了。与会者很快分裂成两个阵营，唇枪舌剑，你来我往。最后落脚点到了是否要推迟供暖，并且投入人力物力支持寻找大熊猫这一议题上。黎小军终于成为会议焦点，他介绍了项目的情况，客观分析，莫得感情。黎明时分，争论双方仍然没有得出明确的结果，只好进行民主投票，大家举手表态。

△一个个表达立场，有人举手，有人摇头。同意，反对；反对，同意……

△一边唱票一边统计，到黎小军这里竟然戏剧性地打平。黎小军成为全场焦点，几十双眼睛灼伤了他这个总工程师。对他来说，地热项目就是他的孩子。

38. 日/内　黎家卧室

△黎小军像个牵线木偶一样开门进来。黎小军回到家里的时候，天刚刚擦亮，他熟悉这个时间点，过去常常彻夜加班，陌生的是空荡荡的双人床。以前回家，李翘总会掀开被子让他钻进来，给他暖和，而今天妻子随后进门。黎小军转身紧紧抱住妻子。

黎小军：你回来啦。

李翘：我们现在必须跟你们争分夺秒。昨晚找了一宿。

黎小军：睡会吧，睡醒我跟你一起去。

△李翘错开黎小军的拥抱，抬头吻他，用柔软的舌头撬开他的唇齿。黎小军配合，两人栽倒沙发上。

△黎小军脱去上衣，又剥光了李翘，仔细端详着妻子的身体，并没有急于入港。

△黎小军紧紧抱住李翘，在她耳畔呼出温热的气息与轻语。

黎小军：我们要个小朋友吧。

Chapter Ⅵ

偶遇

喵喵喵，猫来了

叽里咕噜滚下来

39. 日/外　成都大熊猫繁育研究基地遗址（接第11场）

△陈家驹和陈铭依偎在一起，静静等待。陈家驹已经很久没有这种认真又紧张的心情了。

陈铭（紧张地）：别让我的作业跑了。

陈家驹（笃定地）：相信爸爸。

△竹鼠探头探脑，终于钻进去铁笼，左突右转，不得章法。陈铭高兴地跳起来，结结实实给陈家驹来了一个拥抱。

陈铭：谢谢爸爸，爸爸真棒。

△陈家驹一时不知双手该如何安置，天寒地冻，心里却焐得很热。两个人收拾了铁笼，深一脚浅一脚往外走。陈铭作业完成了，心情大好，话也变得多起来。

陈铭：爸爸，我小名为什么叫强强？

陈家驹：你小时候身体很虚弱，我和你妈妈都希望你以后能够健康成长。我们当时就想，只要你能平平安安的，其他什么都无所谓。可人们都是贪得无厌的，你身体没问题了，我们就开始抓你的学习，学习成绩上去了，又要求你音体美劳全面发展。你，一定很累吧？

陈铭：爸爸撑起这个家，最累。

△陈家驹眼眶一热。

△陈家驹揉揉眼睛，远远看见雪地上伏着一只大熊猫。陈家驹以

为眼花了，跟儿子反复确定，后者也说看见了。他晓得沙漠有海市蜃楼，雪地里也有，同样都是光线的把戏。他们悄悄接近，发现大熊猫身材有些走样。一般来说，走样指的是肥胖，对于大熊猫，走样却是相反的方向，它太瘦了。不过想想也合理，冰天雪地的恶劣环境，大熊猫胖了才怪。他们想要追过去，但雪太深，只能眼睁睁看着大熊猫消失在他们的视线中。

△父子二人来到熊猫基地门口，遇见了拎着行李箱的楚老师。

陈铭：楚老师？

楚乔：陈铭？

师生二人异口同声：你啷个在这里？

△陈铭告诉老师，来这里是为了完成她布置的作业，还向她展示铁笼里的成果。楚老师说，她也想找点大熊猫捕食的感觉，已经在雪地里挖了一个大洞，可惜她没能抓到竹鼠。

△陈家驹本来觉得楚老师安排这样的作业有些过分，形式主义，没想到老师亲力亲为，颇令他感动和内疚，极力邀请老师回家吃饭。

陈家驹：楚老师去家里吃饭吧。

楚乔：不打扰了。

陈家驹：没事的，阿美不也经常在你家蹭饭？

陈铭期待地望着楚乔。

楚乔：那我恭敬不如从命啦。

40. 日/外内　陈家客厅

△楚乔跟陈家驹和陈铭一道回家。陈家驹安顿好儿子和客人，又叮嘱母亲泡茶，下楼买菜，回来发现母亲已经开始张罗，炖了一锅肉汤，香气扑鼻，当下没多想，择菜、洗菜，在灶上忙活。楚乔过意不

去，进来帮忙。

楚乔：阿美姐呢？

陈家驹：今天不是去人民公园用铲车搓麻将嗦，她一早就走了。

楚乔：我差点忘了这茬。

陈家驹：现在像楚老师这样爱岗敬业的人可不多了。

楚乔：我只是想让学生更加立体和生动地了解成都。对了，成都地热啥时候启动？

陈家驹：快了。这些年一直在忙着给成都装上地暖。我们就像竹鼠一样，天天在地下管道钻来钻去，不见天日。

楚乔：那很伟大。

陈家驹：伟大谈不上，尽一份力吧。不知道这场雪啥子时候能停。

△陈家驹望向窗外，雪还在下，纷纷乱乱，模糊了人间。两个人默默无语，仿佛静止。陈家驹快五十的人了，活不出什么新鲜念头，大部分时间其实有些麻木，工作，睡觉，他觉得大雪覆盖的不仅是城市和原野，还有人们的思想。经过今天跟儿子在雪地里的互动，他身上的雪已经开始化了。他由衷感谢楚乔，可是又不知道怎么表达，只是说谢谢两个字太过突兀。楚乔在想什么，他并不晓得。

陈家驹母亲：楚老师结婚没得？

楚乔（笑道）：不得急。

陈家驹（尴尬）：妈，你问这个爪子？

陈家驹母亲（揭开锅盖，香气四溢）：摆龙门阵嗦。楚老师今年多大？

△陈家驹探过身子看了一眼，发现锅里面翻滚着一只剥了皮的竹鼠，立刻变色。

陈家驹：妈，你啷个把强强的作业给炖了？

陈家驹母亲：你们出去抓竹鼠不是招待客人的吗？

陈家驹：竹鼠啷个能吃呢？

陈家驹母亲：这你就不懂了吧。竹溜子的肉鲜嫩可口，营养丰富。我小时候常听我奶奶说“天上的斑鸠，地上的竹溜”，你们都没经历过那个年代，不知道过去的历史。

陈家驹：对不起啊，楚老师。我妈——

△陈家驹连忙跟楚乔道歉，后者却笑靥如花。

楚乔（如释重负）：谢谢阿姨，我啷个就没想到把它煮熟炖了？我这些天一直惆怅啷个表演大熊猫进食竹鼠呢！

△几个人开心地笑了。

△画面定格，出字幕，同时伴有楚乔的旁白：

几点声明：

1. 本故事纯属虚构，如有雷同，算我抄你。

2. 部分内容并不适合 18 岁以下观众，如有不懂，请千万不要咨询老师或家长，以免受伤。

3. 这是“城市”三部曲的第一部，但是我不能承诺什么时候给你们下一部。其实我也不知道总共有几部曲，万一跳票时间太长，你们可以骂我，但别催我。①

楚乔旁白：我说不录，技安导演非让我录，他可能觉得自己很幽默，但我觉得他这个“城市”几部曲不会再有人投资了。大家且看且珍惜，再会。

△黑屏。

△一组“雪崩”前的成都风景照、街景、火锅店、棋牌室、展会……每张新释出的照片首先布满整个屏幕，之后缩小，依次排列。

△纯音乐，《我最中意的雪天》。

① 改自韩寒《光荣日·第一季》扉页上的话。

△黑屏。

△出字幕：

技安　导演作品

△片尾曲：《母老虎》，Ty/谢帝。

歌词：我给你说嘛，讲道理这个东西喃要分情况的，你跟有一种生物就没得道理讲，你懂噻……

△出演职人员表。

△出导演组、摄影组、录音组、灯光组、美术组、造型组、出品人、制片人、统筹等工作人员字幕。

△出片头曲、插曲和片尾曲的字幕。

△特别鸣谢成都大熊猫繁育研究基地、大龙燚火锅、太古里方所书店、成都市地热局和赛凡科幻在影片拍摄过程中给予的大力支持和帮助。

【彩蛋】

41. 日/外　北湖生态公园

△雪还在下。

△地上的积雪却不见了，北湖生态公园的露营基地重新扎起帐篷，他们要克服泥泞的草地，以及需要招募专人负责捅落天幕和帐篷上面的落雪。其中两个并肩的天幕特别瞩目，里面大概有四五家人。

△阿美、乔姐、李翘和苏嬢嬢在玩一副袖珍麻将。李翘的肚子肉眼可见地滚圆起来。陈家驹、黎小军、李森和楚乔负责准备吃的，阿杜一脸嫌弃地拿着一只长棍不时捅落帐篷和天幕上的积雪。

阿美：黎工，你好久没回石家庄了？

黎小军：十年至少。

阿美：石家庄雪大吗？

黎小军：大，赵州桥已经被雪淹了。

阿美：你下次回石家庄喊我一起嘛。

黎小军：要得。

李森：楚老师，你过去耍吧，这边交给我们就行。

楚乔：谢谢李老师。我过去叫马。

△楚乔跑开了。

陈家驹（对李森说）：你这还没结婚就开始耙耳朵了？

李森：都是前辈们做的好榜样。

△帐篷里，陈铭在奶奶的帮助下穿上楚乔带来的熊猫人偶服。熊猫爬出来，逗乐众人。

△黑屏。

△出字幕：

谨以此片献给成都。

冬天总会过去，愿我们在春天热烈拥抱。

朝辞8D城

灰狐

空中悬挂着硕大的倒计时，这是陆舟视野里唯一能够见到的东西。

陆舟在黑暗中舔舔嘴唇，还有不到一分钟，他就可以成为第一批进入 8D 城的游客。

这个名额来得并不容易，全世界内只有一万个人拥有这样的资格。

陆舟是个数码资讯自媒体人，主要做一些游戏、数码产品和元宇宙社区趣闻之类的内容。但他只是凭着一腔热情傻做，还没有形成自己的风格，无法输出观点，粉丝也不多，在所谓的“圈子”里还没混出名堂。

说回 8D 城，这个项目几年前就有了。当时元宇宙概念炒得正火，各大公司都打算做自己的虚拟社区。一个叫做炫宇宙的小公司突然宣布，要推出十六座各具特色的虚拟城市，8D 城是第一座。

当时谁都没把这家小公司放在眼里，直到不久前，炫宇宙突然放出了一些风声：计划中的 8D 城已经建成了。从预告片来看，8D 城属于写实风格，无论建模、光影、贴图都是照片级的，就像一座真实的城市，精致程度全面碾压市面上所有的半吊子虚拟社区。

这几年，为了做自己的栏目，陆舟在几个用户量比较大的元宇宙虚拟社区都进行过深度体验。总体来说体验感不好，无非是把原来的平面文字社区做成立体的，但大部分都很粗糙，精细程度和早期的《我的世界》差不多。这都 2028 年了，还做不出《玩家一号》那种水平的虚拟社区，这届人类真的不行。

8D 城的出现迅速掀起了一波讨论的热潮。虽然从预告片来看，8D 城基本已经达到了陆舟心中理想的样子，不过，打造一座完全拟真的城市并不是多难的事情，真正拼实力的还要看炫宇宙公司如何运营，如何把用户都吸引到这里来。

在预告片发布的第三天，炫宇宙宣布，将招募一万名游客进入 8D 城，而 8D 城正式开门迎客的日子，定在三个月后。这一系列计划就像组合拳，打得陆舟这样的爱好者惊叫连连。这么密集的发布也在对外传达一个信息：8D 城的完成度已经相当高，不再需要调整，可以直接和大家见面。

虽然距离 8D 城正式开放还有三个月，但是陆舟一天都不想等了。他想挤进这个名单，一方面他对这座城市确实好奇，而另一方面，如果真的成了前一万名游客之一，这个机会将是他的自媒体账号一个千载难逢的增长点。

陆舟四处打探消息，但以他的影响力，就算是名额开放到十万名，恐怕也轮不到他。不过功夫不负有心人，陆舟打听到他有一个叫做方子琪的初中同学现在正在炫宇宙供职。虽然已经有二十多年没有联系过，可是为了抢到首发，陆舟硬着头皮给这位几乎忘记了模样的同学发了邮件。

在惴惴不安中等待了一天之后，陆舟收到了方子琪回复的五个字："地址发过来"。陆舟不确定这是什么意思，但总比没有消息要好。他连忙把地址发送过去，又说了一些嘘寒问暖的话，还承诺过年回家的时候要和方子琪聚聚。但方子琪再没有回话。

又过了一周，在陆舟以为方子琪这条线要断了的时候，他收到了炫宇宙寄来的包裹。包裹很大，分量十足。打开包裹，陆舟最先看到的是一张卡片，卡片上印着"邀请函"三个字。

稳了。

陆舟不由得喊了出来，他拿起卡片，翻来覆去地看。卡片背面印着 0986 的编号，下面是登录密码，还有进入 8D 城的步骤说明。

看到登录账号和密码，陆舟就放心了。他把邀请函放在一边，继续研究炫宇宙寄来的东西。他打开下面的箱子，里面是一整套虚拟显示设备。

陆舟把设备一一拿出来摆在工作室里，除了普通用户都有的 VR

眼镜之外，还有更高阶的触感手套和万向行走台。所有的外设都印着炫宇宙自己的 logo，并且是全新的设计，在市面上找不到同款。陆舟估计了一下，光这些设备就价值六万多块。

只凭一封邮件，方子琪就给陆舟寄来了这么大的一份礼物，这让陆舟受宠若惊。他开始反思自己是不是太唐突了，向从未联系过的同学开口要东西。陆舟又打听了一下，才知道方子琪竟然是 8D 城的设计总监，陆舟更加窘迫，这可不是一顿饭就能还了的人情。

陆舟不敢再联系方子琪了，思来想去，还是把自己的栏目做好，多说说 8D 城的好话，就算是帮方子琪一把了。

倒计时终于归零，时钟变作一扇门，陆舟向前走去，穿过光芒构成的通道，进入 8D 城。

在强光造成的短暂视觉模糊之后，8D 城展现在陆舟眼前。

也许是期待值太高了，当真正看到 8D 城的时候，陆舟的心里稍微有些失落。

因为眼前这个世界太真实了，真实得就像陆舟每天生活的世界。

他身处于一个宽敞明亮的大厅，看构造像是机场或是火车站。和他一起进来的还有许多游客，都穿着毫无个性的灰色 T 恤——8D 城的初始服装。

陆舟粗略地扫了一下身边的人，看到几个圈里鼎鼎大名的自媒体人。如果在平时，他肯定要过去客套几句，攀个关系。但今天来是为了体验 8D 城，社交放在以后吧。

有人召唤出菜单，开始为自己在 8D 城的化身挑选衣服。陆舟不在乎形象问题，于是略过了这一步。

“该怎么出去?”陆舟自言自语道。

8D 城听到了陆舟的问题，一条淡绿色的导航线出现在他的头顶，看来这里的新手辅助做得不错。

导航的终点是一台地铁售票机，显示着一张四通八达的地铁线路图。

沙坪坝、较场口、小龙坎、磁器口……

这些不都是重庆的地名吗？

重庆依山而建，规划和北方平原城市完全不同，整个城市是立体的，有些高楼20层外面是马路，1层外面也是马路。因为地形复杂，重庆被戏称为3D城市。

所以8D城是按照重庆建造的？陆舟能理解其中的逻辑，但却少了一分惊喜，对8D城的评分不免又下降了一些。

地铁站提供的出行方式不是地铁，而是传送。陆舟点了解放碑，立刻被一团光包裹住，再睁眼时，已经到了目的地。

和陆舟猜测的差不多，8D城确实是以重庆为模板打造的——解放碑步行街和陆舟记忆中的一模一样。只是现实中的解放碑是重庆最繁华的商圈之一，平常摩肩接踵，熙熙攘攘，有数不清的人来回穿梭。

而现在，空荡的大街上只有陆舟一个。霓虹灯投下五颜六色的光，沿街的橱窗里闪动着时尚消费品的广告，各大商场的门都开着，灯火通明。路边还有一家卖板凳面的小店，店里的锅咕嘟咕嘟地冒着蒸汽，却没有人。

就像是电影里被丧尸侵袭过的世界，虽然外表繁华，但内里却透露着孤独和死寂。陆舟想着，又摇摇头。作为第一批游客，本身就有看到不一样风景的特权，等大量的用户涌进来，这里大概会比现实中的重庆还热闹吧！

尽量不要表达对8D城的负面评价，陆舟提醒自己，毕竟方子琪给了他一个这么重要的名额，还有贵重的设备。作为一个自媒体人，该说什么不该说什么，陆舟心里还是有数的。

陆舟走进一间商场，一楼的珠宝柜台同样无人看守。他左右看了看，绕到柜台后，拉开抽屉，取出一串项链。触感手套传来细微的震动，将白金项链的触感完美地传递到陆舟的手上。他抬起手，对着光端详项链。项链反射着周围的光，闪出耀眼的斑斓，项坠上镶嵌着的钻石更是晶莹璀璨。

明知这是虚拟物品，可陆舟就是找不到一点破绽。他甚至开始怀疑，根本没有什么虚拟世界，他现在就是在现实中的重庆，这是一场真人秀。

陆舟抬手摘掉VR眼镜，看到自己的工作室，他才敢确定，刚才看到的一切，都是假的。

其他人都在干什么？毕竟8D城不应该只是一个简单的重庆模拟器，它还要有更多的互动内容才能留得住用户。陆舟调出菜单，将城市动态显示出来。

果然，在8D城各处都有不同种类的竞技场或者个性展示区域，大部分游客都聚集在那些地方。

观光内容还是以后再说吧，先去找点刺激。

最近的竞技场设置在千厮门大桥的桥头，只有一千多米的距离，附近没有传送点，陆舟打算步行过去。

走出商场，傍晚的天空变得乌云密布，狂风卷着路边的落叶在空中翻滚。雨落下来，在地面上积成小水洼，倒映着闪烁的霓虹，让这座城市流露出另一种味道。

陆舟在雨夜中快步前行，耳边是雨滴落下的声音，迎面有冷风吹来，是VR眼镜中的喷气装置营造出的空气流动的感觉。离开了繁华的商业街后，四周暗了下来，只有昏暗的街灯和空无一人的路边店投射出来的灯光将街面照亮。

陆舟忽然觉得有人在看着自己。他停下脚步，向四周看去，空荡荡的城市没有一丝生命的气息。他又走了几步，眼角的余光仿佛捕捉到了什么东西，被人偷窥的感觉更强烈了，他停下看向身后，只是一个下水道在向外冒着白色的蒸汽。

原来只是错觉，陆舟在感慨 8D 城丰富的细节的同时，被人注视的感觉并没有减弱，反而愈发强烈起来。街灯的阴影里，街边店铺的窗缝里，或者马路对面的楼上，在雨夜中一切显得危机四伏。

开什么玩笑，陆舟在心里想，现在还没有进入游戏状态呢，怎么疑神疑鬼起来?

他再次摘掉 VR 眼镜，揉了揉眼睛，活动了一下四肢。短暂休息后，陆舟重新回到 8D 城，被偷窥的感觉消失了，街面上恢复了祥和与宁静。

也许是虚拟世界的模型精度太高，让眼睛过于疲劳了。陆舟猜测这并不是什么大问题，很快就被他抛在脑后。

经过一段时间的摸索之后，陆舟在 8D 城里终于找到了他想要的东西——炫宇宙公司建造了一座逼真的虚拟城市，还结合城市的特点设计了无数互动项目。

根据游览说明，目前只开放了十分之一的项目，等 8D 城正式开放的时候，会有上千个互动和竞赛项目供游客体验。不仅如此，炫宇宙还和迪士尼、环球影城、索尼，还有圆谷株式会社达成了合作协议，将来还会有更多大型 IP 加入 8D 城和之后的虚拟城市中。

8D 城的首次体验只有 24 小时的时间，除了上了几次厕所，吃了两块饼干，陆舟一直沉浸在虚拟世界里。当绚丽的 8D 城逐渐熄灭，陆舟就像做了一个难以忘怀的梦，舍不得醒来。他睁着眼睛望着眼前的黑暗，回忆这 24 小时里经历的一切。在经历了最初的磨合之后，8D 城满足了陆舟的一切幻想，这就是他想要的世界。

陆舟摘下身上的装备，伸了个懒腰，久坐让他腰酸腿疼。尽管已经有24小时没有合眼，但陆舟一点都不困。他必须把自己的感受写下来，让所有对8D城好奇的人知道他们将要拥有一个多么美妙的世界。同时，陆舟觉得自己也有必要回报方子琪，要不是这位老同学，他不可能有机会提前体验到这样的虚拟世界。

想法是好的，但当陆舟坐到电脑前面，却不知从哪里开始说起。8D城的画面不断在脑海中浮现，但拼凑不成完整的思路。外面已经华灯初上，天逐渐暗下来，陆舟仍然一筹莫展。就在陆舟恍惚之际，他的眼角余光仿佛捕捉到有什么东西在动。陆舟猛地转向那边。工作室的角落里摆了许多做节目用的数码产品和配件，在昏暗的天光下朦朦胧胧，看不清楚。

陆舟又产生了那种被人偷窥的感觉。他警惕地站起来，去找灯的开关。窗外一辆大车经过，一道光扫了进来。陆舟看到那堆数码产品安静地堆在那里，并没有什么可疑之处。

我是真的累了，陆舟伸了个懒腰，劝自己说，*还是睡一觉再写吧*。

陆舟把在8D城的见闻做了三期节目，还详细测评了炫宇宙寄来的全套虚拟现实装备。尽管有一些头部自媒体在第一时间就发表了8D城的游玩体验，但陆舟的内容更加详细。陆舟后来才知道，并不是所有的首批游客都有炫宇宙的新式虚拟现实装备，他是唯一一个对这套装备进行测评的。

随着关注8D城的人越来越多，几天的转发传播使陆舟的节目登上了数码热榜的榜首，加之8D城正式开放时间的临近，节目的热度不降反升。

三周时间里，陆舟的粉丝量增长了三十倍。

吃水不忘挖井人，陆舟又给方子琪写了一封邮件，表达了自己的感激之情，并且附上了节目的链接，来表示自己的“忠诚”。但方子琪仍然没有回复。毕竟8D城就要上线了，正是方子琪忙碌的时候，不回信息陆舟也能理解。

8D城正式上线的第一天，同时在线人数就突破了1200万。陆舟自然是这1200万中的一个。比起上次游览，8D城的风貌更完整了。还是人山人海的风貌更适合重庆这样的烟火之城。

陆舟把自己的自媒体栏目也转移到了8D城，凭借着刚刚发展起来的粉丝群体，陆舟成了8D城最早的核心自媒体。他几乎将自己的生活完全转移到了虚拟世界，一半时间做栏目，一半时间在8D城探索。

陆舟的栏目下聚集了许多8D城的用户和爱好者，讨论有关8D城的方方面面，比如竞技场的技巧，虚拟世界与软硬件技术，还有制作组在8D城中留下的各种彩蛋。

陆舟索性扩展了自己栏目的内容，做了一块城市留言板，供大家交流各种信息。

一转眼，8D城运行了九个多月，活跃用户数量达到了1.1亿，并且还在飞速增长。之前许诺的混合IP大型主题乐园也陆续上线。从业界到用户，大家基本达成了共识：8D城就是元宇宙社区的标准模板。

炫宇宙并没有因为这样的成绩而止步，在不断完善8D城服务的同时，还准备推出面向国际用户的多语言版本。另外根据小道消息，计划中剩余的十五座城市也在按部就班地开发中，其中三座城市就快完成了。

根据专业机构的分析，如果炫宇宙时间表上的项目都按时推出，五年内用户将会突破四十亿，成为最新一代互联网生活的领头羊。

在炫宇宙业绩增长的同时，陆舟的事业也发生了翻天覆地的变化。九个月前他还是凭着一腔热情写栏目的业余自媒体人，现在他的栏目已经成了 8D 城里首屈一指的资讯中心，他的留言板也成了 8D 城“准官方”信息墙。

留言板上的内容最初还挺正常，大部分的留言都很和善，都是基于陆舟的栏目进行发散，讨论一些相关问题。偶尔有人发发牢骚，比如抱怨虚拟现实设备太贵，或者因为沉迷 8D 城而丢了现实里的工作等等。不过总体保持着和气热情的氛围。

最近，有一些声音出现在信息墙上，说是在加入 8D 城之后，总是会出现被偷窥的感觉，会有一些东西出现在余光中，但实际上什么都没有。

陆舟一直很忙碌，当他发现这个话题的时候，已经有许多人声称有同样的症状了。陆舟本人也有相同的经历，回想起来，第一次进入 8D 城之后就有过这种感觉，一直持续到现在。陆舟还以为是飞蚊症之类的小毛病，没有过多在意，没想到有同样症状的人如此之多。

慢慢地，人们把这种感觉称作“被偷窥妄想症”。这不是一个好的征兆，虽然没有证据证明是 8D 城导致的“被偷窥妄想症”，但这个话题继续发酵的话，将会发展成一次炫宇宙的公关危机。

陆舟当然不愿意炫宇宙有什么负面信息传出来，尤其是出自自己搭建的信息墙。虽然方子琪到现在也没有再回复陆舟一个字，但陆舟还是念着这个人情，对 8D 城和炫宇宙有一份特殊的感情。

陆舟联系了他的专属客服（作为头部自媒体，陆舟有专属的客服人员），想要就“被偷窥妄想症”一事沟通一下，也算是在事件发酵前提一个醒。

见面的地点约在朝天门来福士广场的顶层，在现实中，这里也是一座超现实的建筑，一条水晶走廊横跨四座大厦，悬于半空，下方是长江和嘉陵江的交汇处，是 8D 城（重庆）景色最好的地段之一。

陆舟给客服发了消息之后，便传送到了空中花园的茶室。在虚拟世界没有茶水饮料可以喝，陆舟只是一边看着窗外的景色，一边等着客服的到来。

窗外，8D城一览无余。湛蓝色的天空中没有一丝云，清爽的阳光毫无遮拦地照耀着这座新兴而又古老的城市。陆舟看着窗外黄色的长江和绿色的嘉陵江交汇，两色的江水泾渭分明，就像是沸腾的鸳鸯火锅。江面上水花拍打不停，陆舟再次感慨8D城的技术团队竟能将江水这样复杂多变的流体如此完美地复刻到虚拟世界中来。

陆舟眨了眨眼睛，突然感觉有人站在自己身边，他转过去，空中花园里现在只有自己一个人，两个虚拟服务员都站在离他很远的地方。

被偷窥妄想症吗？陆舟和8D城客服见面，本来就是想谈谈这件事。当他开始在意的时候，才发现这种情况出现得如此频繁。

陆舟再次看向窗外，但注意力放在自己的余光上。大约过了一分钟，也可能是三五分钟，陆舟太过于专注，差点忘了眨眼，VR眼镜下的双眼干燥得开始流泪。就在这时，一个模糊的影子出现在陆舟的视野边缘，就像是一个游客走了过来，和他并排站着欣赏江景。陆舟强忍着转身的冲动，保持着原先的姿势，连眼珠都还朝向前方，视野边缘处的影子逐渐在脑海里汇聚成一个模糊的轮廓。

在科幻电影里经常有隐形斗篷之类的道具，可以将使用者变为透明；但光线通过隐形斗篷时，因为折射或者其他更加科幻的原理而变得扭曲；受到扭曲的光线会在空间中勾勒出一个形状。身边的影子就以这样的状态和陆舟并肩站着，它像是人，又像水母，飘浮在空中，无数细长条状的东西飘浮在它的周边，可能是头发，也可能是触手。

周围的环境忽然冷了下来，陆舟感觉到那个物体正缓慢地转向他，没有实体的目光扫过陆舟的身体。寒意更甚，陆舟的双臂起了一层鸡皮疙瘩。那个物体靠近了一些，陆舟感觉到它想要和自己交流。他屏住呼吸，把头转向一边，可是那个东西仍然存在于他的余光之中。此刻，那团模糊的影子悬浮在空中花园的落地窗之外，距离地面350米之高，孜孜不倦地向陆舟靠近；头发，或者触手，已经伸到了陆舟的身边。陆舟想要躲开，他在椅子上扭动身体，但是VR眼镜感觉不到这样小幅度的移动，在8D城里他还是愣在原地。

“陆舟先生，您好。”身后传来一个声音，“我是您的专属客服。”

陆舟转过去，一个穿着管家服装的虚拟形象站在他的背后，笔挺地站着，令空中花园的服务员都相形见绌。陆舟看看左右，那团模糊的影子消失了，可是它的注视和触手（现在陆舟肯定那是触手）的触感还留在陆舟的记忆中。

“有什么需要为您服务的吗?”客服继续问道。

“我最近在城市信息墙上看到了一些用户反馈，我本人也遇到了相同的问题，但是没法确定是什么原因导致的，所以想和你们沟通一下。”陆舟说，他调出信息墙，将#被偷窥妄想症#这一话题展示给客服看。

“您的意见我们已经收到。”客服说，“我们会进行调查，当有了结果之后，会第一时间通知您。”

这是客服标准的应对话术，没有任何有效信息，陆舟当然不满意这么敷衍的回应。他是8D城最大的资讯自媒体，还是方子琪的老同学，更不用说陆舟的本意是来帮助8D城，而不是找麻烦的。

“你是真人还是AI?”陆舟问。

“我是您的专属客服，有什么需要为您服务的吗?”客服说道。

陆舟不耐烦了，8D城能做出栩栩如生的城市和自然风光，却不愿意花心思做一个功能更加强大的智能客服。“我要一个真人客服。”

“陆舟先生，”客服说道，“我就是真人。”

“那你为什么要用那种语气和我说话。”陆舟不满地说。

“您提到的问题我们已经接到了许多用户反馈，内部也正在排查。

到目前为止我们还没有找到原因，也不确定所谓的被偷窥妄想症和8D城有关。悄悄跟您说……”客服压低声音，“我们在内部培训里强调了，对不确定的问题必须按照标准话术回应，不然被客户捉住漏洞会很麻烦的。”

“好吧。”

看来是我多心了，陆舟心想。“那有了结果通知我一下，”他挥了挥手，不愿意再和客服浪费时间，“没事了，你走吧。”

不等客服说出客套话术，陆舟就开启传送，回到自己在8D城的工作室。晚上还有一档节目要上线，可是陆舟现在却一点心情都没有。那个朦胧的影子一直飘荡在他的脑海里，陆舟总觉得它要对自己说些什么。

陆舟在公告板上向粉丝们请了个假，节目暂停播出。他摘下VR眼镜，回到现实世界。

自己的工作室简陋且杂乱，他已经很久没有打理过这里了。衣服不知道多久没有换过，吃饭时溅的油渍已经成了黑色的斑块，浑身散发着一股酸臭的味道。陆舟把衣服扔进洗衣机，去洗了个热水澡，然后把工作室收拾了一遍。做家务确实能让人放松下来，陆舟已经不再去想8D城里的那些事了。

他走出工作室，下了楼，现实的风迎面吹来，空气中夹杂着生活的味道。陆舟觉得饿了，便在香气的指引下走向不远处的路边摊。

陆舟点了两根烤肠和一份烤冷面，坐在路边的花池边大快朵颐。马路上车来车往，还有行人和骑共享单车的人穿梭其中，不耐烦的喇叭声此起彼伏。在8D城里从来没有这样的现象，一切都井然有序。当然，在8D城，最初人们是可以在马路上随意行走的，车辆会直接穿过游客的身体，双方互不干扰。后来有人在信息墙上提意见，说这样助长了不遵守交通规则的风气，8D城才在无关紧要的马路边加了空气墙，让行人不得随意走到马路上。

陆舟一边吃着烤肠，一边思考现实世界和 8D 城之间的区别。8D 城确实细致入微，但和现实世界还是有不小的差别，陆舟也说不上哪边更好。

他正胡思乱想着，忽然觉得后背一凉，熟悉的感觉又出现了。陆舟直起身子，看向前方，在马路对面的路灯下，一团模糊的影子正站在那里，蓬松的触手飘浮在半空中，隔着马路向这边探过来。

陆舟僵在原地，他潜意识知道，那东西不可能出现在现实世界。在 8D 城里，无论发生任何事情，陆舟都可以坦然接受，因为那个世界本身是由人创造的。人类聪明但又潦草，创造无限可能的同时也会制造无数 BUG。8D 城壮丽也好，错误不断也好，陆舟随时可以退出来，回到现实。相比 8D 城，现实世界虽然普通，灰蒙蒙的就像岩石一样毫无新意，但这个世界已经精密运行了上百亿年，陆舟一切理智皆来源于对现实世界的认知。

那个东西的出现打破了陆舟对现实世界的信任。他不再确定自己所处的时空是否安全，也不再确定能否通过自己的认知，来分清现实世界和虚拟世界。恐惧像一辆满载的渣土车撞向陆舟，他突然失控了。之后，陆舟根本不记得自己是怎么回到工作室的，只有零星的记忆碎片，伴随着尖叫和路人好奇而又厌恶的眼神。

一整夜，陆舟都蜷缩在工作室的角落里，灯光大开，却不敢睁眼，害怕那本不该存在的东西再次出现。不过即使闭着眼睛，陆舟仍然能够感觉到背后窜起的凉意，还有触手在空气中扭动时发出的若有若无的“嘶嘶”声。

陆舟以为自己会被那东西捉走，被吞食或者残忍地屠杀，但到头来什么都没有发生。理智逐渐占了上风，陆舟睁开眼睛，开始观察略微陌生的现实世界。

他发现只要盯住一个地方超过一分钟，那东西就会凭空出现，向自己缓慢靠近，但始终无法碰触到自己，就像追逐乌龟的阿基里斯。

当那东西出现时，自己还是会感觉到寒意，耳朵里也会有窸窸窣窣的低语，但并不能造成实质性的影响。

“你过来啊！”恢复理智的陆舟在工作室里对着空气叫嚣，同时也是为自己壮胆。那东西只是隐藏在他的余光里，按照自己的节奏缓缓向陆舟靠近。

陆舟观察着那个东西，此时心中已经不再恐惧，但背后的寒意和鸡皮疙瘩还在，这说明至少在此刻，两者并不相关。不仅如此，在陆舟仔细分析之后，发现并不是自己的恐惧导致了寒意，而是没来由的寒意混淆了他的意识，让他产生了恐惧的感觉。这样的因果倒置让陆舟在见到那个东西的第一时间不是思考，而是歇斯底里。

弄清楚这个之后，陆舟在面对——准确地说是侧对，因为它只在余光中存在——那个东西的时候，更从容了一些。

想要搞清楚这股寒意是从何而来，还是要回到最初的地方，也就是 8D 城。

天上一天，地上一年。

陆舟在现实世界里停留了三天，再次回到虚拟世界，那里的变化比他想象中的还要大。

在他的信息墙上，“被偷窥妄想症”的话题占据了半壁江山，不过这个话题现在已经换了名字。

和陆舟一样，有许多人看到了那团模糊的影子，找到了被偷窥的原因。他们把那东西称作“外物”，对于外物的讨论超过了 8D 城中所有的话题。

陆舟快速浏览了一下那些讨论帖，有些人的遭遇和自己一样，都经历了一个从突然的恐惧到恢复理智的过程，然后对外物产生了兴趣。

然而，并不是所有人都能够正确地对待认知之外的事物。有人开始对外物产生崇拜，并且把无法明说的声音当做高维生物的旨意，按照自己的解读又传播给其他人。

关于外物的言论分成了好几派，有理性讨论的，有分享经历的，但更多的是把外物当做这个世界不可言喻的神，四处传播迷信言论的。几派之间偶有讨论，更多的是争吵和人身攻击。

这样大规模的言论变化应该引起8D城的重视了吧，陆舟想要再次联系专属客服，这一次8D城至少应该做出一个说明，不然这场混乱将要酿成大祸。

陆舟打开信箱，才三天没有打理，里面就堆积了十几万条消息，大多是信息墙上的某条信息引起了发帖人的不满，要求管理员进行制裁的无理请求，这种陆舟一律不管。

他找到专属客服的联系方式，发现客服给自己连续发送了一百多条消息。能有什么急事让他几天时间找了自己这么多次，和印象中只会重复套路话术的客服完全不同。

“可以见个面吗？”陆舟说。

“老地方吧。”客服回复得很快，也很随意。

陆舟来到来福士广场的空中花园。眼前传送门的光芒褪去，映入眼帘的是毫无规则的多边形和层层叠叠的文字。这是怎么回事？陆舟伸手向前摸去，触感手套好像碰到了什么，但又猛地失去了着力点。

什么情况？程序崩溃了？

陆舟想要开启菜单再传送回去，但视野里全是乱七八糟的模型，根本看不到选项。只见光芒一闪，碍眼的物体都消失了，陆舟发现自己站在空中花园的透明房顶上，周围无遮无拦。

“抱歉，我不知道这里的人这么多，把您移动到这里更方便一些。”陆舟看过去，是专属客服。

“怎么回事？”

在陆舟和客服的脚下，透过空中花园的透明天花板，可以看到下方挤满了人。是真正意义上的满，空中花园根本容纳不下这么多人，但人还是源源不断地涌了进来，局部超过了8D城处理器的算力。游客们的化身在空间中交叉在一起，彼此相连，就像是多手多脚的巨型怪物。

“上次您反馈的被偷窥妄想症，我们正在调查，现在……”

“现在他们对那事物的称呼已经改成‘外物’了。”陆舟说。

“是的，我们发现了。”客服说，“之前想要联系您，就是因为这件事的发展速度超出了我们的预期。我们作为官方，目前还无法给出一个明确的答案，所以想请您暂时引导一下大家，缓和一下紧张的气氛。”

“我？”来自8D城官方的委托让陆舟先是感到骄傲，但很快他又犹豫起来。“我是一个独立的自媒体人，也许不应该……”

“没关系。”客服说，“已经来不及了，我们找了别的媒体，但是没有能够拦住这股势头。”

“什么势头？”

客服指了指脚下的空中花园。“就是这些人。”他又带着陆舟走到房顶的边缘，指着楼下的朝天门广场，“还有那些人。”

陆舟谨慎地从屋顶的边缘探出头，即使是在虚拟世界，恐高的本能仍然存在。在下面的朝天门广场，拥挤程度比空中花园还要惨烈，从上向下看去，只能看到密密麻麻相互堆叠的游客ID名牌，连下面的广场和半个江面都被遮住了。

“我的妈呀，这是有多少人？今天是有什么特殊活动吗？”

客服转向旁边，在虚空中开启了一个控制台。由于是隐私模式，在陆舟眼里，客服面前只有一大片模糊的马赛克，他看不到详细的内容。

“二百三十七万人，还在继续增加。”客服看着自己眼前的控制台说。

“好了，别卖关子了，快说他们要干什么吧。”陆舟开始不耐烦了，在场的这些人里，他是唯一一个不知道发生了什么的人。

“他们要召唤‘外物’。”客服说。

“什么玩意？”陆舟惊讶地大声说道，“召唤外物？真的有那种东西？”

“没有。”客服说，“我们都还没有弄明白到底是怎么回事，有可能是有人找到了系统的BUG，并且把它神化了。”

“你们还是没有找到根本原因。”陆舟把他在现实世界中的经历简单说了一遍，“如果是系统的BUG，怎么能够影响到我在现实世界看到的东西。”

“这……”

“不要用套话来敷衍我。”陆舟抢先说。

“我只是个客服，技术上的事我不懂。”客服说道，他看向控制台，“快开始了。”

陆舟挥手，让城市信息墙悬挂在眼前，关于外物的话题已经占据了整个信息墙。由于现场过于拥挤，有人提议关掉ID名牌和VIP特效，人们纷纷响应。空中花园和下面广场上，密密麻麻的ID都消失了，许多人甚至脱掉了化身上的衣服，陆舟看到两大坨粉色的肉团面朝江面，准备召唤外物。

*到底会召唤出什么来？*陆舟好奇起来。

“你见到过外物吗？”陆舟问客服。

“没有，”客服停了一下，又说，“我是做客服的，很少有机会自己进城娱乐。”

“你好像心情有点低落。”陆舟说。

“唉，这份工作可能……”客服突然停下，他看向控制台，“他们是怎么做到的?”

陆舟看看江面，又看看广场上的人群，一切似乎静止了。他打开信息墙，连上面的信息都不再更新，所有人的注意力都放在江面上，但陆舟什么都看不到。

“发生了什么?”陆舟问道。

“我也说不清楚。”客服说，“8D城的世界之所以在游客眼中那么清晰逼真，是因为我们用了一项新技术。VR眼镜中加入了可以捕捉玩家瞳孔的设备，这样就可以在玩家注视的地方加强建模运算。而视野边缘的地方玩家看不清，就可以用低标准的模型代替。这样实时调配资源，让8D城有着超越时代的精度。”

“这倒是没错。”陆舟说，他和一些技术大佬聊过这个话题，猜得八九不离十。“所以现在怎么样了?”

“现在有三四百万的用户把他们的视野放在了江面上，所有的终端都显示着同一个画面，这让8D城的运行算力降了六成。”客服说，“8D城的引擎还有动态平衡的特性，当用在主视觉的算力有剩余的时候，就会自动补在视觉边缘。”

陆舟大概明白客服所说的话了，之前在8D城，所见到的“外物”，大概是系统将景物优化时造成的视觉偏差，被人的想象力脑补成了奇异的生物。

“那跟这次……‘召唤’有什么关系?”

“我想说没有关系……”客服说，“但他们真的看到了。”

“看到了？这不可能啊。”

客服调出一张图片展现在陆舟面前。“你看到的，是这个吗?”

那是一幅速写，应该是参与了召唤仪式的人当场画的，上面画了一个半透明的怪物，像是人，又像是水母。怪物居高临下地看着陆舟，他打了个寒战。那种怪异的感觉再次爬上陆舟的脊背。

他咽了口口水，说：“就是这样的。”

“但我在系统里看不到任何怪物的影子。”

“什么意思?”

客服一挥手，外物的速写消失了，取而代之的是十几个画面并排展现在陆舟面前，就像是监控室的监控录像。

“这是一部分声称看到了外物的用户的视野，根本没有那东西的影子。”客服说。

“那他们是怎么看到的？难道是集体癔症?”

客服说：“我倒希望是我们系统的问题，这样还有改正的机会，现在我们的技术部门还是没有找到原因。”

“接下来怎么办?”陆舟问。

“不知道，这件事反正是过去了，感谢您把我叫出来，我还能放松一下。”客服压低声音，“因为这件事，我们公司从上到下都快疯了。”

“没关系，正好我也不知道发生了什么，正想找人解说呢。”陆舟说，“对了，方子琪还好吧，你能帮我联系到他吗?”

陆舟话音未落，客服就消失在空气中，没有回应他的请求。

陆舟回到自己在8D城的工作室，打开上次做了一半的节目，发现自己完全没有心情继续做下去。于是他把工作放在一边，打开城市信息墙。由于成功召唤出了外物，信徒们完全占领了信息墙，清一色都是传授与外物沟通技巧的留言。那些废话陆舟连看都不想看，他不愿意看到自己建立的信息墙变成这个样子，不如关闭了算了。

他给专属客服发了信息，想问问方子琪的情况，如果可以的话，能不能约老同学见个面。

又过了两个多小时，陆舟没有等到客服的回复，而是直接收到了 8D 城运营方的通知：出于系统维护的需要，8D 城将在零点暂时关闭，进行硬件和软件的更新升级，具体开放时间待定。

没有任何多余的解释。

对这样的情况陆舟并不意外，从客服的言谈中陆舟可以感觉到他对 8D 城的现状十分担忧，不光是系统 BUG 的问题，“外物教”如果发展起来，在舆论上对 8D 城也十分不利。趁问题没有发酵，先关停服务，也算是亡羊补牢的一种措施。

距离城市关闭还有 10 个小时，陆舟不再需要考虑节目的事，他离开工作室，穿行在 8D 城的大街小巷。外物召唤之后，整座城市的气氛都发生了变化，有许多人走着走着便停在原地，双眼无神地看着前方，那是他们感受到了外物，并且在试图理解和沟通。

陆舟有时也会看到那东西，但他知道那不过是 8D 城的一个系统 BUG 而已，并不是什么超自然的存在，所以他的心态还算平稳，不会再次失去理智。

夜深之后，仍有许多人留在 8D 城，他们聚集在商业街和广场上，像是迎接新年一样等待 8D 城的第一次关闭。

陆舟站在人群后面远远看着，解放碑步行街上放起烟花，10、9、8……

人们一起倒数，那东西也来了，出现在陆舟的余光里，想要参与这毫无意义的狂欢。

3、2、1……

眼前的繁华逐渐熄灭，陆舟在黑暗中坐了很久，然后摘下 VR 眼镜，回到现实世界。

这几个月来，陆舟的工作和生活都在 8D 城，现在一下子没了着落，好像生活都失去了方向。

陆舟把栏目又搬回以前的视频网站，但是因为他很久没有更新，粉丝数减了不少。有一些从 8D 城积累下的粉丝重新找到陆舟，不过谈起的话题都跟外物有关。

那些言论让陆舟感到烦躁，索性不再更新节目。在 8D 城做自媒体让陆舟攒了不少积蓄，他决定出去走走，换换心情。国内有那么多可以看的地方，为什么对一座虚拟城市念念不忘。

这一走就停不下来，陆舟在四个月的时间里走了小半个中国，也顺利从一个数码信息自媒体转型成了旅游美食自媒体，体重比之前增加了二十斤，精神状态好了很多。

收到方子琪邮件的时候，陆舟正在哈尔滨学习滑雪，他这才想起，8D 城已经关闭了很长时间，长到几乎从记忆里消失了。不知道方子琪在这个时候找自己有什么事，难道 8D 城要重新开门营业？

陆舟现在的生活状态不错，吃得好住得好还能赚钱，对于 8D 城重新开始运营，陆舟既不期待，也不怀念。

不过老同学既然发来邀约，还是要见上一面。

重庆来福士广场顶层的空中花园比 8D 城里的稍微陈旧一点，但是更嘈杂，更有生活气息。方子琪把见面的地点约在这里，肯定是对 8D 城有新的想法。

陆舟选了一个靠窗的位置，在这里可以俯瞰整个江面，他还记得在 8D 城，召唤仪式的时候，下面挤满了粉色的肉团，当时那场景看上去十分惊悚，现在想起来却有些滑稽。

“陆舟？”

陆舟转过头，看到一个身材消瘦的男人，长发，黑框眼镜，穿着格子衬衫，背了一个硕大的双肩包，和这里的环境格格不入。应该就是方子琪了。

“老同学。”陆舟站起来，两个人尴尬地握了握手，然后相对而坐。

“8D城怎么样了？”陆舟问道。

方子琪打量着空中花园，又将目光投向下方的江面。“给8D城取材的时候，我在重庆住了一年多。”

陆舟愣了一下，也许说正事之前要先寒暄一下，于是他顺着方子琪的话题继续说：“这里确实很适合居住。”

方子琪点点头，然后转身打开自己的背包，从里面掏出一个VR眼镜。方子琪把眼镜推过桌子，放在陆舟面前。

*现在就要进入8D城吗？*陆舟转型之后，不再像之前那样关注数码资讯，已经有好几个月没有进入过任何虚拟世界了。

“要戴上吗？”陆舟问方子琪。

方子琪摇了摇头，表示不用戴。他指向VR眼镜内部。“这里有一个红外传感器，通过射进眼睛的一束红外光来确认眼球状态，用于跟踪用户的视线和焦距。”

“我听说过，这样可以让服务器专注于运算用户视觉焦点部分的物体，而视野边缘的东西可以简化。”陆舟不知道方子琪为什么突然开始解释这些。

“差不多就是这个意思。”方子琪面无表情地说，“因为所有的数据都是实时处理，所以用于确定焦距的红外线必须始终照射在视网膜上。”他把VR眼镜从陆舟手里又拿回来。“由于这个频率的红外光持续照射，再加上大部分用户每天超过十五个小时沉浸在虚拟世界里，一部分人的视觉神经开始异常发育，改变了脑部功能，听觉、触觉、嗅觉，甚至思维方式都受到了影响。”方子琪说完，静静地看着陆舟，就像一个老师一样，等待着学生在自己的引导下找出答案。

陆舟思索了片刻，说道：“这就是外物产生的真相？”

方子琪满意地点点头。“根据推断，是这样的，但是对于大脑的研究，人类还只是一知半解，也许真的是另一个维度的生物呢，对吧？”

“你怎么知道的？”陆舟问。

“最近没有关注新闻吗？”方子琪说，他瞟了一眼空中花园下面，“这几个月里，已经有一百多个‘外物教’的人声称受到召唤，结束了自己的生命。医生解剖尸体后发现他们脑部异常，但是形成的原因还在查，暂时没有追溯到炫宇宙公司，不过，这是迟早的事。”

“为什么告诉我这些？”陆舟停了一下，“8D 城，还有重新运营的希望吗？”

“这我就不知道了。”方子琪说，“我已经辞职了。”

“对了，这个病症还有逆转的希望吗？”陆舟又问。

方子琪笑了笑，没有回答。陆舟不知道接下来该聊什么，也尴尬地笑了起来。

两人沉默了片刻，方子琪突然说道：“我已经按你吩咐的做了，可以了吧？”

“什么？”陆舟抬起头，看到方子琪看向自己，但目光却落在某个虚无的点上。

“没有了。”方子琪又说。

“你怎么了？”

方子琪站起来，向四处看去，好像在空中花园里寻找什么。陆舟连忙跟上，但不知道应该怎么办。

方子琪走到角落的一扇落地窗前，脸上的表情放松了些，他转向陆舟，这次是在对他说话了。

“这里有一扇安全窗，可以这样打开。”方子琪说着，伸手打开了安全窗，高空的风立刻灌了进来，吹得瘦弱的方子琪立足不稳。“为了不让游客随便打开窗户跳下去，我在 8D 城里没有还原这个细节。”方子琪在风中对着陆舟大声喊着。

陆舟还在思考方子琪这句话的意思时，只见方子琪纵身一跃，从安全窗跳了出去。

“方子琪!”陆舟喊道，他想伸手去拉，可已经来不及了。

人们聚了过来，把半个身子探出窗外的陆舟拖回来。

陆舟挣脱人群，趴在空中花园的防爆玻璃上，拼命向下看。视野里已经没有方子琪的身影，只有两色的江水汇聚起来，滔滔不绝地流向大海。

“现在你知道我的秘密了，接下来你打算怎么办呢?”一个声音在陆舟的耳边说道。

谁能拥有月亮

慕明

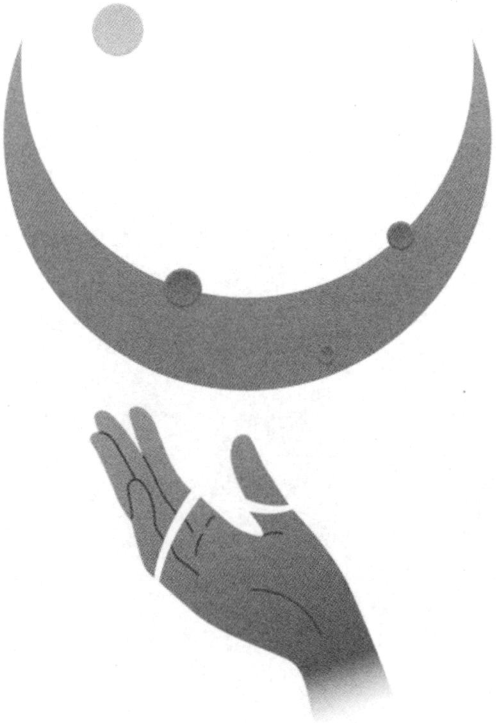

一

小时候，何小林最喜欢的玩具是一个月饼盒。盒子表面是有光泽的灰色，从不同角度看能散出虹彩。打开盒子，会拱起一只珍珠色皱纸叠成的月亮，上面有凹凸的印花，是一个小女孩飘在月亮上，被她不认识的英语单词围绕着。关上盒子，立起来，盒子就变成了一只月亮灯，鹅黄色的光从方盒子中间的磨砂玻璃纸里透出来，能照亮黑暗里的柜子、箱子、板凳、小饭桌和床。她觉得，盒子里的月亮比真的月亮更亮，挂在幽暗的树梢上或者彻夜通明的楼间的月亮总是那么远，还常常藏在云雾后面，就是在满月时，看起来也没有近处的路灯亮。

等到盒子不再发光了，她就用它来装宝贝。有一只完整的、金褐色的蝉蜕，是乡下的外公带她捡的。夏天，他们用绑了小塑料袋的长竹竿粘蝉子，也捡蝉蜕，有一次她耳朵里进了水，一直流脓，又疼又痒，外公就用几只蝉蜕研磨成粉，用棉签沾了药粉把脓水吸出来，再用吹管吹了一些药粉进去，耳朵就不疼了。还有一个银色心形的钥匙链打火机，是爸爸给的，那天爸爸带她去饭店，抽了很多烟，她一直盯着打火机看，他就给了她，心形一拈就能滑开，露出中间的砂轮。还有头绳上掉下来的蝴蝶结、写了字的贴纸、海螺壳碎后带着海草的螺旋状骨核……它们从哪儿来，为什么在盒子里，她全记得。何小林的记性很好，像所有的孩子一样。盒子里没有妈妈给她的东西。妈妈总是说，她们住的地方太小、太拥挤，不知道什么时候就得搬，所以不能有太多东西。何小林想，等妈妈用完了眉笔，就把笔头放进盒子里，可妈妈虽然每天上班前都要描眉毛，那支笔却像怎么也用不完似的。妈妈的眉毛很好看，细细的，不笑也弯弯的。她的眉毛则像爸爸，又黑又乱，还有很粗的眉峰，用眉笔一涂，显得更难看了。妈妈给她洗了脸，告诉她，化妆的人都是老了，脸上缺了东西才要补，小娃儿什么也不画最好看。可她觉得妈妈不老，戴上口罩，眉眼就像学校里那些漂亮的姐姐一样。她们都是化了妆更好看，只是她自己不会。有好东西的人为了不让没有的人难过，就会说没有也没什么，甚至说没有更好，都是为了藏着。她想，就像自己会把宝贝藏在盒子里，再把盒子藏在床底下一样。妈妈不知道她从可回收垃圾箱里捡了盒子。

那年银杏叶变黄的时候，妈妈和其他阿姨一起，花了两天中午吃饭的时间，从扫成一堆的落叶里挑拣出完整干净的，拼了一座弯弯的、金黄色的月亮雕塑。许多人用手机录视频，还有姐姐穿了漂亮的裙子自拍，走来走去，落叶在脚下沙沙地响。过了很久，何小林还看到妈妈在手机上看当时的新闻。何小林也看过，那段视频很短，发在网上，满地金灿灿的叶子中间，穿着墨绿色工服的妈妈背对镜头，正往月亮的尖尖上粘叶片，一闪就过了。视频的评论说，真为母校自豪。还有的说，连环卫阿姨都受了美的熏陶，真好。何小林觉得奇怪，月亮明明是他们自己做的，为什么在别人眼里，却不像是他们的？妈妈说，月亮和做月亮的叶子一样，都是公家的。她不太服气，悄悄从月亮尖上摘了一小片银杏叶，月亮因此缺了一个小角。她把叶子藏在盒子里。盒子是她自己的，她想着，这样，叶子也就是她的了。只属于她的、妈妈做的一小角月亮。

二

亲手做的东西不一定是自己的，用了很久的东西也不一定是自己的，哪怕刻了名字。课桌椅和黑板一起被横七竖八地搬上卡车的时候，很多同学都哭了，老师一边哭，一边护着桌椅。何小林没有哭。她远远地看着。小操场上学期刚铺了新的草皮，从远处看，绿莹莹一片，像真的一样，但凑近看，就能发现硬硬的塑料草叶已经被踩得蜷曲起来，像礼品盒里填充用的碎纸丝。碎纸丝有各种颜色，按颜色抚平、一束束扎好之后，就变成了凝固的颜料，放在盒子里，随时都可以拿出来，一笔笔拼成画，画的颜色永远鲜艳、透亮，再也不用使劲儿甩那些干掉的水彩笔了。她知道，除了别人给的，只有没人要的东西，才可能是她自己的。

妈妈带她坐了很久的车，去了大城市的另一边。和所有的大城市一样，在宽阔马路和玻璃高楼的空隙里，镶嵌着红砖和灰水泥的老楼，楼房之间还有蓝色顶的矮棚子，晾着花花绿绿的衣服和褐色香肠的竹竿从窗口撑出来，和高低错落的黑色电线一起，将停满了自行车和电瓶车的小巷的天空挤得满满当当的，像画画，每一道颜色看起来都没什么特别，但只有仔细地甚至是忍着无聊地一笔一笔勾勒、填满，真实的图案才会显现出来。小菜场里的摊位上，纸箱里永远堆得冒尖，红的干海椒、黄的小米、紫的蒜头，捆好的红苕粉闪着黑亮的光，像对面发廊海报上焗了油的头发，小饭馆的木桌上也永远摆满了大碗小碗，热腾腾的白汽从早到晚地从一米宽的蒸笼里飘出来，鼻子里总是香喷喷的。还有说话声、叫卖声、在大盆里洗竹签子的哗啦声、麻将牌碰撞的砰砰声，耳朵也装得满满的。何小林很喜欢这里。妈妈在晚上睡不着觉，想要关窗户，却怎么也关不严实的时候，总是嫌这里太乱、太吵，她不觉得。比起课本上那些她怎么也记不住的公式，或是电视剧里那些干净得没有一道污渍的地方，她觉得这里才是她的。妈妈在下班后总是看那些，常常看得又哭又笑，剧里的人穿着平日里没人会穿的衣服，说着平日里没人会说的话，脸上白得一个毛孔也没有，他们是好看的，但她觉得他们的脸和说的话一样，翻来覆去都差不多，所以不像是真的，而被那么多人喜欢的，更不可能是妈妈的。她不明白妈妈为什么那么着迷。爸爸离开时，她没见妈妈哭过。

妈妈墨绿色的工作服换成了浅绿色的，仍然戴着口罩，露出描得细细的眉毛，但不再扫落叶了。她给别人吸尘、拖地、洗衣服、擦玻璃，身上总带着香皂和清洁剂的香味。有时候妈妈回来得晚，冲凉房停水了，只能用烧饭用的小罐罐气烧水，顶着一头泡沫等水开。妈妈总是对她说，要多学一点儿，不要贪玩，不要像她一样，可何小林想不出别的生活是什么样子。她的成绩不上不下，对怎么考高中、上大学，以后能干什么、想干什么都不太清楚。她不想像妈妈一样，驮着装满抹布的编织袋，从一家骑到另一家，更不想回乡下去。她觉得，能待在这里就挺好。学校里，她唯一喜欢的科目是美术课，喜欢线条、色彩、剪纸、粘贴，看薄薄的水彩绕着油画棒勾出的轮廓边缘一点点洇开，或者用美工刀在五颜六色的吹塑板上刻出图案、刷上水粉，再转印到厚卡纸上。但妈妈不让她报课外班。费用是一方面，更怕影响学习。考不上高中就上职高。职高再考不上就只能去做保洁、做服务员。妈妈说着她听着，就像在听别人的故事。她想起巷口小饭馆的服务员，都是刚从周边乡下来的大姐姐，每天下午四五点钟就忙起来，拿着一瓶瓶啤酒在矮竹凳和方木桌间穿梭，等到凌晨十二点过，喝夜啤酒、吃冷淡杯的人散了，才走上阁楼去，挤在矮矮的天花板下睡觉。她们来得快，走得也快，她不知道她们后来都去了哪里，只有老板的妈妈，大家都喊她“婆婆”的，总是在店门口的竹凳子上佝着身子，慢慢地刷着螺蛳、择着豌豆尖。

天气渐渐凉下来的时候，妈妈带她去了另一座校园。那天妈妈没穿工作服，换了一条藏蓝色的绸布长裙，除了描了眉毛，还涂了口红。黑色的中跟皮鞋好久都没穿过了，她在脚跟上贴了片创口贴。这座校园不大，刚刚带了点儿黄的银杏叶后面是灰色的飞檐、红色的斗拱，让她想起乡下的祠堂老屋，楼体却极方正、厚重，透过墙面上一排排对称的高大窗户，能看见顶到天花板的书架。一座钟楼矗立在满池碧绿的荷叶和清澈的小河渠间。她还没来得仔细看檐角和屋脊上蹲着的彩色小怪兽，妈妈就拉着她进了礼堂。一片黑暗中，只有舞台是亮的，她们坐在最后一排，看不清舞台上的人脸，也听不懂。演奏很长，她渐渐困了，睁不开眼睛，乐音似乎变成了跳跃的颜色和形状，她看见深沉、厚重的蓝色和绿色粗线、明亮的黄色细线、夹杂着尖锐的红点，还有永远在背景里的、打着节拍的黑白线段，像有人在黑色画布上挥动巨大的画笔，画出的不再是纸上的图案，而是在空间里无边无际、绵延不绝的光，向四面八方流淌着，又都围绕着她，汇集到她身上。谢幕时，她使劲儿踮起脚，仍看不清任何一张舞台上的脸，但她觉得他们看到了她，就像她能从另一端看到光一样。

妈妈带她去给送她们演出票的刘老师道谢。刘老师的办公室在钟楼西边的大楼里，黑洞洞的门口挂了一块匾，写着“所过者化”，每个字她都认识，可连起来不知道是什么意思。办公室里，挂在窗口的吊兰的枝条上生了许多小吊兰，一串串垂下来，浓绿的叶片把屋子遮得更阴了。妈妈和刘老师说话的时候，何小林东张西望，在摇摇欲坠的书和图册中间，她发现了一只盒子，比鞋盒大一点，枣红色的皮面，四角包了金属，被摸得亮晶晶的。

她忍不住打开了盒子。里面有一个硬壳笔记本，翻开来看，是一本泛黄的手抄歌谱，但那些歌名她从来没有听说过。还有一叠厚厚的稿纸，捻开后，每一张都是半透明的，第一张抬头写着“申诉信”，她不知道什么是有伤风化、拨乱反正，只大概明白是一个当农民的大学生要求重新上学，落款是 1977 年。她又拿起写着“思想汇报”的第二张，倒是一下就看懂了，“组织安排我劳动改造打扫卫生已经一年多了，自觉思想上有了一些进步。今天工宣队指派我扫厕所，我看到厕所尿槽里有一坨大便……”

稿纸掉在地上。妈妈打了她的手。“何小林，你在干什么？快给刘老师道歉！”她抬头，妈妈的嘴唇上沾着晶亮的唾沫，鲜红的边缘模糊了。

“莫来头，莫来头。这个本来也不是我的。”刘老师蹲下来，她能闻见他身上淡淡的消毒水味。妈妈说他一个人住，屋头干净得连一根头发丝都没有，却还要她每周去打扫卫生。

“那是谁的？”何小林问。盒子表面的皮都磨出了白色的纹路，仔仔细细地上了油，摸起来润润的。稿纸的压痕都被抚平了，薄薄的纸边上一个破口都没有。她想不出来，这么宝贝的东西，主人竟然会不要了，也想不出来有人能这么爱惜别人的东西。

刘老师没说话。过了一会儿，他说：“有的东西是要买的，只属于买的那个人。还有的东西，买了其实也不是你的。但有的东西，可能本来是一个人的，却能让所有看过、听过、经历过的人都有。就像自己的一样。像今天你听过的那些音乐，可能现在不懂，但以后再听到，就能想起来，它们已经在你的心里了。所以，它们不只是音乐家的，也是你的。”

他从她手里轻轻抽走了信纸。越来越深的暮色中，她听见隐约的钟声响起来，很快又淹没在公交车报站声、汽车喇叭声和自行车铃声中。直到回到家，她还在想刘老师说的话。他不知道，她的盒子也满满的。她很早就有了许多小小的月亮。

三

中专毕业后，何小林打了几份零工，最后还是和其他人一样进了厂。每天穿无尘服站十一个小时，在强光下擦除手机原厂膜上的灰尘，或者拣出有头发丝般划痕的残次品，稍微慢一点，工段的线长就会在旁边训话。六张膜为一盘，每小时二十盘为合格，起初她每小时只能擦几盘，一天下来，脖子抬不起来，手指被橡胶指套里挥发不了的汗水浸泡得发皱，还上不了产线，回到宿舍，只能靠八人间天花板上的小风扇稍微凉快一下。三个月后，她的手皮磨掉了，长出了茧，每小时可以擦三十盘膜，线长让她好好干，准备转正。她辞了职，拿回了返费。她租了一辆共享单车，在熟悉的大街小巷中游荡，经过曾经去过的那座学校时，犹豫了一会儿，还是没进去。繁华的商业街上，“招工”和“旺铺出租”的牌子交替出现，城市夜晚的灯光渐渐亮起来。她看见打扮入时、妆容精致的年轻人说笑着走过，也看见卖黄桷兰和栀子花的老婆婆穿着洗得发白的蓝布衫，挎着小竹篮等在闪烁着霓虹灯的酒吧门口，篮子上挂着二维码。栀子花要二十元，她挑了半天，买了一朵两元钱的半开的黄桷兰，用红丝线系在手腕上，继续往前骑。在步行街广场中央，一群人挤挤挨挨的，她停下车，被拥挤的人群推搡到了前面。

人群中间站着一个女孩儿。她穿着几乎透明的裙子，身体也是透明的，像有一盏灯从里面照出来，何小林觉得自己应该能看到她的每一块肌肉、每一条神经、每一根在红色血肉里的蓝紫色的、忽隐忽现的毛细血管，但她的内里像是空的，只有晶莹的粉白色皮肤，在明亮的路灯下没有一丝瑕疵，眼睛是极深的蓝色，一只眼睛盯着人群，另一只看着某个更远的地方，雾霾蓝色的长发随着她的动作，被感受不到的风吹起来。在一米见方的光线组成的空间里，她做出各种动作，还开口唱了一首歌，人们发出阵阵惊叹。

“次世代人类：想象施放现实”——全息投影结束时，女孩儿化成一群大蓝闪蝶，扑闪着翅膀消失了，光线慢慢渲染出这样一句话，紧接着是一个闪烁不停的二维码。她掏出手机扫了扫。页面跳转到一个公司网站，她点开一个个链接，最后停在“报名流程”上，又切出去，点开一个个钱包、银行账户、网贷应用客户端。过了很久，她抬起头，才发现广场上灯光不知什么时候暗了下来，人群早已散去了。

次世代建模的第一步就像捏泥人，捏出三维模型的大致形状，第二步是数字雕刻，在粗糙的模型轮廓上雕出无数个小切面，面数越多，模型越精细，形状、纹理、皱褶在雕刻中渐渐产生。这样做出来的模型被称为高模，可能拥有数百万甚至上亿个面，无法导入引擎，需要经过拓扑处理成能够在引擎中运行的低模，再将低模的每一部分拆分，并将高模的细节信息映射到低模上。如果把三维模型想象成一个没有包装的纸盒，需要在纸盒表面画上图画，最好的方法就是先将纸盒整个拆开、展平。最后一步才是上色。数字笔刷蘸取的不是水粉、油彩或是碎纸丝，而是根据细节信息制作的一片片不同材质，皮肤、毛发、丝绸、金属。调整各种材质的参数，增加脏迹、磨损、刮痕等细节，呈现出更逼真的效果。这一步叫做贴图。

贴图是产生质感的关键。最开始，何小林以为，那些明暗细节、层次立体都是靠手绘画出来的，她的同学们大多来自美术院校，最少也有数年的绘画功底，还有人已经有了不少工作经验。无论是学员群里的自我介绍和作品集，还是培训网站上的成果展示，看起来都遥不可及，而她要在几个月内学会这一切，才能找到工作。她买了美术学院的学习资料。上课前，在培训教室楼下的小饭馆里，一边吃着她一天唯一的一顿饭，一边翻看人体素描解剖图册的时候，培训班的主讲老师坐到了她对面。她想要开口，但老师摆了摆手。直到姜鸭面只剩下碗底的汤汁，老师才问她：“为啥子莫得基础，还来学建模？”

“能挣钱，看起来还有意思。”她老老实实地说。老师曾在央美学习摄影，后来转行，是十多年前国内最早的一批建模师，参与过许多知名游戏和影视项目，后来因为在北京找不到人打麻将，回老家做了培训机构。他话不多，也很严格，何小林的第一个模型经过了二十多次返修。

“那你晓不晓得，像你这样没得美术基础，技术又不熟练，就是勉强入了行，也是最底层喃？这一行很辛苦，女娃儿能做下来的可不多。”

“我可以学。再怎么样，也比在厂里头打螺丝强。”她停了一下，轻声说，“我以前就喜欢画画。”

“你的报名表我看了的，没见你交作品集。”

“都在我脑子里。我都能看见，都能记得的。只是，我现在还画不出来——”她舔着嘴角，不知道该怎么说下去。

老师没说话，倒了一杯半温的三花茶，推过来，看她端起来一口气喝完了，才说：“慢慢来。建模和画画有相通的地方，但也不完全一样。最重要的是用各种方法，让它看起来像真的，而不是你以为的真的。这行很新，怎么做，大家都还在摸索。别着急。多看，多练，多想。”

几个月后，何小林才渐渐意识到老师是什么意思。次世代建模中的贴图不仅仅是为模型上色。通过把一个简单的平面分解成有不同光线入射角和反射角的像素，再加上光源，人眼就会“看到”不同的明暗细节，而这些细节造就了真实感。一个光滑平面在加上凹凸贴图后，就会在光源下呈现粼粼的水光，或是毛线织物的纹理。某种程度上，这是一种视觉欺骗。和小时候的拼贴不一样，在这里，她使用的不再是实在的材料或颜料，而是每一像素的光影。画布和画笔都没有实体，却能创造出比现实更令人沉浸的情境。

她也明白了为什么老师不太爱说话。在建模师的眼里，语言往往是虚弱无力的。比起能以超乎想象的精度全景呈现、存在于屏幕里的，或是全息投影出的场景、物体与人物，语言是如此粗糙、模糊，就像面数过低的模型。她甚至觉得，比起模型，语言才像是真实的影子。而她正在学的不仅是技术，也是一种全新的语言，像所有真正的技术一样。这门语言更复杂、更难掌握，需要艰苦、漫长的学习和应用，她愿意投入其中，但不确定它究竟能带给她什么。

课间休息时，老师有时候会给他们放一些20世纪90年代的香港电影片段。没有字幕，她听不太懂，也无法拼凑出连贯的故事，只能盯着那些在朦胧中颤动的光影，看久了，渐渐觉得这些和短视频里的、网剧里的，和她自己做的东西都不太一样，但说不出来究竟哪里不一样。她也习惯了在做不出细节的时候，去翻看教室角落书柜上的一摞摞摄影图集。照片大部分是黑白的，能让人更清晰地看出光与影的互相作用、光的方向、强弱和质地。观看黑白的世界，意味着去看隐藏在色彩下的、平常难以看清的轮廓与纹理，通过光线，去观察这个世界的深层结构。对于观者而言，这两种观看可能没什么不同，但建模师需要从内到外地认识、理解每一个细节，以及细节背后更大的结构和层次，才能创造。老师还说，摄影术刚发明的时候，很多人只把它看做是肖像画的替代手段，也有很多人非常反对它，认为这个新技术会摧毁传统绘画艺术。不管是赞成还是反对，几乎所有人都只把它当作是一种新的艺术形式，没人能预见到它会和新闻报道、科学发现，乃至后来的电影电视联系起来。

她想着老师的话，继续翻看图册。那是一本意大利摄影师拍摄的中国影集，和其他影集不太一样，黑白照片里，没有千钧一发的戏剧性场景，也没有太多极具冲击力的人像和特写，而是20世纪80年代最日常的生活景象。橱窗里的塑胶模特凝着那个年代的幸福微笑，旁边摆放着蜡制的装饰水果；乡村电影院竖着准许放映的外国片广告，前景是一头猪，悠闲地走向空旷的影院门口。还有各种各样的人：在撒满了梧桐树漏下的光斑的国营门市部招牌底下忙碌的店员，在人民公园的月亮门前检查相机底片的三口之家，穿着不合身的长裙子、在尘土飞扬的集市上试图爬上站满了绵羊的拖拉机的小孩子——和她妈妈当时的年龄相仿。她注意到，摄影师的用光很平，似乎并不想通过虚化或者强烈的光影效果设置视觉焦点，但在平常、简陋甚至破旧的场景中，总有一些特别的地方，可能是放在轮胎回收处角落里的佛像、乡间杂货铺隔板上的维纳斯石膏雕塑，或者是像画框一样，将在小饭铺后厨洗洗切切的人们框起来的八角形窗格。摄影师试图让照片在最亮和最暗、最中心和最边缘的地方都充满各种细节，让人能反反复复地去看、去想。不知道为什么，她想起了小时候放在床底下的那个装着各种小玩意儿的盒子，记不清在哪一次搬家后，她再也找不到它了。

八个月后，课程结业，老师介绍她进入了一家专做外包的小工作室，从实习做起。拿到收入的第一个月，她上网搜索，想买下那本影集，但发现已经绝版了，只有一两本挂在旧书网上，被炒到了高价，几乎相当于刚刚到手的工资。她看了看网贷客户端的逾期记录，关掉了网页。

四

何小林推开吃了一半的外卖餐盒，一团团揉皱的餐巾纸挡住了工位角落里的一小盆多肉植物。她常常忙得忘记给它喷水、通风、修剪，而它似乎并不在意，只靠着屏幕反射的荧光和空气里的水汽就能活着。卖给她的大叔说，它叫紫珍珠，如果养得好，会在夏末秋初的时候，从有乳白色边缘的粉紫色叶片中开出一串串略带橘色的花，但现在它的叶片是灰绿色的。

她打开原画稿，画面中女孩儿的头发闪着珍珠似的光泽。她揉了揉眼睛，从手腕上褪下皮筋，把头发扎起来。从黑色的背景里她看到自己的脸、额头和鼻梁上闪着亮晶晶的油光，弄得眼镜总是往下滑，下巴上的痘痘消了又长，形成凹凸不平的阴影。她摘掉几根被静电吸在屏幕上的头发，深吸了一口气。工作室所在的写字楼临着府南河，从工位上，可以看到密密麻麻的高楼前流线型的高架桥，桥上两朵巨大的蘑菇灯柱映在河水中，像一道光的浮桥，连接起河两岸的光影，一边是居民楼窗中泛出的点点暖色，一边是软件园冷调的白炽光。这里贡献了十三个城区里最高的 GDP，也是深夜里整个城市最亮的地方。

工作室一共有八个人，只有她一个女生，和培训班的比例差不多。她曾经觉得奇怪，建模并不需要体力劳动，作为缺口很大的新兴行业，也没有太多来自传统的规则束缚，但很快她就意识到了原因。无论是影视、游戏还是工业设计，建模都是最吃工时的一个环节。创造实实在在的新事物没有捷径，经验和技巧虽然能在一定程度上提高效率，但再资深的建模师也很难把一个项目工时从一周压缩到一天、一小时。尽管工具和方法完全不同，但在某种程度上，他们的工作和古老的木匠、石匠、裁缝等等手工艺人很类似，支撑天赋和审美的，是长时间的专注、大量的重复劳动，以及相比之下缓慢的进步和并不耀眼的产出。何小林在培训时就懂了这一点，也正是这点让她下了决心。她干过。而比起原画或者设计，看到一件完整立体的物品、一个逼真的人形从自己手中一点点出现，那种属于她的感觉会更强烈，哪怕只是暂时的。

有时候，她会想起爸爸在她很小的时候带她去看高楼大厦。那几年，城里的老街和老房子还很多，到处都是灰色的砖墙和棕黑色的木板门，或者是两层的竹木房子。迷宫般的小巷子里，天还蒙蒙亮的时候，骑着自行车，车后座上驮着蒸笼，卖叶儿粑的老爷爷就来了；等到天光大亮了，就有挑着两个木桶，拖长嗓音叫卖“豆花儿——豆花儿——”的小贩；下午放学的时候，有“叮叮”地敲着铁板，卖叮叮糖的；而夜里待到最晚的总是卖蛋烘糕的，昏黄的灯光映着手掌大的小铜锅，甜甜的蛋奶香气一股股冒出来，整个小车附近都是香的。爸爸会给她买一个，然后指着那些刚刚亮起灯的大楼，告诉她哪个是他们施工队建的，再过两年，他们还要在这里、那里建更多的楼。那时候，比起手中油纸裹着的、温软甜美的小圆饼，那些灯火通明的大楼只是遥远而模糊的影子，她还不明白爸爸为什么那么自豪。

工作室的同事们对她很不错，一起熬夜赶进度的时候，会让她早点儿回去；在她生理期不舒服，趴在工位上的时候，也会问她需不需要帮忙。她很少见到老板本人，更没怎么跟他说过话，只读过他在网上的采访。他说，建模行业的女生虽然少，但他觉得女性在对人物的体型、服装等方面的感性审美比男性强，因此，哪怕基础差点儿、学得慢点儿，他也欢迎女生来公司工作。

她看了看正在做的模型。工作室接的项目各种各样，但最多的是游戏建模，其中利润最高的是角色建模，尤其是女性角色。虽然衣着和发色不同，但她们的身体都很相似。她几乎已经习惯了在那些极纤细的躯干上捏出突出到超过身体宽度的圆形。当她跟同事们聊起来，现实中不会有人穿那种紧身露脐装和卡裆短裤运动，而带着蝴蝶结项圈的睡裙不会让人觉得美，只会让人感到窒息的时候，他们都笑了。有人说，别忘了最后是谁给这些模型付钱，男玩家才是主流。也有人说，大多数人都觉得好看，你怎么觉得真不重要。还有人说，现实已经够难了，还不能看虚拟的乐一乐？她没再跟他们争论，也试图说服自己用他们的眼光去看待工作，但眼前的这个人物还是让她抬不起鼠标。

女孩光洁白皙的背部被当成了画布，绘满了鲜艳的文身，那是青绿森林中一只巨大的火鸟，鸟羽的红色非常耀眼，皮肉外翻的伤口组成了一根根细小的羽枝。她似乎感觉到肩胛和脊椎处传来一阵阵刺痛。

“换项目？”老板从屏幕前抬起眼睛看她。尽管鬓角有几根白发，发际线也有些靠后，但他的面容和神态显示他不超过三十五岁，和这个行业许多小有成就的人一样。“你之前做得虽然慢了点，但工作态度还是不错的。”

“我做不来这个，”她说，努力寻找可以说出口的理由，“我以前看过一个抗日电影，里面的日本人就是这样——”

“干扰你的是镜像神经元，”老板打断她，“你得克服，也必须克服。你能感受到更多，这是好事，但需要忍受、消化的也更多。能迈过去，就能让你走得比别人更远。这也是我破格招你进来的一个理由。”

她不知道该说什么，过了好一会儿，才轻声问：“您真觉得，像我这样，什么也不是，什么也没有的人，能走得更远么？”

老板没说话，只是盯着她，直到她觉得脸颊发热，才说：“现在跟以前不一样了。我们之前合作甲方的主美兼主策，毕业三年就主导了大项目，五年拿到年终奖一套房。那些白手起家的网红、主播，是靠学历，还是靠家境？不是说每个人都能这样，但是现在的技术和市场的确提供了以前人想不到也不敢想的可能性，比以前任何一个时代都多。”

她抬起头。老板没答应她的要求，语气很严肃，镜片后的目光中也没有劝慰，但她感觉到一种力量，不是在他身上，而是从她自己的身体里涌出来的。

“这个时代，不只是你，每个人都想拥有、都想表达，也都具备这个可能性，哪怕很多时候他们还不知道自己真正想要什么，又想表达什么。”他最后说，“多想想怎么满足、怎么实现这个可能性。”

五

何小林走在复古风格的红砖厂房中间，横跨厂区的传送带和锅炉合围四周，高耸的工厂烟囱不再冒出烟雾，只投下长长的影子。她转了几圈，找不到方向，只能在画着巨大的黑体美术字口号的涂鸦墙前停下来，四处张望。翠绿的爬山虎攀援着锈迹斑斑的管廊架生长、蔓延，三三两两穿着 cosplay 服装的年轻人走过，他们的穿着和妆容让她想起做过的模型。她有点恍惚地跟上去，拐进园区东南角一间宽阔的厂房。

这是一位著名当代艺术家巡展的一站，每一站展览都布置在上个世纪的旧厂房里。几乎每个大城市里都有这样一个地方，废旧工厂被改建成了新潮的文创园区、演出场所和展览中心，机器的轰鸣变成了工作站机箱微弱的电流声，源源不断地生产出另一种紧俏产品。她也是这条产线上的一员。展览中首次发布的主打作品是一个应用了 AR 技术的混合现实装置，艺术家先前的合作方资金链断裂，他们的工作室在临展前两个月接到层层转包的委托，需要制作装置中用到的三维模型。对方没有提供原画稿，要求也很简单。四万根超写实风格的人类手指，越逼真越好，而且不能批量制作，每一根都要不一样。

何小林看了看自己的双手。她已经用这双手工作了五年。行业和政策环境瞬息万变，工作室里的人来来去去，最后老板也换了，她还在。她成了资深员工，带过不少新人，但仍是经常赶进度加班的底层建模师。她记得老板说的那些话，但始终没能进入甲方，只是从合租的老小区搬到了新一点的地方。和她同期的同事在老板走后也离了职，回老家县城给装修公司做室内VR效果图，也劝她去，说比游戏影视的建模工作强度低，也稳定些，县城买房也便宜。她考虑了很久，还是留在了城市里。这里不是真正的家乡，将近二十年的时间，她在这座城市里拥有的东西仍不超过两只行李箱的容量，但她发现自己很难离开。

过去几周，她在一个个白天与黑夜，把手指弯曲成各种姿势，观察、模仿、想象。起初她只是调节手指模型的粗细、肤色、指甲边缘的形状和关节凸出的程度，在做了近百根手指后，她没了思路，才意识到，手指并不是单独的存在，而是手掌乃至身体的一部分，想象出整体的尺寸、比例、整体布局，以及最重要的动态，再从中截取出的手指才会显得更真实。慢慢地，她开始能看到那些伸展的手指划出美妙的波谷，向上翘起的指尖充满生机，一条条虚拟的螺线和弧线在各手指的关节之间穿连而成，从手掌流畅地连到指尖。到最后，她甚至能想象出手的主人的模样，掉色的指甲油、中指上和手心里的老茧、布满冻疮的通红的手背蜷缩成一个球、突出的手腕有着与皮肤年龄不符的扭曲和肿胀。当项目终于完成、交工验收时，她有了一种说不出的感觉，似乎自己做的不再仅仅是一根根手指，而是比她做过的任何人物模型都更接近真实的人的一部分。

她从来没有玩过自己参与建模的游戏，也没怎么看过那些充斥着特效的网络电影。尽管物与人在她手中成形，但团队名单和片尾字幕中不会有她的名字，她明白，庞大复杂的工业流水线上，没有什么真的属于她，除了到账的数字。但这一次她想来看看。她想知道，那些虚幻又真实的手指会搭建成什么，看到它的人，又会想到什么。

厂房被布置还原成了曾经的样子，老机床和流水线上，躺着一排排高真空度玻璃显像管，青蓝的光滑表面像一块块玉石。环境背景音是经过音效师重新处理的玻璃和金属的碰撞声，清脆、纯净。半个多世纪前，这里的工人用纯手工在玻璃罩里的栅网上焊接了4000多根镍丝，生产了第一支国产的彩色显像管，这座城市也就从那时开始，习惯于为光影营造的梦境提供不被注意的基础设施，直到今天还是这样。但她没看见工作的人，也没看见手指。她掏出手机，下载了应用，打开了摄像头。

流水线边出现了戴着口罩和指套、穿着防尘工服的工人。她熟悉的场景。过了几分钟，一个年轻女工离开机床，脱下工服，踮起脚尖，在产线中间跳了一段芭蕾舞，她用手指做出鸟儿的形状，不断扬起和白色工服有着同样质地的、带着皱褶的长裙，裙边镶嵌着青蓝色的菱形玻璃碎片，何小林过了一会儿才意识到，那是在模仿孔雀的尾羽。接着，另一个中年男人从产线上走下来，跳了一段20世纪80年代的迪斯科，接着是一个留着千禧年爆炸头的阿姨……表演是无声的，工人们仍在埋头工作，只有镜头外的她看得到。在风铃似的碰撞声中，跳舞的人一个接一个出现又消失了，她忍不住举着手机，走上前去。然后，她看见周围的人物影像都不见了，只有无数根各种各样的手指浮在空中，旋转着，排成螺线和弧线。一行小字在她脚下的地板上渐渐亮起来。

珠江三角洲有四万根以上断指，我常想，如果把它们都摆成一条直线会有多长，而我笔下瘦弱的文字却不能将任何一根断指接起来。

——郑小琼，打工诗人，四川。

她忽然站不稳，连忙坐下去。镜头里的手指随着她的视角纷纷下落。她更清晰地看到它们，熟悉又陌生，浮在真实的背景上，环绕着她，跳着静默的手指舞蹈，却无法触碰，她只能一遍又一遍地从各个角度观看、记住。她看见自己的手在屏幕的边缘微微发抖，细小的疼痛一丝丝传来，但她放不下手机。

“你还好么?”不知道过了多久，她听到有人问她。

“我没事。”她忍着脚的酸麻从地板上站起来，把几乎没电的手机揣进衣兜。“我只是想多看看。这些里面……有我做的。”面前的女孩跟她年纪相仿，脸部的线条很干净，立体剪裁的黑色西装外套流动着水光，何小林这才发现厂房顶棚的节能灯管全都亮了起来，展厅里已经没有了别人。

“你是……艺术家吗?”她知道设计展品的艺术家也是女性，但没想到她这么年轻。

对面的女孩笑了，看了她一会儿说:“我不是，但你有可能是。”

“我?我只会建模。没学过艺术。连高中都没上过。”

“每一个人都是独特的。艺术和技术一样，一个重要的目的就是让独特体现价值，而不是被标准束缚。”女孩说着，伸出手来，“我是Ember。听说过非同质化么?”

互联网技术让信息流动成为可能，在数十年内永远地改变了每个人对自我和世界的认识方式以及整个人类社会的形态，区块链技术则让价值流动成为可能。非同质化代币就是在这个尚未可知但发展迅猛的新世界中价值的体现形式。认识Ember后，何小林每天都在接触没听说过的名词。她常常从一个词开始搜索，然后就陷入了新概念、理论和思考方式的信息海洋，连理解都很费力，更别说被说服、相信。但她还是忍不住努力去看，去听，试图从碎片中拼凑出自己勉强能懂的部分。他们制作的四万根三维手指在展览结束后，被“铸造”成非同质化代币进行拍卖，起初她不相信会有人真的出钱买，但她惊讶地看到，每一根手指的售价换算成法币，几乎相当于她一个月的收入。

她也不懂为什么那些看起来很简单的生成式像素画头像能售出几十万上百万的高价。怎么看，她也不觉得那是艺术。

价值与价格并不一定相符，两者都有极大的主观因素。某种程度上，非同质化代币的买家是为对未来的想象和信念付费，而这样的人往往也是拥有资源和财富最多的人。Ember 说，传统行业和成熟领域有更复杂的历史因素制约，但在前沿领域，理解最聪明、最有能力的人在干什么，背后的逻辑是什么，就成功了一半。他们站在时代的波峰上。

他们在想象什么，相信什么？何小林问。她看着 Ember。现在她知道，Ember 的父亲是 80 年代引起轰动的青年画家，后来在美院任教至退休，母亲则是业内知名的策展人和艺术推手，担任几间画廊的董事。从名校毕业后，进入非同质化代币市场创业前，Ember 在顶级互联网企业、咨询公司和艺术品拍卖行都实习或工作过。那是她想象不出的生活。

“一个更好的世界。”Ember 停了一会儿，说：“你现在可能不相信。但当物质财富到达一定程度，拥有它们只是拥有数字的时候，人总是会想要有更值得拥有的东西。真正由自己创造、改变的东西。”

何小林的确不知道自己该相信什么。在无穷无尽的信息流中，她听到、看到的是两个完全不同的未来。Ember 和像她一样的人看到的是一个刚刚揭幕的大航海时代，到处是机遇和可能性，他们已经从最前沿获得了许多，因此相信智慧、勇气、热情和信念会领着他们继续乘风破浪。每时每刻，专为技术极客、硬核游戏玩家和科技投资人设计的分布式社交网络的聊天频道里都滚动着各种各样的预测、梦想、夸夸其谈和谎言。而在主流媒体和大众社交网络上，更多的是批评与质疑。发声最激烈的通常是曾经掌握着话语权，但经受了新技术冲击的人，传统媒介的从业者指出这不过是另一个资本游戏营造的旁氏骗局，只是穿上了技术与艺术合谋的华丽外衣；人文领域的研究者则带着深切的忧虑，以各种复杂的理论和句式警告说，以互联网为代表的新技术在过去的几十年内只是让人们更分裂而不是更团结，哪怕它们的初衷正好相反。何小林觉得双方都有些道理，但也都不太确定。她更想看看和她一样的普通人面对正在悄然发生的变化会怎么想，又会怎么做，但她找不到什么。

东郊艺术展过去一年半后，何小林参加了另一场展出，不在任何实体场馆里，而是在线上。她挪动鼠标，调整着视角，在幽深的黑色长廊里观看一件件打着柔光的三维模型展品，觉得自己是在一个巨大、温暖的身体里，又像是在一个小小的宇宙的外壳上。

展品是身体的片断模型。跪在草地上的丰腴的腿上散落着白色的雏菊花瓣，有一瓣被压进了腿弯处的皱褶，头发上的水珠沿着后颈部的凹陷滑落，奶油色的大脑像海葵一样温柔地展开，发灰的褐色心脏被切开一半，内里是一幅红丝绒般美丽、纠缠的地图。当然还有手，紫红色汁液如同静脉血管，顺着捏着杨梅的指尖蔓延到小臂，被腕管综合征折磨到变形的手轻触月色下的池塘，荡起一圈圈涟漪，两只交叠的手中握有丝线似的光束，编织出彼此，一只光洁健美，一只布满皱褶——模拟的是埃舍尔那幅著名的《画手》。无影背景上，写实的身体和梦幻的场景交叠浮现，呈现出一种奇特的冲击力。导览词里写道：对于某件事物的思考比它本身更令人不安，这些真实而神秘的作品并不完整，也正因如此，每一个观者才能将自己投射其中，而无须顾虑答案是什么。

导览词是 Ember 为她写的。半年前，Ember 告诉她在线展厅的各项参数，除此之外没给任何限制。Ember 说：“去做最打动你、能表达你、你也愿意拥有的东西。你已经比其他人更早地掌握了语言，现在要想想，你想说什么。”

何小林不知道。她努力在记忆中挖掘，但生活的片断似乎太过庸常，而除了工作，她平时与人交往不多。一个月后她仍毫无头绪，索性请了假，在城市的每一处游荡，不知不觉地又走进了那座她初识艺术的校园。天气很冷，小河渠里的水干涸了，荷叶像失去了皮肤血肉的人，只留下灰褐色的骨架，森森立于带着白霜的泥塘中，如同素描的线稿，或是刚雕刻出轮廓的模型。她没听见从礼堂传出的音乐，也没在阴冷潮湿的老教学楼里找到那位刘老师，却进入了一间忘了上锁的房间。里面没有人，只有她自己，记忆中的消毒水的味道，以及上百个漂浮在福尔马林溶液里的教学用标本。她从标签上读到他们的性别、年龄、职业以及和死亡相关的故事。有很多罐口的密封剂开裂了，液体里渗入了空气，变得浑浊，器官仿佛被裹在一团浓稠的云雾中，所以她只能想象。走出教学楼时，她觉得自己似乎读了许多本书，或是看了许多场电影，每一个人物都在向她诉说，她也能从每个人身上看到自己的影子。在回家的地铁上她看着和她一样疲惫的乘客，觉得他们和自己似乎也都被泡在溶液里——好像每个人都在从自己的玻璃罩里注视着别人。

Ember 把她推介为视野之外的新人，艺术和技术让人更自由的受益典型，也巧妙地暗示了她的经历与身份，以及来自备受瞩目的大师作品的影响。有一些话题性的报道开始在社区内部出现，她焦虑不安地接受，并很快发现自己想要的总会随着得到的一起变多。非同质化代币市场上开始出现零星的交易记录，尽管她的实际收入并不多。她继续每日的工作。在已经逐渐习惯了期待、激动与失落的循环后，有一天，她看到那只触摸池塘里的月亮的、略微畸形的手，作为一个资深用户的个人头像出现在频道里。在平面网页上，精细的三维模型只呈现出简单的缩略视图，但她的右手腕开始隐隐胀痛。

她拿出家庭装的止痛药贴，从分装的铝箔包中抽出一片，贴在手腕上。小时候，她不喜欢妈妈身上常年带有的膏药的清苦味。Ember说，非同质化代币满足的是人们内心最本质的需求：身份认知、自我表达与拥有的渴望。在即将到来的时代，它将是每个人的财产、服装，乃至身体与面容的表现形式。但真正的艺术所具有的独特性和价值来源于创作者的本心。将自己的最深处解剖、分割、铸造、交易、分享，她做好准备了么?

六

五年后，一个初春的周末早晨，何小林在收拾换季衣物的时候，在一件旧毛衣开衫的口袋里发现了那个装着止痛贴的铝箔包。冬青木精油的清凉味道浸透了织物。她仔细检查了一遍，毛衣虽然已经旧了，但没有虫眼。她给它套上防尘袋，放回衣橱。铝箔包里还剩下十几片膏药，她拿起来，看了一会儿，又闻了闻，再次记住与疼痛相连的味道，然后扔进了垃圾桶。她已经很久没有用过止痛药贴了。

混合现实眼镜的全世界销量在两年前突破了五千万副。配套的神经接口外设虽然还没有完全替代键盘和触摸屏，但已经在像她一样的从业者中间普及。如今，她只要戴上肌电感应手环，就可以用最自然的方式转动手腕、移动手指，做出各种自定义手势，在混合现实的工作空间中工作，而不是将动作限制在键盘、鼠标和触摸屏定义的动作上。手环的样子和几年前流行的智能手表差不多，只是在腕带上多了一些细小的金属贴片，产品的广告词说，别让你的设备限制你，不管是外设，还是身体本身。理论上，她甚至不用真的做出动作，而只需努力想象动作的产生，神经冲动会在真正抵达手指前就被传感器捕捉。在用光线雕刻、上色、渲染形体的时候，她会感觉到腕带温柔地握紧她，像她的另一层皮肤、另一只手。它和她一样，都能将只存在于黑暗中的想象转化为可见之物。

互联网不再只是视窗内的平面。在具有广泛易用性的硬件基础设施现出雏形之后，三维的沉浸式新世界终于向每一个人敞开了大门。各种各样的软件、应用框架和生态系统如雨后春笋，层出不穷，正像曾经的智能手机引发了移动互联网的繁荣一样。当她回想这一切的时候，会觉得有点儿恍惚，变化看似快得不可思议，但又已经等待了许久，和图形界面、机器学习等等关键技术变革类似，各项要素的雏形往往在很久以前就出现了，那是许多沉默的人数十年乃至数代人的工作、信念和梦想，但当时的人们大多看不到，即使看到了，也常选择不相信。顺理成章到必然发生的事实在向前展望时，是迷雾中稀疏的星星，那片迷雾不光是未知，也混合了刻板印象、傲慢与恐惧。极少有人能将破碎的光点整合起来，推演、想象出世界可能的模样。而能突破视障、准确地想象出一部分的人，哪怕是极小的一部分，拥有了希望。

浪潮淘除了绝大部分投机的沙粒。那些像二十几年前的 Flash 换装游戏似的像素画曾在非同质化代币市场占据主流地位，但在维度增加的世界里，它们的价值迅速降低了。如今，只有怀旧藏家或者刚刚从平面互联网进入新层级的用户才会购买。三维模型成为了构建新世界的砖块、实体、语言。在夹缝中苟延残喘了许久的游戏和影视特效公司转眼间成了类似于建筑集团、房地产公司但又不尽相同的存在。三维建模师成为了最炙手可热的职业之一，早期进入、占据位置并坚持下来的人获得了奖励。何小林的社交网络里不断涌出消息，有人辞职了，开始环游世界或者回归家庭，也有人在得到资本与关注后立下更远大的目标。曾经教她建模的老师不再做培训，在青城后山附近买了个大院子，侍弄花草、猫狗和菜地，只有每天打麻将的时候，会坐在院里一棵浓荫蔽日的梧桐树下，戴上眼镜和手环，准时出现在混合现实里。带她入行的老板则去了东南亚创业，说要把新的世界铺展到更广大的地方，他在混合现实里的化身常常戴着草帽和墨镜，何小林觉得他的脸好像也晒黑了。Ember 变得非常忙，在全世界飞来飞去，即使在线上，何小林也很少见到她。有时，她会搜索关于她的新闻和访谈，如今她更多出现在经济和政治论坛里，而不是展会和拍卖行中。何小林看到她面对着座无虚席的阶梯型大厅讲述，她说恩格斯在《家庭、私有制和国家的起源》里谈道，女性的历史本质上取决于技术史。波伏瓦更进一步，指出以青铜器为代表的、需要密集体力劳动的古代技术造成了女性在社会中的降级。而工业时代后，一代代机器重新升级了女性。今天，混合现实行业的从业者中，女性已经超过一半。三千年后，历尽艰辛的工作与等待，女性终于看到了摆脱身体枷锁的可能，施放她们的将是古老的想象。

何小林摘下眼镜和手环，站起来，舒展了一下腰背部。窗口的土陶瓶里插着几枝山桃花，粗糙的赭色枝干上，粉白花朵刚刚绽放，餐桌上的广口玻璃瓶里是一把茜红的本地芍药，花头挤挤挨挨，几乎要垂下来，有淡淡的荔枝果香。现在她不太需要再为学费、房租或是下一顿饭钱担心，但还是习惯在街头小贩手里买花草。如今，商场、超市，甚至地铁站的贩卖机里都有冷链储存、包着玻璃纸、带着小水管的鲜切花，价格并不高，更不用说各式各样的在线渠道，但即使城市变得飞快，她还是能在各个角落找到挑着扁担或者骑着三轮车、驮着一捆捆花枝的人，他们从三圣乡或者彭州乡下来，一大清早就进了城。比起搭配好的盛放花束，她更喜欢买零散的花材，自己醒花、修剪、组合、插瓶，看着那些蔫巴巴的小铁蛋一点点打开。而当花朵再也无法从水和阳光中汲取营养，只能被折断、丢进垃圾桶的时候，她总是会感到轻微而持久的疼痛，她分不清，那是因为失去还是死亡。

她收拾了一下，看了看时间，叫了去医院的车。做决定前，她去了一趟眉山，妈妈离开市区后在那儿盘了间小店面，她没怎么去过。三苏祠前的小广场周围环绕着一圈仿古的二层商铺，在树下摆龙门阵的嬢嬢们还和小时候一样，时间似乎在这里走得慢了一点。她站在店外，透过玻璃门往里看，妈妈给客人染完头发，又细细地修了眉毛，才抬头看到她。听完她说的，妈妈沉默了很久，才说："你大了，能干了，当年我们都是稀里糊涂的就过来了，现在这些事情我也不懂，也不好劝你，只是一个人带小娃娃辛苦得很，我店里走不脱，你李叔叔也要人照顾，你弟弟再过两年就要高考，我恐怕帮不到你。"

"你后悔么?"她忽然问，自己也不知道为什么。

妈妈愣了一下："说的啥子话，再怎么样，你也是我的娃儿啊。"语气自然、坚决，没有犹豫。

冰凉的凝胶耦合剂填充了探头与皮肤之间的空隙。她已经习惯了一个人忍受时不时的恶心、更多的疲惫以及突如其来的神经痛，一个人排队、检查。给她抽血的护士说，多元生育的政策开放后，像她这样的女性很多，其实也么得啥子，自己就足够了。第一次听到像火车似的胎心时，她没什么特别的感觉，但经过一次又一次的等待，看着身体里的影子一点点长大，现出模糊的形状，她渐渐体会到了，拥有并不是一个有或无的简单状态，而是一个充满了期待与失落、欣喜与恐惧的漫长过程。

B 超师的动作停下了。黑色屏幕上，大孕囊是椭圆形的，中间有一团小小的白色，旁边有一个小一点的茄型。人工受孕的双胎概率较高，妊娠风险也较高，需要更频繁的监测。在此前的检查中，有一个胚胎发育较慢。

B 超师拿着单子出去了。她等待着，困意止不住地袭来。过了一会儿，医生走了进来，拿起探头再次检测了一遍，又问了问她有没有特别的出血或者疼痛症状。然后医生对她说："一个宝宝发育得很好，另一个已经被吸收了。别担心，这是优胜劣汰，很正常，继续观察就行了。三十岁以上的孕妇中，百分之二三十都有这个现象，只是以前的产检不太做早期超声检测，都生了也不知道。"

"她去了哪里？"她听见自己悄声问。

"被母体、胎盘吸收都有可能，也可能被另一个宝宝吸收了。有些人吸收得太晚，不完全，有两套 DNA 的，叫嵌合体，那个就很麻烦，还有些胎记也是因为这个原因，没啥子关系。注意休息，去前台约下次时间吧。"

回到家后她走进卧室，关上门，拉上窗帘，一件一件脱掉衣服。从穿衣镜里她看到自己的身体，腹部仍然平坦、光滑，几乎看不出隆起。然后她用发夹束起头发，转过去。蝴蝶骨中间，靠近脊椎的地方，散落的发丝下面，茶褐色的胎记就像超声波影像的负片，只不过更大，形状更清晰。以前她只是觉得烦恼、羞耻，因此从小就不去游泳，也没穿过露背的衣服。后来有了激光祛斑，但她一直没去。她以为，那是上天画错的一笔，时时刻刻都在提示着她，去认真地观察、思考，反复雕琢每一件最普通的作品的每一个细节。她从来没想过，她想过要放弃、却一直拥有的东西到底是什么。是另一个未曾谋面的人的一生，还是她没有了解过的、自己的一部分？是什么组成了她自己？她又到底是什么？

七

我是在梦盒里见到何小林的生物学后代何莹的。铺天盖地的绿色荷叶通向一片有红色古建筑檐角的宽大厂房，温暖湿润的空气里有微弱的虫鸣和在树林间颤抖的白色翅膀。巨大的彩色怪兽的影子从窗外掠过，面前的茶几上摆着停止的时钟、泡在溶液中的怪异的标本、倒错的地图，像所有的梦盒一样，材质与光影交替变幻，梦境与现实相互重叠，无穷无尽、光怪陆离的细节源源不断地涌入感官，但其中又存在有某种微妙的秩序与韵律，让人忍不住观察、思考，寻找万物之间可能存在的隐秘联系。

超媒介的研究者认为梦盒的雏形是一百年前那些精致、神秘、美丽的独立解谜游戏，碎片化的叙事承载了无法用语言描述的诗意，使得玩家在有限中抵达了无限。艺术史学家则认为，两百年前的超现实主义艺术家约瑟夫·康奈尔制作的微型影盒才是梦盒的滥觞，这位没受过正统艺术教育、终身受病痛折磨的天才在母亲厨房的餐桌上工作了四十年，用玻璃弹球、橡皮筋和软木塞等日常杂物，构建了一种最接近我们现在所知的人类内心的艺术表达形式。而在我眼中，梦盒应该是一种更自然、更贴近每个人的外部经验和内在体验的表达方式，因此才能在今天得到如此广泛的应用。现在看来，它就像照片之于二维空间呈现的信息层级。随着信息层级的升维，从“片”到“盒”的演变是必然的，但当时的人们是否意识到了？推动科技、艺术乃至整个信息层级发展的，究竟是不可捉摸的天赋与偶然性的灵光，还是黑暗中看不到尽头的工作，和对不可见之物的生动想象？我想要从被忽视的地方找到那根隐秘的灰线，它应该在从二维到三维的转变过程中有所显现。

“她没怎么谈过她的作品。”何莹摇摇头。和她的梦盒相比，她的化身形象显得和其他年轻人没什么两样，即插义体、贴膜式增强皮肤和外骨骼，有了可以随时打开或关闭的梦盒，她不需要什么能定义她的外部物理特征。“她其实就不太爱说话。”

“能不能谈谈她是怎样做一个母亲，或者祖母的？”

“我不太记得了，妈妈也说，她工作的时间比跟她在一起的时间多。妈妈说，她小时候自己睡觉，外婆就在隔壁工作，但没有声音，就像人不在那里。妈妈很害怕，就在黑暗里数数，一般数到几百的时候就睡着了。那时候，她也不知道自己在做的是什么，甚至连梦盒这个名字都还没有，只是一点点去做。”何莹停了一下，“我记得我小时候，有一次妈妈带我去看她，她给我做过一种小蛋饼。圆圆黄黄的，有点儿像松饼，但很小，就这么大。”她比画着，“用一只长柄的小铜盘子，在火上慢慢烘熟的。可以自己加各种馅儿，看起来很特别，但我后来没再吃过，也不记得是什么味道了。”

“她提到过她的生活吗？比如童年，或者曾经生活过的城市？”

“她说，那是一个什么人、什么想法都能找到自己的位置、都能被生活包容的地方。”何莹耸了耸肩，“好像也没什么特别的。”

“那她的工作呢，你了解多少？”

女孩偏着头，想了一会儿。“我挺喜欢梦盒的。但也说不出来为什么。可能就是可组合性吧。”她做了个手势，茶几上的时钟逆向转动起来，物品从闲适的午后客厅里一件件消失，空间慢慢缩减成一个单薄、漆黑的方块，只留下一张没完成的线稿。我和她走进去。画里是一间昏暗的工作室，唯一亮着的灯前散落着干枯的花瓣、倒立的药瓶、写满看不懂的文字的草稿纸，还有许多面破碎的小镜子，镜面反射出细碎的光，像无数颗星星。

“人们认为，可组合性的思想打破了定势，使得深入、丰富、难以用语言描述的思考、情绪和自我表达在场景中得以展现，就像从芭比娃娃到乐高积木。”我说，“当然，推动的力量是非同质化代币技术，以及在其上建构的整个去中心化经济体系。我想，她可能很早就意识到了这一点。”何小林是最早一批使用CC0级创作共享许可（Creative Commons）发布作品、进入公有领域的超媒介艺术家，这意味着她完全放弃了创作所产生的物权、产权等个人权益。考虑到她所处的时代与成长经历，这一点曾让我很疑惑。后来，在重新梳理资料时，我发现了一位古代诗人的文章，他说天地之间，万物各有主宰，不属于我的东西，一丝一毫都不要拿取。清风入耳，让人听到动听的声音，明月照眼，让人看到优美的月色，人人都可以取用，而且用之不尽，这是大自然无穷无尽的宝藏，是每个人都可以共同欣赏的。一千多年前的诗人不知道技术如何让梦想成为可能，却用极精确的语言描述了去中心化世界图景的真谛，他来自何小林的家乡。

“这我不确定。”何莹摇了摇头。“我看过那些早期的报道，也问过她。但她说，她是个普通人，只是赶上了一个好时候。其实，她也不确定那是好是坏，也不知道将来会怎么样，只是对于她这样的人，通往未知的变化总能给她带来一些东西，毕竟和别的艺术家不一样，她本来什么也没有。她甚至一直不愿意自称为艺术家，只是建模师。”

所以，她拥有的其实本就来源于不拥有。我思索着，但也正是不拥有让她的作品——那些最初的梦盒，呈现出一种特别丰富的形态，可以从她看过、听过、经历过的一切事物中汲取滋养，自由拼贴。她和她的作品一样，都是流动、开放、不断在学习中变化的。而这也正是信息层级和根植其上的一切成功建构的本质属性。个人的意志在她的梦盒中似乎没那么强烈，来自外界的影响与变形随处可见，但又以奇妙的方式重新组合，引发观者的思考与触动，就像信息网本身，或者我们的大脑一样，而创新正是来源于对习见之物的分解、重组、连接与碰撞。比起胸有成竹的观察者，她使用的更像是一种好奇的、探索式的、自下而上的目光。一种每个人都曾拥有过的目光。

我忽然感觉到，有一道光在思路中出现。在追溯的过程中，我已经被梦盒的本质困扰了许久，人类的入梦总是要付出失语的代价，从照片到梦盒，每一次，面对新的造梦语言，文字都显得无力，我不止一次怀疑自己，我真能用概念与修辞的罗网捕捉住本质所在吗？而现在，我意识到，梦盒带给我们的体验，正如孩子面对新世界时所感受到的。当我们睁开眼睛，感知到周围陌生的一切，我们尚未发育完全的大脑根本无法理解这个世界的细节或整体，甚至这个世界本身在我们眼中都是颠倒的。突如其来的光线、色彩、形状、声音、气味等等信息涌入我们的脑中，无数被刺痛的神经元努力分化、生长，从这些细微而持久的疼痛中，我们渐渐发现了、或者自以为发现了事物之间的规律和联系，形成了概念，推演出规则，获得了对世界和自我的理解，甚至可以想象出新的故事。梦盒带给我们的，正是所谓的原初体验，奇异、破碎、似真似幻的事物让我们习以为常的认知体验重新变成了活跃的过程，就像诗歌之于语言，立体主义和抽象表现主义之于传统绘画艺术。梦盒并未改变世界，而是将世界本来的模样还给我们，再一次教会我们如何探索、认知、感受。这个世界的元素与结构来源于制造梦盒的人，以及无数影响了她或他的人，是她或他最深入的精神的投影，但梦盒中的事物没有确切的指向，每一个旅人也会在漫游与思索中看到自己。在信息层级比物理世界更强大的时代，人的形体和外部特征早已不再是人的定义和束缚，人与人之间最深入的拥有、身份认知、表达与交流就这样在一个极其隐秘而又开放的空间内实现，就像所有真正的艺术和语言曾经抵达过的一样。

我想起梦盒的另一个名字是生命之盒，还有一个名字是故事之盒。现在，我才明白为什么。

何莹将破碎的镜子一点点拼合，镜中的光点渐渐聚拢，形成了一枚圆而黄的月亮。她将月亮挂在墙上，鹅黄色的柔和月光顿时洒满了房间。月亮的表面有隐约的黑影，像另一个世界里的人。她看了看我，什么也没说，但我似乎明白了。经历了无数人漫长艰苦的工作与等待，古老的渴望终于实现，在想象与现实完全相融的世界里，语言的确不再是束缚。现在，没有什么能束缚我们，束缚她了。月亮越变越大，我们手拉着手，走进去，很快就飘到了月亮上。[①]

① 文中的 AR/NFT 艺术装置受当代艺术家曹斐 2006 年的作品《谁的乌托邦》启发改编。

重庆的尽头是晚霞

阿缺

1

阿珵最受不了的，是重庆的冬天。那是真冷，穿再厚的衣服，都挡不住寒气入骨。但嘉陵江断流的那天，她还是顶着冷风，跟奶奶一起挤在洪崖洞的临江栅栏前，看着大闸下落，悲壮地斩断了这条绵延上千公里的河流。

在轰隆隆的水声中，奶奶的眼泪也掉了下来，颤巍巍地说："看了一辈子的嘉陵江，这下没了，往后可怎么办啰?"

阿珵无奈宽慰道："嘉陵江不在了，还有洪崖洞嘛。"

"没了江，洪崖洞也就不是洪崖洞了哦。"

阿珵朝四周看。已经有点晚了，著名的洪崖洞灯光渐次亮起，视野里遍布着五颜六色的光。再往江里看，水面上也荡漾着同样的色彩。奶奶说得没错，有江水映衬，洪崖洞的灯火才显得辉煌又迷离，或者用那些外地人的说法，很赛博；一旦失去嘉陵江，恐怕这里只会成为光污染。

"您还是别想这个了，真要操心的，还是搬家的事。"

"什么搬家?"奶奶问。

"怎么又忘了哦!"阿珵有点头疼，说，"大家都要搬，我们也快了。现在有好几个地方可以选，您要去武汉，还是郑州?"

奶奶眯起眼睛，在迷雾般的记忆里搜寻。阿珵知道她又开始健忘了。奶奶的病时好时坏，有些时候连自己是谁都记不得，在阿珵印象中，奶奶总是独自缩在小屋子里看着窗外的轻轨来来回回。所以当奶奶提出要来看嘉陵江断流时，她十分惊奇，以为奶奶有所好转，所以哪怕再忙再怕冷，也陪着一起来。

但大闸落下的一瞬间，奶奶的清醒也似乎被随之斩断。她只得再解释，说这是政策，为了躲避灾难，城市需要清空。

“什么灾难?”奶奶问。

阿珵说：“地震。”

奶奶眯着眼睛，摇头说：“兵荒马乱，天灾人祸，重庆啥没经历过？一地震，人就要跑光，我不信。”

其实阿珵也很难相信。但她见过地震的远程俯拍视频，板块碰撞的能量轻易吞噬了那些城市，许多人都没来得及逃走。而根据预测，十年之后，一场代号为“乱马”的地震，也会使重庆面临同样的结局。

但奶奶不听。

“要走你们走，反正我的根就在这里。”她抖着嘴唇，看起来甚至有些愤怒，“我做了一辈子小面，住了一辈子重庆啊!”

这一对婆孙的争吵，引来了周围人的侧目。旁边一个高瘦的年轻人也多看了她们几眼。

阿珵有些懊恼，刚要一一瞥回去，这时，江两岸的抽水机启动。轰隆隆的声响遮盖了一切。

要截断重庆域内的嘉陵江段，工程量浩大，不仅需要在合川和洪崖洞各修一道堤坝，阻断上下游，还得用抽水机把中间段的积水抽干。这意味着，周围居民至少在接下来的半个月里，一直都会被发动机的声音困扰。而这只是“金刚计划”的第一步。一年以后，长江段也会被堵住，引流至别处。

虽然江水的下降肉眼难辨，但抽水机的声音还是意味着两江之水的离去已经开始。重庆依江靠山，离开了江，只剩下形单影只的山了。

周围一片喟叹声，也夹杂着跟奶奶一样的幽幽啜泣。

到晚上就更冷了，江面上寒意弥漫，阿珵裹紧羽绒服，想着也该回家了。这时手机一振，是程亿的微信，问她在哪里，又说其他人都陆续到包厢了，让她快点去九街。但她在寒风中目睹了从小看到大的嘉陵江断流，的确没有心思再去蹦迪，便推说累，今天就不去了。

二十秒后，程亿的电话打来了。

程亿就是这样，毫不拖沓，强势，自己的安排不容打断。何况今天到酒局的人，有不少是他工作上的朋友，对他的事业大有裨益。这种局，作为女朋友的确也应该出现——尽管她也知道，自己对证券知识了解不多，而他们也没办法跟自己聊奏鸣曲，她无法融入他们。但融入并不重要，只要出现，她的样貌和气质就会帮助程亿。

次数一多，再热闹的聚会都会无聊。

“今天陪奶奶看嘉陵江，以后就看不到了。”阿理解释道，“你们玩吧。”

“不就是一条江吗，还没看厌?”程亿还要再劝，这时手机里传来了男男女女的吵闹声，应该是他的朋友们到了。他便埋怨地哼了声，挂断了电话。

阿理如释重负，放下手机。是该回去了。她往后去拉奶奶的手，刚捏紧，忽然觉得手感不对。

奶奶的手瘦而干瘪，而她握住的这只手，宽厚，还带着温润暖意。

她转身一瞧，果然拉错人了。对方正是刚才看她们争吵的年轻人，比阿理高一点，戴着眼镜，手僵在空中，脸上带着少许错愕。

“对不起，对不起，弄错人了。”阿理连忙道歉。

对方笑了笑，没说话。

倒是很有礼貌，礼貌可以化解尴尬。阿理这才意识到手还没有松开，一边松手，一边转头去找奶奶。如果这时她能带着奶奶离开，也不会发生后面的事；但我们的故事总是充满意外，因为她一转身，就发现奶奶不见了。

2

罗生从未来过重庆。他对重庆的印象只是辣，食物辣，人也辣。前者从火锅可以看出，后者——眼前这个重庆妹子就是最好的证明。

“我奶奶呢!”女孩尖叫。

她并未意识到，尖叫的时候，刚松开的手又抓了回来。抓得比上次更紧，指甲都快嵌进罗生的掌心了。

罗生疼得眼角一抽：“刚刚还在这里，应该没走远。你可以给她打电话。”

“她没有电话。”女孩眼睛睁圆，漆黑的瞳孔映入了洪崖洞的灯光，“她都不记得回家的路!”

“别急。”

罗生踮起脚，四周都是黑压压的脑袋，每张面孔看起来都一样。人群有一种吞噬性，一分钟前，那个瘦小的老太太都还在旁边，现在已经完全不见了人影。

女孩不停地问周围的人，而周围人都在摇头。人们沉溺于宏大场景的震撼和其背后的伤感，无人留意一个默默哭泣默默离开的老妇人。

罗生伸出另一只没被抓住的手，以别扭的姿势拍了拍她的肩膀：“那就去看监控。”

“哦哦，对!”女孩又问，“监控在哪里?”

罗生说：“跟我来吧。”两人穿过人群，来到街道办，因天色已晚，办公室里只有两个懒洋洋的中年人在值班。听说要调监控，值班员不情愿地掏出一张纸，说：“监控也不是随便就调的，得走这个流程。”罗生一看，上面至少有三个签字栏需要填，分别对应三个不同的部门。他转头看向女孩，发现对方一副快哭了的样子。

他默默叹息一声，说：“你等一下。”

女孩点点头。罗生掏出手机，侧过脸，低声打了个电话。女孩有点无措，又去央求那两个值班员，对方却无动于衷。

“规矩就是规矩嘛，哪能随便改?”一个说。

“对啊，我建议你还是先报警。”另一个说。

这时，罗生已经放下手机。电话还没挂，他把手机递给值班员，后者将信将疑地接过来，不到半分钟便脸色大变，不住地“嗯嗯”点头。另一个值班员也是识趣的，不等电话结束，便已经开电脑调取监控了。

在高清摄像头下，要找一个人并不难。他们很快看到奶奶是逆着人群往外，到街边，穿过一整排灯火迷离的商铺，进了一条小巷。

巷子口挂着各种各样的招牌，都是零食小吃类。

女孩“噢”了一声：“我知道她去哪里了!”

她脸上的慌乱一下子消失了。罗生便也点头，看了看自己的左手：“那现在可以把我放开了吗?”

女孩太紧张，从江边到街道办，抓着他的手一直没松开过。这时她才如梦初醒，终于松开，并且连连道歉。

罗生看了看手掌，一行清晰的指甲印在掌肚上，要不是有一层茧护着，怕是已经见血。女孩也看到了，脸上的愧疚都快凝聚成了实体，所以在她开口再次道歉前，罗生抢先问：“你奶奶去哪里了呢?”

“那条巷子有一家小面馆，小时候她经常带我去吃，还教我怎么做小面。”

这么一说，罗生也有点饿了。现下正是饭点，他忍不住问：“好吃吗?”

这个问题刚出口他就后悔了。一个老人，连她自己和孙女都会忘掉，却还能记得去那里吃面……要说难吃，那肯定不可能。

于是，十五分钟后，他和女孩就一起来到小面馆。奶奶果然坐在灯下，身姿端正，一头银发上流转着昏黄的灯光。她一口一口地把冒着热气的面条吸溜进嘴里。这场景莫名温馨，又勾人食欲。罗生和女孩本来还带着怨言，看到后顿时消气，分别坐在老奶奶左右边，也默默捧着一碗面，吃得热火朝天。

这就是罗生认识阿珵的经过。很多事就是这样，种豆得瓜，插柳成荫，他来重庆是因为阿肖的邀请，要参与一项绝密计划，来的第一天却遇到了令他心动的女孩。面吃完的时候，他犹豫要不要加个联系方式。

"对了……"他用筷子搅着面条，这样开场。

这时，阿珵的电话响了。

"来不了，"她听了几句，皱眉道，"你们玩吧，我陪我奶奶。"

电话里又说了几句，似乎在道歉或恳求，阿珵的声音也变软了，半哄半撒娇地说："好嘛好嘛，你别这样。你们要是转场的话，发我个位置，我赶过来。"

罗生松开筷子，搅成一团的面条顿时散开。他低头无声地笑了笑。

打完电话，阿珵想起来，问他："你刚刚要说什么？"

"面条太好吃了，我想再来一碗。"罗生说，"你请？"

"当然我请！"阿珵点点头，很开心的样子，叫老板再上两碗面。罗生吃了一碗，阿珵自己也吃了一碗。罗生还好心提醒她待会儿有局，别吃太多。阿珵头没抬，摆摆手，说聚会都是光喝酒，又吃不了东西。

这应该是他们在今晚的最后一句对白。吃完后，罗生还没放下筷子，手机便响了。他一边接电话，一边冲阿珵示意。

阿珵含糊地"嗯"了声，继续吃饭。

罗生站起来，走到一边，说："阿肖?"

"你是不是已经到了?"电话里连珠炮一样迸出一大串语句，"刚刚我爸给我说，说你找他帮忙打招呼，要查什么监控，这事儿你找我啊！我来重庆快十年了！你真不够意思，来了都不给我说，我还想着去接你呢。"

"听说，金刚计划可能有变数，我就提前结束休假了。"

提到金刚计划，电话那边的声音顿时变小："嗯，很多事情都不顺利。还是见面说吧。"

"好。"

"你在哪里?我过来接你。"

罗生朝巷子对面的女孩看了一眼。或许是因为冷，或许是因为饿，她还在认真吃面。她的奶奶在一旁慈祥地看着她。

"算了，我来找你吧。给我发个地址。"说完，罗生后退两步，没入洪崖洞那些缤纷灯光背后的晕影中，身影立刻被融化。

阿肖发来一个金海湾公园附近的定位，罗生查了下，还是轨道交通方便。他乘6号线，在重庆的土地与江面之上飞驰。城市的夜晚本来大同小异，但重庆还真不一样，它依山而建，高楼坐落在高高低低的错落位置上，弯坡随处可见，高架桥重重叠叠。其他城市如同璀璨的沙盘，俯视下去一目了然；而重庆，更像灯光通透的蜂巢，是立体的，从任何角度都无法窥视全貌，只有在它的内部穿行，沿着高架，沿着弯曲起伏的街道，沿着穿楼而过的轻轨，才会领略这份独属于山城的复杂和通透。

罗生是学建筑的，偏城市规划，求学时游历过许多城市。有由石窟堆叠而成的石头城马泰拉，有波光潋滟的水上城市威尼斯，有沙中都市拉斯维加斯……刚开始，他惊讶于这些与地势和文化完美契合的建筑集群，后来这种讶异感逐渐变得麻木，纯以专业视角来调研它们。但现在他笼罩在重庆的光与影中，穿梭在洞与桥中，再次被惊异和叹服攥住心神。

只是……可惜这么伟大的城市，会在十年后毁于地震。

一个小时后，他来到金海湾公园。阿肖早已在门口等着，一见罗生，就张开怀抱，狠狠抱了过来。阿肖没变，喜形皆露于色，依然是那个跟他一起在院子里长大的热情男孩——尽管他另一个头衔，是金刚计划最大外包商的负责人，权力极大。

“你总算来了！”阿肖松开臂膀，大力拍了拍，“怎么还是这么瘦，还跟以前一样，只顾学习都忘了吃饭？”

罗生被他的笑容感染，心情也好了许多，说：“怎么会？我刚刚还吃了两碗面，重庆的面真不错。”

“面怎么行！我得请你吃顿好的，店都定好了，重庆最顶级的饭店！走，吃饱了都得再吃一顿！”

罗生看着这位故友，发现他虽然一脸嬉笑和热情，眼角却有掩不住的疲态；又想起电话里他突然拉低的声音和叹息，隐隐掠过一丝不祥。“对了，你说很多事情不顺利，”罗生问，“怎么回事？”

阿肖脸上的笑容一丝丝隐去，顿了顿，他凑近来，在罗生耳边说：“提前了。”

“什么？”

“板块位移在加剧，最近的数据分析出来了——大地震要提前。我们的时间不多了。”

“不是说还有十年吗？”

阿肖摇摇头：“只剩五年。时间紧迫，他们正在重新论证金刚计划的可行性，一旦取消这个计划，重庆真就要毁掉了。”

3

大灾变提前了。

最开始阿玾以为这是谣言，没在意，还是照常去学校上课。但难以忽视的情况是，班上的学生越来越少，到四月份，教室一半的位置都空了。

她教高中音乐，原本这批孩子面临高考压力，在她课堂上，歌声可以疗愈他们被试卷戳得千疮百孔的心。她相信音乐有这种力量。很多时候，她带着学生一起歌唱，但现在，歌声逐渐微弱，一如这座城市。

“老师，我明天也要走了，最后一堂课，还想听您唱歌。”有一天，阿玾最喜欢的学生对她说。

初春的阳光透窗而过，教室里的十几张脸都有些惨然。阿玾勉强笑了笑，说：“干吗这样，只要世界还没有毁灭，我们就应该歌唱。”

她带着学生，唱了一首 ***Mojito***。这是欢快的歌曲，歌声在空旷学校里回荡，歌声落时，正好下课铃声响起。

那名学生站起来，没有收拾课本，起身跟阿玾道别。

“对了，不止是我，”走前，学生说，“他们陆续也都得走，很快学校都要停办。老师，您也早点走吧。”

“你们是听到什么消息了吗?”

“我爸打听到的，乱马要提前了。他弄到了躲到天津的名额，我们得赶紧过去，不然可能等到了天津，分给我们的房子都给别人了。”

阿玾点点头。

学生说得没错，这的确是她的最后一节课。还没到放学，她就接到了课程暂停的通知。其实学校也没完全停办，到七月份本学期结束才关校。只是在一众学科里，音乐课向来不受重视，她的课便最早停了。

好在直到停学前，工资还是照样拿。阿珵有了一段很长的空闲期。她打听到消息，的确，地震提前的事情几乎板上钉钉，不仅是企业，市民们也在陆续撤离重庆。这座城市正逐渐变得空荡。

她本来也计划走，很早以前，程亿就跟她一起申请了去澳大利亚避难的名额。但就在五月的时候，奶奶突然病重，住进 ICU，无法颠簸远行。

仿佛城市的命脉，与奶奶的身体息息相关，一荣俱荣，一衰俱衰。

“你就让奶奶住在医院。”一次晚餐时，程亿劝她，“医护人员是最后撤离的，你放心，他们可以照顾奶奶。”

“但奶奶只认得我，我要是走了，她一醒过来就会慌。”

“可大地震快来了，而且说不准啥时候就先来一波小震。你还记得达拉斯吗，地震也提前了，前面几波小震就埋了不少人。”

阿珵点点头。她知道程亿说的是对的。这场源自地心能量爆发的大灾变，西南地区和部分欧美城市只是前奏，大地震最终会波及所有大陆板块。但那也是很多年之后的事情了。对川渝城市来说，接下来五年就会面临终极考验。空前的撤离已经开始，但她想起那天看到嘉陵江落闸，说：“不是还有金刚计划吗？他们要加固城市，防止冲击。”

程亿鼻子喷出一口气：“金刚计划？那就是浪费纳税人钱的天方夜谭，时间来不及，马上就要取消了。”

“这里……真的没救了吗？”

程亿笃定地点头：“这里肯定是待不下去了。早一天走，就早一天安全。你也看成都的新闻了吧，那边每天出城的车都堵满了，不愧是川 A 大军。”

“那我就更不能走了。”

阿琞自小和奶奶相依为命，现在奶奶在医院里无法转移，重庆危险的话，她做不到留下奶奶独自去往海外。

她以为这样拒绝，程亿会跟以前一样生气。但很奇怪，听到她的话后，程亿只是点点头，又专心地切着牛排。他们处在商场的顶楼，透过整面玻璃窗，能看到对面的国金中心。夕阳正在落下，所有建筑的外墙上，一道道红色的光在游移。

“阿琞啊，你还记得我们怎么认识的吗？”他突然说。

阿琞一愣。“我代表学校演出，你在场。我记得我们是那时候认识的。”

程亿一边咀嚼带着淡淡血丝的牛排，一边说：“是啊，我在台下听到你唱歌，就想着，要认识这个声音的主人。你的歌很好听，但歌声在舞台上才有意义，就跟人一样。如果你留在这里出了什么事情，你奶奶就算治好了，你觉得意义大吗？”

是这样的道理，但阿琞无法被说服。

程亿把牛排吃完，说：“其实，我也很久没听你唱歌了。”

这顿饭结束的时候，阿琞有一种预感，她和程亿的关系应该就此结束。后续也的确如她所想，她在医院里照顾奶奶的时候，收到了程亿的信息。他已经出国，远离了灾难，生活会重新开始。

她想回个“哦”，后来想想算了。病床上的奶奶逐渐憔悴，医院外的城市越来越空旷，在大灾难面前，小儿女的情情爱爱似乎没那么重要。

这段时间她往返医院和家中，街道上的车辆肉眼可见地逐渐稀疏，轻轨上也不再人群密集。

她的朋友们也都走了，独处时间变多。有些朋友还是关心她，一直在劝她离开，听得多了，她也开始认真思考这件事。

之前是因为程亿的关系，她能占一个去往海外的名额，但现在延误，那个分给她的小房间已经被占。

其实到现在，她对世界何以沦落至此这件事，始终没有概念。她在重庆长大，生活普通但安逸，然而突然一天，地质板块即将大规模、无规律移动的消息在民间流传，继而被官方承认。紧接着，生活就开始被这个消息啃噬，变得面目全非。她的朋友们比她更早适应变化，纷纷离开，只有她，还留在空荡的轻轨上，看着逐渐寂静的山城和晚霞。

这种生活从春天一直持续到秋天。之所以结束，是因为奶奶的病情突然恶化，加上医疗人手缺失，在又一个冬天来临时，她咽下了最后一口气。

临走前，奶奶突然有了精神，问她："屋里头怎么样了?"

家里已经空了。不只是家，整个小区都没多少人了。阿理点头说："很好啊，大家都在等你病好了回去。"

奶奶很高兴的样子："我快出院啦，你看我这么有精神头。我都住半个月多了，你又不爱打扫，屋里头肯定都乱得不行。"

阿理把叹息压回肚子里，说："好，医生也说你快好了。"

奶奶又絮絮叨叨了一会儿，突然安静下来。病房里掉针可闻。奶奶说："不好意思啊，拖累你了。"

"怎么会!"阿理也慌张起来，下意识想叫医生。

"我走之后，你也快点走吧。重庆已经跟以前不一样了。他们说，嘉陵江断流，长江也截了，洪崖洞再没亮起过灯。城里头，人都逃得差不多了，我在这里住了一辈子，没想到会看着它毁掉。就是我教你做小面的技巧，别忘了，永远别忘了。只要会做面，在哪里都能吃饱的。"

这是奶奶说的最后一段话。说完后，疲倦以肉眼可见的速度爬上她的额头，仿佛喘息就花光全部力气。她微闭眼睛，便缩回被子里休息。后来她的眼睛就没有再睁开。

奶奶去世后，阿珵按照奶奶生前的喜好，把奶奶的骨灰带到缙云山，埋到山顶。

这一天正巧是年末，天气依旧是重庆惯有的阴冷，夹杂有游丝般的细雨。她没带伞，垂着头，抱紧骨灰盒，找到了奶奶最喜欢的半山腰凉亭。

缙云山离主城不远，以秀美山景和滋养温泉闻名，阿珵小时候被奶奶带过来，总是很热闹。尤其碰上过节，简直人挤人。但今天整个山上安静极了，只有树木在风中幽泣，景区门口连保安都没有。也是，在大地震的威胁下，重庆城区都快空了，缙云山更是只能成为荒山。

所以阿珵就找了个泥土软些的地方，挖个小坑，将骨灰放进去。

没承想之前还蛛丝一样的雨，地都打不湿，不到半小时就开始变大。阿珵在凉亭里躲会儿雨，眼看着天色越来越暗，远处山下的城市亮起灯火，虽然稀稀拉拉，还是要比平常热闹。她这才想起，原来明天就是新年第一天，是惨淡年代里为数不多可以用来庆祝的理由。

但她想起朋友们都已离开，一时意兴阑珊，又转了个方向，发现在南边，也有一个光点亮起。相比城市灯火，它有点孤寂，小小的，在雨中似乎随时会灭。

这时雨已经小了许多，她踩着湿润的泥土，回到停在景区门口的车里。她一边哈着气，一边启动车，又往两个方向的光亮看去。鬼使神差的，她调转车头，没有回城，而是向着那一点孤单微弱的光亮驶去。

4

这一年，罗生很忙。

他和阿肖在重庆各个部门间奔走，有时候还得去往北京，试图说服掌握更大权力的领导。他们已经熟悉了每个部门的套路，谁在推诿，谁真正有兴趣，通常第一句话就能看出来。罗生曾经还觉得自己是社恐，但一年下来，早已锻炼成老油条。他和阿肖相互配合，一个讲技术，一个讲商务，但到年末时，金刚计划还是确认被取消。

“钱不是问题，目前已经投入了近一百亿，要再加也不是不行。反正城市都没了，钱以后用到哪里呢?”戴眼镜的精瘦领导叹息一声，眼睛里也满是血丝，“但是震级太大了，巴黎也用过类似的方法，还是在地震中被毁。我们在做一件没有意义的事情。”

“但重庆跟巴黎不一样!”罗生急着解释，“从地址到城市构建，我们都有优势!”

“那你们的金刚计划，能扛住大地震的概率是多少?”

阿肖冲罗生使了个眼色，罗生犹豫一秒钟，还是说出了实话：“17.42%。”

领导把眼镜取下来，用软布摩擦上面的雾痕。“这个数字是什么意思，就不用你分析了。我们做的决定，也不用跟你们解释了。”他说，“走吧，你们也走吧，你们都不是重庆人。”

离开后，两个人都有点沮丧。

阿肖先缓过来，又拍了拍罗生的肩膀：“还是不好意思哈，叫你过来，浪费了一年。”

“你也要放弃了吗?”

阿肖潇洒一笑：“也不是放弃！做生意嘛，哪里不是做？重庆不行，我们去其他地方。我爸联系上了伦敦，那边还有十多年才地震，完全来得及，我们去那边再来一次金刚计划吧。”

金刚计划虽然名称很中二，但言简意赅，就是在各个环节加固城市，令其稳如金刚，以在地震中保全。正因如此，凡是有碍于城市稳固的建筑或自然景观，都得拆除，所以嘉陵江断流，长江也被截断。但忙活了这么久，最终还是经不过地震的突然提前，不久后将正式被取缔。

好在虽然重庆来不及，其他地方还有希望，就像阿肖说的，生意在哪里都是做。不过罗生突然疲倦起来，揉着鼻梁，说：“我想停一下。为了我父母，这几年我总想拯救一座城市，哪怕一座，但人力的确渺小。”

“叔叔阿姨的事，我很遗憾。节哀。”

两个人在街边站了许久。

阿肖说：“那没事，等你想清楚。你知道的，什么时候你来找我，我都欢迎。我一直相信我们可以一起做大事。”

“就跟小时候一起去老师办公室改我们的成绩一样吗？”

阿肖哈哈大笑。

没多久，阿肖也离开了重庆，去往他家族生意蓝图的下一站。罗生回到住处，也订了离开重庆的机票，只是在选日期的时候，他才意识到后天就是元旦。这一年的最后一天，他决定留在这里，最后看一眼冬天的重庆。

来这里一年，他全身心投入工作，虽然走遍重庆，但都是以利于金刚计划的眼光去评判，还没好好游玩过。但重庆市区又的确太熟悉，只能去周边，想来想去，他把这一年最后一天要待的地方，定在缙云山。

看着那辆车从黑暗中驶来，罗生有点错愕。

这地方早已荒废，连电都停了，他才生火取暖，在火光中回忆过去。两柱灯光靠近，有点晃眼，他抬手遮住眼睛，打量下车的人。

看到对方，两个人的反应不约而同：先是疑惑，继而眯起眼睛回忆，最后展颜一笑。

“是你啊。”他们的开场都一样。

天已经很黑，车灯灭后，只有一簇火在勉力撕开黑暗。火焰升腾，他们的脸也在一明一暗间游移。这不是一个适合故人相见的场景，所以他们一直没有说话，直到阿珵打了个喷嚏。

“你快回家吧，”罗生把火挑得旺了些，“这么晚，你奶奶该担心了。”

“她去世了，我就是来埋她的骨灰的。”

罗生手一僵，手中的枯枝顿时断裂。顿了顿，他把树枝丢进火堆里，说：“节哀。”

“她在重庆毁掉之前走，也算是幸运了。不然她该多难过。”

罗生点头。他游历过那些即将毁于地震的城市，见到最不舍的，都是老人。年轻人可以四处闯荡，老人们却都只愿意待在一个地方，仿佛岁月是一种黏剂，将他们与城市黏在一起。

阿珵看着这个在火光中沉思的年轻人，问：“你怎么一个人来这里?”

“明天我就要走了，走之前找个地方待一待。缙云山还没来过。”

“可惜没有温泉了，不然还是很值得推荐的。重庆也还有很多别的地方值得推荐。”

“你是本地人吗?”

阿珵说了句重庆方言，很地道。罗生虽然听不懂，但他还是笑了，问：“重庆最美的是哪里呀?”

最美的地方吗？阿琨看向西边天际，那里暗沉沉的，但她的视线似乎穿透了浓云与阴霾。她说："是晚霞？"

"什么？"

"我最爱这里的晚霞，从小看到大，一直看不厌。"

罗生也顺着她的目光看过去，想起来，第一次见到她时，也是在洪崖洞晚霞将落时分。

过了很久，阿琨回过神："你也是离开重庆去安置区么？"

罗生摇摇头："我是工程师，来援建金刚计划的。"

"我听说不是停了吗？"

"是啊，所以我也得回家了。"

两个人沉默了一会儿，但也都没有要离开的想法。罗生往后看了看，长长的道路驶入黑暗，在火光隐约照亮的地方，有一座巨大建筑的影子。

"你是不是也要离开重庆了？"罗生想起来，问。

"嗯，也是明天。"

"跟男朋友一起吗？"

阿琨迟疑了下，罗生便没有再追问。夜风适时地变大，火焰全往罗生歪过去，让他连呛几口。他丢掉手中的枯枝，站起来，拍了拍手。

"你要回去了吗？"阿琨问。

"不，我今晚要住这里。"罗生说着，掏出手机，给阿琨看。原来他们身后那栋大建筑的黑影，是一家叫榕悦庄的酒店，在灾难阴影到来前，是重庆有名的高档酒店。碰到年底这种热门日子，一间房会涨到六七千一晚。

"酒店的人在一个月前已经撤光了，听说撤得匆忙，很多设施都还在。"罗生笑了下，"我还没住过这么高档的酒店，今晚正好免费。"

这么一说，阿珵竟然也有点心动。倒不是贪图便宜，只是回家以后，也是一个人在空荡的房子里等待新年。“这种好事，”她说，“应该见者有份吧。”

罗生大方地挥挥手：“没问题！这有一间总统套房，平时是三万多一晚，让给你了。”

5

直到罗生上了阿珵的车，缓缓开向那家已经被遗弃的酒店，阿珵才后知后觉地意识到目前处境的荒诞。

在这个废弃的远郊景区里，跟一个不算认识的男人共赴一栋黑暗的建筑，怎么看都是一件危险的事情。但……她还记得一年前罗生帮自己找奶奶的事情，从头到尾都很得体——除了最后让自己请客，但那也是应该的。而且，一个在深冬寒夜里，独自生起一堆火来取暖的人，应该也不是坏人。

没多久，他们到了酒店，发现想得还是太简单——酒店黑黝黝的，所有的开关都没作用。

“噢，为了防山火，他们把电停了。”罗生说，“不过应该有备用发电机。”

“你怎么什么都知道?”

“这些不是常识吗?”

阿珵说：“用来偷住免费酒店的常识吗？我在这方面的积累的确不太多……”

她待在大堂，罗生下去找备用发电机了。大堂里也是黑黝黝的，她便开了手机的电筒，在光亮中等待。

这时，她才看到，程亿发来了一些新消息。他说了很多，主要讲在澳大利亚的新生活，以及对奶奶去世的遗憾，最后，问她还愿不愿意一起在那边避难。

她拿着手机迟疑了许久。屏幕的光蒙在她脸上，闪光灯则将地板映得一片雪白。

不知何时，罗生已经回来，站在一边。

阿珵按灭屏幕，转头看他：“修好了吗？”

罗生点点头。

但阿珵要去开大堂的灯时，罗生又制止了她，说：“等一下。你跟我来。”

她被罗生带到了酒店右侧的露台。这里地势略高，俯瞰山腰，只是现在一片漆黑，风又很大。她裹紧衣服，在风中瑟瑟发抖。

罗生让她等着，自己“噔噔噔”一路小跑，下到酒店里去了。

过了一会儿，空中传来隐约的呼喊。

“什么？”她大声喊着。

“……”

“我听不到！”

顿了顿，罗生的声音更大了：“新年快乐！”

原来已经到零点。她打开手机，显示时间的数字逐一归零，而年份的个位数往前跳了一格。

“新年快乐！”她也大声喊道。

随后“嗡嗡”的声音响起，一点光亮在广阔的黑暗中闪烁，继而稳定；紧接着，更多的光蔓延出去，连缀成一片。酒店的大厅，廊道，卵石小路旁的路灯，一栋栋独立客房的窗和门，以及每个房子都配备的露天温泉池……都亮了起来。

这家酒店的每个客房都是独栋，依缙云山的山势而建，高低错落。因此一旦全亮，便像是彩灯缠绕的圣诞树，山体轮廓显露无遗。

“你看，像是缩小版的重庆。”罗生走上来，转过身，看向远处另一片光影。那是主城，现在也灯火通明，虽然不及平时那般辉煌，也算是近一年来最热闹的时刻了。

阿珵也感慨：“真美。”

“最后再看一眼吧，明天我们就都要离开重庆了。再过不久，这里就没有人了。”

“真希望离开的时候，能带走它们。”这一刻，阿珵似乎也没有那么怕冷了，深深吸气，寒冷和灯光一起涌入她的肺腑，“他们说人是活的，景是死的，要是景能跟着人走就好啦。”

“什么？”

阿珵没有留意到罗生脸色的变化，重复了一遍。

罗生若有所思。接下来整个晚上，他一直这样心不在焉，但阿珵心情很好，带着一丝欢愉去向自己的总统套房。这里价格昂贵，很大一部分原因是每间房都配了专属管家，但今晚只有她一个人。那也不错。她等温泉水热，还去泡了一会儿。在离她很远的另一个房间里，灯一直亮着，这让她很安心，入睡的时候特别顺利。

进入久违的甜美梦境之前，她还在想，等天亮的时候，新一年的第一天，要去问这个奇怪工程师的联系方式。世界虽然在崩坏，但美好的事情还是会一直发生。

然而到了元旦的清晨，整个酒店里只剩下她，以及一份还温热的早餐。

6

阿肖找到罗生的时候，是那一年的春节。

与日渐萧条的重庆相比，北京因地质结构稳固，暂无地震之忧，依旧是歌舞升平。一回来，阿肖就恢复了公子哥儿的脾性，流连夜场。尤其是新年夜，整个城市灯火辉煌，到处是不眠的年轻人，他也跟朋友去了酒吧，一掷千金，边喝酒边跟新认识的女孩聊自己在各大国家抗击地震的光辉事迹。

“差一点！真的差一点，我就可以把重庆给救下来了。你吃火锅吧，嘿嘿，要真让哥们把事办成，别的不说，你这辈子的火锅哥们算是承包了！”

吹牛到一半，他的电话响了。他本来不想接，但瞥了一眼，看到“书呆子”的备注名后，顿时从沙发上站起来，接通电话。

“你他妈的，终于回我电话了！”他大声说，“你回北京这么久，躲哪里去了？”

但他周围太吵，电话另一端的罗生什么都听不清。阿肖只得走出酒吧，一出门，暖气就被隔绝，冷风将他浑身吹透。他缩起脖子，酒醒了一大半，继续抱怨道：“现在能听清了吧？我在后海，场子刚热好，我跟你说，蜜儿可多！你快过来。”

“不，”罗生说，“你来我这里。”

阿肖一愣：“你有更好的地儿？”

“那当然。”

“看不出啊，还是你们读书人会玩！”阿肖嘻嘻一笑，“那好，我马上过来。”

然而，等阿肖打车赶到罗生的家，一推门，就呆住了。他并没有期待罗生家里全是美女和美酒（罗生是什么样的人，他还是了解的），但这满地的图纸和建筑模型，以及罗生通红的眼睛和兴奋的表情，还是在他意料之外。

“你……”阿肖迟疑道，“这就是你的春节吗？”

罗生站起来：“你来得刚好，我算出来了。”

阿肖揉揉眼睛："你知道，今晚是除夕，如果你是想跟我聊工作，我建议再等七天。"

"不，我们的时间不多了。"

"是的，那些妹子都快走了，我得赶紧回去。"阿肖说完，迈腿往外走，"你要是想喝酒，就跟我一起。你要是想做任何其他的事情，那你就留在这里。"

"我有方法可以救重庆!"

阿肖的脚停在门口，转过身："这不是我的台词么，过去一年，我用这句话来忽悠人，你配合我讲数据。最后我们灰溜溜回到了北京。"

罗生踢开脚下的一堆废纸，露出空地，又把另一张涂满了红蓝线条的图纸铺开，指着上面的数据说："我计算了一个多月，当然，还只是估算。要精确确定的话，需要更多人手和时间——但结论大概率是对的。我们之前不是计划把重庆加固吗，用钢铁和混凝土浇筑，而且都已经做了大部分了，山体和许多建筑的地基，已经加固过。虽然这种程度无法抵挡最猛烈的大地震，但我们如果换一个方式呢?"

"你继续。"

"我被一个重庆……重庆本地人启发，想在金刚计划的基础上，给重庆装上轮子，让它动起来。"

"让什么动起来?"阿肖只觉得酒劲又蒙上头了。

"重庆。"

"你说的'重庆'，是我想的那个意思吗?让一座城市动起来。"

"是的。"

阿肖揉揉眼睛："我可能喝多了。我产生幻听了。"

但接下来，罗生把图纸和城市模型摆出来，辅以数据，详细解释。阿肖的表情才由不以为然变成困惑，继而凝重。

是的，从重庆回来后，这一个月来，罗京都在论证让重庆动起来的可行性。这个工程量本来无比浩大，但好在金刚计划实施了五年多，虽然流产，但也留下了许多有用的数据。从最粗浅的理解上来说，就算重庆城有 8.224 万平方千米，但看做一个整体的话，只要有足够坚固的地基，地基下安装巨型齿轮，借助“山城”的高海拔优势，用地势差来获得初始动力，便可平缓地驶向湖北，到达暂时安稳的长江中下游平原。

一直到天光吐亮，阿肖才搞明白整个计划。他的眼睛跟罗生一样红，但明显放出光亮。

“我需要——”

罗生的话还没说完，阿肖转身就走。

罗生急道：“难道你还不信我吗?”

“不,”阿肖说，“我退掉去伦敦的机票，顺便找一下我爸。我们的春节假结束了。”

7

新一年里，阿珵辗转过许多地方。

世界仍在崩坏，更多城市陨落，到处都是兵荒马乱。她的第一站是武汉。江城的初春不再是东湖翠柳，也失却了烟波鱼香，整个城市都充斥着惶惶之声。她投奔到一个寡居的婶婶家，除了她，房子里还挤满了来逃难的家庭。婶婶独居惯了，骤然接收一大帮人很不习惯，这么多人里，她跟阿珵最亲近。但这种混乱还没持续多久，与武汉相邻的荆州就在地震中坍塌。这场地质灾难让所有人大惊失色。地质学家调整了城市末日动态表，武汉地震的日期提前到三年后。这一下，刚安定下来的难民，又得着急忙慌地寻觅下一个避难地。阿珵跟婶婶辞行时，发现婶婶根本没有收拾行李。

“您别舍不得了，”阿珵说，“跟我们一起走吧。”

婶婶独自在厨房忙活，抬头望窗笑了笑。“这就是我家啊。”

“可这里跟重庆一样，也要沉了。”

“去哪里呢?”

阿珵一愣，回不上话。

“跑不动了，你们走吧。”婶婶给她端出一碗面，“走之前，先吃饱。吃惯了重庆的小面，试试热干面。”

后来阿珵他们逐一离开，这房子又恢复安静。在道别时，阿珵听到婶婶轻轻松了口气，这时她才隐约明白，原来不是每个人在灾难面前都会选择仓皇逃窜的。

可惜她没有婶婶的安宁，为了活下去，她还是要继续奔走。她在沿海的几个城市待了一阵，但要么没有空闲的安置地，要么是危机临近，也不宜长居。这期间，她把半辈子的苦都一并吃了，被人骗过行李，排长队领食物站到昏迷，还连夜步行到下一个城市，只为了申请一个安置名额。每天都像是生命的最后一天，都必须咬着牙战斗，打赢了，才有进入下一天的门票；要是输了……那晚沿着海岸夜行，排在她前面的一个中年男人，走着走着，突然唱了川号子，边唱边跳入大海——这就是输了的结果。

到年中时，新一批国际援助终于来到。阿珵打听到，许多国家都开放了接收难民的申请。这半年多的流离，每天都被希望和失望冲刷，让她多少有点麻木。所以她提交了出国申请后，也没在意，继续流窜。在七月中旬，她跟随一群湖南人来到福建，中途，收到了申请通过的短信。接下来，她又辗转来到北京，从大兴机场直飞芬兰——在那个北欧国家，有一个属于她的房间，虽然小，但作为芬兰政府承诺的避难之所，足以应付日常生活。

起飞前，阿珵在北京逗留了几个晚上。她住在旧时朋友家，洗了澡，换一身干净衣服，才终于有了在人间的感觉。朋友心疼地抚摸她手背上的疤痕，想安慰，但最终什么话都没说出口。

知道这一去北欧，可能就再也无法回来，朋友便带她去香山祈福。在回来的路上，她们遇到了一个重卡车队，好几十辆，浩浩荡荡，在一片黄昏的灰尘中驶向城外。

阿珵留意到，这些车的车牌，是“渝”字开头。

“这是……”她眯着眼睛，“这是去重庆的吗?”

“应该是吧。”朋友说，“你看，这是肖氏工业的车。”

在卡车的侧面，果然都印了一个硕大的“肖”字。阿珵记起来，在重庆还风风火火地进行金刚计划时，她也曾在大街小巷见过这家企业的标志。但随着金刚计划的破产，肖氏工业撤出重庆，她就再没见过。

“难道——”一个念头在阿珵脑中划过，但还没说出，不远处传来一声巨响，四野震动。

是重卡爆胎了。

要承载这种重量的卡车，胎压都极强，一旦爆开，除了耳膜欲裂，更危险的是气流会崩起石子，误伤路人。

所以接下来每一辆卡车路过时，阿珵和朋友都捂住耳朵，身体微微下蹲。

也正是因此，她没有看到那个坐在重卡副驾驶座的年轻人。

8

从北京运回材料后，罗生就一头扎进了工作中。

他们将整个重庆的数据录入，搭建虚拟模型，再着重调整模型的体积和重量参数。最后，再模拟袭来最高里氏震级 9.0 的地震，对模型进行冲击。在全息投影里，重庆城一次次垮塌、破碎，抑或是整个被裂开的大地吞噬。

每次模拟失败，罗生的脸色都更阴沉一些。

阿肖拍拍他后背："没事啊，再调整调整。"

"嗯，"罗生盯着那些有着刺眼红色的参数，好半天才说，"城市外部建筑太多，一旦移动，会像多米诺骨牌一样倒塌，造成冲击；还有，山城整体刚性不够，需要钢水和混凝土进行固定。"

"就这么干！"

阿肖对他的无条件支持，成为了他的强大助力。

接下来，他们制定了对整个重庆进行"修剪"的规划。离乱马的到来，还剩四年，即使加班加点，依然有很多难关在等待他们。而偶尔袭来的各地余震，又让工程面临不少危险。

罗生最重要的目的，是让重庆移动。要移动，必须有推进系统和巨轮。人类发明圆形车轮，是因为滚动摩擦力远小于滑动摩擦力，但发明人显然没有想到，数千年后，会有人铸造直径过百米的圆轮。

光是铸轮，就耗费了惊人的钢材和能源。铸造完成后，人们仰视这代号为"夸父"的巨轮，无不惊诧。它是人类工程史上的奇迹，但如果不巧，也会成为人们的噩梦。

第三批夸父巨轮铸成时，恰逢达州地震爆发，余震一路蹿来，到重庆时已经减弱，但还是将固定巨轮的卡钳震落。夸父巨轮在竖直落地的一瞬间，就变成了野兽，向着茫然无措的工人们碾去。

罗生就在现场，抱住一个工人躲开后，惊恐地回头。他看到了钢铁巨兽碾碎人体的噩梦场景。

那一场灾难，让罗生备受打击。

阿肖适应得更快，告诉他，在工程项目里，出现人员伤亡很常见。他经历过的项目，没有哪一个是从始至终安全的。但就是这些牺牲，成为了一个个伟大人类工程的奠基。

“但这场伤亡让进度拖延不少，要追赶进度的话，我们需要更多的人。”

阿肖眉头一挑：“那我们招募志愿者吧！”

9

在芬兰海边的那几个月是阿珵难得的安谧时光。

她英语底子好，在当地交流无碍，很快融入了他乡。相比地球另一端的仓皇，这片大洋依旧风平浪静，几十年内都预测不到地震危机。阿珵每天早上起来，沿着海岸晨跑，金色晨曦在她视野里铺开，每当这时，她都一阵恍惚，仿佛板块危机的阴霾被彻底留在了另一个世界。

阿珵还找到了工作。她在当地学校的官网上看到了招聘启事，说是要招音乐教师。她去试唱了一段，惊艳了在场所有人，很快就被学校录用。

得到工作，与被当做流民接收，地位截然不同。她不仅得到了当地人的尊重，只要工作够久，便能搬出安置房，在镇子西边租一个公寓。

这些都是生活趋稳的标志。更让她有安家之感的，是在学校里遇到的新同事。大家爱听她的歌声，稍一相处，也很容易喜欢上她。

新朋友中，有一个叫伯纳德的法国男人，四十出头，大胡子，看着她的目光十分炙热。伯纳德离过婚，独居多年，在赫尔辛基大学教授文学，每周三和周五驱车去给学生授课，其余时间就住在靠海的双层船屋里，捕鱼或写作。

伯纳德毫不掩饰对阿珵的好感，认识没多久就邀请她去欣赏歌剧，或乘船出海，在夕阳金辉中提起一大张渔网，网中肥鱼乱跃。伯纳德会从中挑出最美味的一条，其余放生，当晚就用盐渍鱼片招待阿珵。

阿珵用了不少时间来习惯这种约会方式，也试着慢慢了解伯纳德。旁人都对他们的关系表示祝福。十月的时候，极光在天边漫开，伯纳德向阿珵表白。这一刻天公作美，气氛烘托到位，阿珵也对这个异国男子隐有好感，但就在即将答应时，一个坐在篝火旁的高瘦身影闯进脑海。

“对不起，”她对伯纳德说，“我可能……还需要一点时间。”

“没关系的。是我太急切，或许是今天晚霞太美。”

这事过后，伯纳德放慢节奏，以朋友身份相处。隔几周他们见一面，感情不如刚开始进展快，但更稳定。

阿珵平常上班，人缘不错，领了第一个月薪水后，晚上跟办公室的同事一起去了酒吧。这是海边小镇唯一的酒吧，名叫“冷街”，不吵，布鲁斯乐在台前慢慢演奏，吧台斜上方的电视屏幕小声播着新闻。一些本地人凑在一起聊天，谈到高兴和不高兴的事情时，才碰杯饮一口。

阿珵不爱喝酒，但试着融入这里的生活，也点了一杯。不过酒还没入喉，电视屏幕里突然传来乡音。

是重庆话。

阿珵放下酒杯，凝神看向电视。

“……金刚计划虽然宣告终止，但它的衍生——或者说进阶版已经悄悄提上日程。就在我们报道的时候，已有大量志愿者进驻重庆，为了保护这座城市而奋斗。”屏幕里，主持人用中文说道，“我们有幸请到了这项计划的工程师之一，罗生博士，为我们介绍一下。”

画面转换，切到远程采访视频。瘦高的工程师扶了扶厚眼镜片，有些拘谨，但咳嗽一声后，还是介绍道：“我们不能亲眼看着重庆毁掉，这是家园，就算要走，也要让家跟着一起走。这个计划的筹备时间很短，面临许多不确定因——”

阿琨目不转睛地看着屏幕。原来是他。

画面里传来咳嗽声，显然是有人在提醒他说话的措辞。

工程师顿了顿，便转而开始讲技术：“要让一座城市移动起来，并非异想天开。它依托的，是重庆城独有的立体结构，以及金刚计划打下的基础……”他对那些参数、工程原理、城市建设如数家珍，但一股脑说出来，未免对观众有些不友好。

不一会儿，另一个西装革履的年轻人出现，站在他旁边，打断他的话，然后说：“重庆是三千两百万人的家园，我们不能亲眼看着它毁掉，就算要走，也要带着它离开。这就是我们的初衷。毫无疑问，这是工程量极其庞杂的壮举，从修建到城市的移动，我们需要对城市不断维护、加固。因此，也欢迎重庆市民回家，见证新重庆的繁荣……”

阿琨垂下眼睑。酒吧窗外阴云绵绵，长夜将至。她抓起酒杯，深饮一口，咳嗽了好几声。

这时，主持人又说：“……无意打断您，但您说过金刚计划是基础，那现在，让整个城市移动起来，这个计划有新的名称吗？”

西装男刚要说话，一旁的工程师突然抬起头，凑到话筒前，说：“有的。”

“是什么呢？”

工程师指了指他身后沐浴在斜阳下的重庆城：“我们用重庆最美之处来命名它——晚霞。是晚霞在驱使这座城市。”

这段采访很快就被其他新闻取代。毕竟那场灾难远在地球另一端，再惊心动魄，也没有眼前的酒杯重要。

人们继续谈天说地。

阿理站起来，跟酒保耳语了几句。酒保敲了敲空杯，清脆的玻璃碰撞声让全场静了一秒钟，随后齐声欢呼——这是有人请客的标志。所有人都举杯，向阿理致谢，而她微笑同饮。

第二天中午，伯纳德请了假，匆匆赶到阿理家。“我听说你从学校辞职了？”他吃惊地问，“大家都觉得很突然。是发生了什么事情吗？”

这时的阿理，已经把行李打包得差不多了。她入住没多久，大件家具不多，仅有的电视和冰箱都送给了邻居，盆栽则放入花园。她的衣物被塞进行李箱，用扎绳捆紧，拉上拉链，一抬头，就看到了伯纳德。

阿理微不可闻地叹息一声。

她拥抱了这个高大的男人，对他说：“我要回中国了……对不起。”

“没有什么对不起的。你并没有给我任何承诺。”伯纳德拍着她的肩膀，“只是太突然了，我们都以为你会在这里定居。”

阿理说：“我也想过。这里很好，但这里不是重庆。我的家乡有很美的晚霞，我要回去看看。”

“晚霞吗？”

芬兰时间比中国晚六个小时，此时的中午，在重庆正是傍晚时分。“以前我觉得换一个地方就能生活，”阿理说，“但昨晚我才意识到，如果我记忆里有一片重庆的晚霞，那我逃到哪里都没有用。”

“但……但你回去能做什么呢，在那样一座即将被摧毁的城市里？”

阿理粲然一笑：“我可以去做小面，我奶奶教过我。其实我一直吃不惯盐渍鱼片，有机会的话，欢迎你来重庆吃地道的小面。”

10

“爆破!”

随着对讲机里一声呼喊，埋在国金中心底层、三层侧面和顶层的炸药被相继引燃。轰然巨响中，这栋曾被称为重庆最繁华的商场碎成瓦砾，在定向爆破的引导下，废墟向内坍塌，填满了原山体的窟窿。

罗生松了口气。

这是他主导爆破的第十七个商场，等等——还是第十八个？他忘了。他只知道，时间越来越紧，必须尽快把那些不稳固的建筑拆除。

这一阵，爆炸声在这座城市此起彼伏。每一声都代表着重庆变得更破碎，更面目全非。刚开始罗生还有负罪感，听得多了，也便木然。这就像给重病之人剜去腐肉，疼是疼了点，却是必需的。

正如他在新闻里陈述的，要让城市拥有躲避地震的能力，就要修剪掉上面脆弱的部分，以免在移动中坍塌伤人。他很大部分精力都用来处理这部分工作，好在借助软件，绝大多数爆破都可以预先模拟，避免了不少风险。

“走吧。”阿肖摘下工程帽，也长舒口气，“顺利拆除！我请你吃面。”

罗生皱眉问:“奇怪啊，你最近怎么这么爱吃面了?”

这一阵，不管是好事坏事，阿肖都要去吃面庆祝。前天他们刚把城底巨轮安装好，还没试运，阿肖就说要去吃面。但罗生忙着填数据，跟一帮科学家验证轮子载动城市的最终可能性，只吃盒饭，就没跟过去。现在只是爆破了一座商场，阿肖又来邀请他。

“面比酒好。我是想通了，以后要庆祝什么，就吃面!”阿肖说，

“走吧，我请你！”

“我又不饿，你自己先——”一阵肚里“咕咕”声打断了罗生的话。他尴尬地咳了一声，想找几句圆场话，阿肖也没给他机会，揽着他的肩膀，一起上了车。

汽车在荒芜的重庆表面行驶，到傍晚时，经九号隧洞钻入山体内部。

“看看我们的丰功伟业！”阿肖手扶方向盘，得意道，“不止把重庆表面修得整整齐齐，连这山城内部，都挖得四通八达。”

罗生侧着头，看窗外掠过的隧道壁和一节节莹白灯管，撇嘴道：“这哪是我们的丰功伟业？明明是乘了前人的凉。上个世纪，重庆开展人防工程，动员所有市民挖防空洞，把山城都快挖空了。有这种基础，我们建城中城才这么顺利，不到两年就有这种规模。”

“别老这么一板一眼嘛。”阿肖嬉笑道，“我知道这里你最熟，工作和吃喝拉撒都在前面的指挥部里，简直把它当家了。不过，我带你去新的生活七区，那里可热闹了。”

汽车在悬浮轨道上游动。隧道变得漆黑，车灯如萤，拐过七八个弯，视野才豁然开朗。这里是整个山城中心，被挖出了偌大的空间，顶层加固，四周布置成广场和绵密的蜂窝状房屋。广场上人头攒动，大多都身穿工装，八九成群，或高声阔论，或聚堆吃饭喝酒。

这些工人才是晚霞计划的真正根基。两年前，罗生的构想刚提出时，所有人都觉得疯狂，而现在这么想的人已经不多，一切都是工人们一点一滴劳动的成果。罗生整日跟他们厮混，对其中大多数面孔都很熟悉，因此一一打过招呼。

工人们来自五湖四海，为了保障他们的日常生活，阿肖又招募了不少本地人，在此开店和跑运输。

阿肖把罗生拖到广场边缘一个面摊前。这里门脸不大，挤在一家理发店和另一家服装店中间，往里摆了一溜座椅，顾客已满员。还有几个等位的工人坐在门口。

“在这里吃吗？”罗生止住脚步，“还得排队，我没那么多时间。走吧，换一家。”

“可别！就是冲这家来的，小面地道，有劲。”

“你给我打包带回办公室吧？”

阿肖硬是按住他肩膀，死活不让走。罗生正挣扎着，面摊门帘掀开，一个窈窕人影端着面走出来。罗生轻轻“啊”了一声，僵立在场，眼神直直看过去。阿肖见他束手就擒，也是一惊，顺着视线看过去。两人的目光汇聚到那端着面的人影身上。

“哟，有兴趣？”阿肖用手肘敲了敲罗生的腰，“我跟你说，得排队。”

“这不是正在排吗？”

阿肖一笑：“我说的可不是吃面。”

罗生没再理会他的调侃，径直走向面摊。走到门帘前，又停下了。地底有空调在通风，帘布微微晃动，隔着缝隙，他看到阿珵忙碌的模样。他记起来，第一次见到她，就是在洪崖洞前的面馆，那时候灾难尚远，重庆还保留着城市烟火气息。她也是都市女性的模样，奔波在一场约会与下一场约会之间。后来再见，是在缙云山的夜里。篝火点燃，火光照亮她的侧脸。如果没记错，那是她逃离重庆的最后一夜。那么，她为什么又出现在重庆城中城的逼仄巷子里呢？

这两年，肯定也发生了很多事情吧？

他这么想着，拉开帘布。在阿珵错愕和惊喜的目光中，他走了过去。

11

大地震乱马比最糟糕的预计来得还要早。

阿珵先是从地板上感到一阵摇晃，立刻察觉到危险，左手扶住婴儿车，另一只手死死抓紧桌沿。

城中城在设计之初，就做了规划，所有寓所里的家具都需加固。但大地震突如其来，桌上的手机、遥控器和书、笔纷纷蹦起来，其中钢笔砸到了她的脸。但她腾不出手来揉，大声叫着："宝宝别怕……"

但这安慰完全是多余的。小霞反倒很惊奇，从襁褓里伸出胖乎乎的小手，一边拍着，一边发出咿呀声。这是一岁孩童表达喜悦的方式。

阿珵苦笑，把婴儿车拉过来，推到桌下。自己也缩进去，背靠墙角，手撑桌腿。等了快两分钟，晃动减弱，继而止息。她以为是其他地方的余震，松了口气，探出头，看见屋里已然一片狼藉。

手机掉在地上，滑到床底，卡在了床腿与墙壁间。屏幕突然亮起，显示"老公"二字和拨入电话的动画画面。

阿珵爬过去，手刚碰到手机壳，摇晃再次袭来。她回头看了眼婴儿车，确定无虞，才往前扑，抓住了手机。

摇晃更剧烈，床和桌都在晃。阿珵爬回婴儿车旁，才接通电话。

"你们怎么样？"听筒里传来罗生急切的声音，"你和宝宝没受伤吧？"

"我们都按照求生手册，躲得好好的。是哪里的余震啊，一波一波的？"

"不是……余震！是前震！"通信系统也受到影响，使得罗生的声音断断续续，夹杂电流"嗞嗞"声，"乱马的前兆！板块正在移动，两个小时后，铜梁、璧山和北碚的三角区域就会爆发地震，震级保守估计会达到 8.9 里氏震级。”

8.9 吗？阿珵心里盘算，似乎可以扛得住……

“那还只是第一波，后续的震级会加剧！乱马真正爆发，会把整个西南地带都翻过来。”

阿珵眼前一黑，抓住小霞的手。

“别害怕，你先等我。”

电话挂断后，屋子的灯也熄灭了。黑暗笼罩了这对躲在角落里的母女。

唯一能无视黑暗和逼仄的，是急促的警报。“滴滴”声像是笨拙的舞蹈学徒，在耳膜上疯狂跳动，即使是不谙世事的小霞，也从警报中嗅到了不安。她不再伸手咿呀，而是发出“呜呜”低泣。

“别担心，”阿珵把她从襁褓里抱出来，“这里是安全的。而且，我们还有晚霞。”

但其实阿珵也不知道屋子到底安不安全。她在这里住了两年，即使算上孕期那一阵生理上的不适，这两年都是幸福的。不过为了安全，罗生和她商量过，要在乱马到来前，送她和女儿去相对安全的北京。这说明罗生对城中村的抗震能力其实没有太大信心。

然而现在乱马提前到来，打乱了所有计划。

门外除了警报，还有匆忙的脚步声。她的邻居们在惊慌奔逃，有人摔倒，有人哭泣。

好几次，阿珵都想抱着小霞跑到门外，但想起罗生的嘱咐，还是继续缩在角落里。不知等了多久，门被推开，熟悉的脚步声响起。

阿珵终于松了口气。

罗生提着手电，进门第一眼就是看向桌底。他松了口气，佝身过来，搭手把妻女抱出。“这里也不安全，”他直截了当地说，“我们要去上城。”

“上城?”阿理吃了一惊。

上城就是原重庆的地表，如果城中城不安全，那上城也难逃地震的威胁。除非……

罗生点点头：“是的，我们来不及逃出城，只能提前开启晚霞计划了。”他看看手表，露出苦涩笑意。“正好，现在是五点。”

于是，由罗生抱着小霞，牵着阿理的手，在生活区的廊道里穿行。许多人影掠过他们周围。经历了最初的慌乱后，大家冷静了不少，都在奔向生活区的广场。

一些悬浮列车早已从各个隧道开过来，车头灯光大亮，指引人们前往。

阿理和罗生运气好，赶过去时，恰好还能挤进去两个人。他们抱着孩子，互相贴紧，车门在背后关闭。

车钻进隧道。悬轨因地震而摇晃，带得列车也左右不稳，人们在车里晃来晃去。罗生把小霞抱着，又用另一手撑住车壁，护住阿理。

“没事吧？”阿理听到罗生一声闷哼，显然是被其他人撞到了后背。

罗生在黑暗里摇头。他踮脚看向窗外，灯管的荧光在他脸上一节节掠过，让他的表情在光明和阴影中变幻，看起来很是忧虑。

这条隧道只有二十公里，但车速不敢过快，足有半小时后，才遥遥看到隧道尽头的灯光。这让罗生的脸色稍微好转，其余人也松了口气。这时，有人认出了他：“咦，这不是罗工吗？”

其余人纷纷发问：“这到底怎么回事啊？怎么突然开始疏散了？”

“我们这是去哪里？”

“罗工这么高的身份，怎么跟我们挤一个车啊？”

这么多声音围绕着罗生，让他有些羞赧。他刚要回答，列车似乎被看不见的攻城锤横向击中。车厢侧翻，隧道壁出现裂缝，石子如落雨，砸得车玻璃“砰砰”作响。

这是目前为止最剧烈的震动，像有什么史前怪物正挣扎着从地底爬出来。阿珵摔倒，被人群挤压，胸口发紧。慌乱中，她抓到了罗生的手臂，再摸索到小霞柔软的脸，心终于安定下来。

罗生也确认了妻女没有大碍，便去摸敲窗锤，砸破玻璃，引导众人一一离开翻倒的列车。

人们有哭有喊，各自都受了伤，万幸没有性命之虞。

罗生和阿珵彼此搀扶，抱着小霞，向光亮处行去。其余数百号人都跟在后面。一路上摇晃不断，砂石纷落，还不时有可怕的隆隆声在隧道里掠过。

好在这一路有惊无险，到了隧道口，立刻有身穿蓝色工装的人迎出来，给罗生一家戴上安全帽。

“罗工!”领头的工装男子说，“就等你做最后的决定了。”

“嗯。把对讲机给我。”

罗生接过对讲机，刚要说话，又回头看了看阿珵。“请帮我把她们送到外城九号避难所。”他对工装男子说，“拜托了。”

男子还未说话，阿珵就上前一步，握住了罗生的手臂。

她对着他摇头。这短暂的沉默将一切都表达了出来。

他也反手拉住她，然后朝对讲机道：“乱马提前，晚霞计划也不能等了！进入十分钟倒计时!”

两秒钟的安静后，对讲机把不同频道的声音传过来——

“动力部门收到。夸父巨轮均正常，可进行链式驱动。”

“后勤保障部门收到。已将各避难所打开，引导市民进入躲避。”

“清障部门已就位，同步进入爆破倒计时。”

……

显然他们预演过整套流程，一切都有条不紊。群众也被指引，鱼贯走进隧道口旁的避难所，他们将在加固房厅的保护下，躲过最猛烈的地震。本来阿珵也应该进入，但她心里一阵慌乱，紧紧抓住罗生。

罗生无奈，在布置完所有步骤后，对她说："其实我们没有把握的。在避难所会更安全。"

"所以我们更要在一起。"

"好吧，"罗生一笑，"那我带你去最高的地方，看看今天的晚霞。"

尾声

重庆塔，耸立在解放碑的著名烂尾楼，曾是所有重庆人的心头痛。但罗生在筹备晚霞计划时，意外留意到它，将之规划为外城指挥所，加固了楼体，并在最高层修建瞭望平台。当然，他的本意是在启动晚霞计划时，能有制高点，俯瞰全城。只是现在乱马提前，打断了原计划，重庆塔还没来得及部署。

好在电梯可以使用，载着罗生一家三口上到重庆塔塔顶。

地表晃动在加剧，传到塔顶，摇晃得简直如同风中芦叶。罗生和阿珵带着宝宝，彼此搀扶，靠着栏杆往前挪。

现在，他们终于站在了重庆最高处。

正是临近六点，天边斜阳只剩半边，另一半泡在云雾里，把天际染得一片瑰红。他们望过去，云层从远处弥漫而来，有大团大团的絮云，也飘着孤零零的云丝，全都被染红。风变大了，云海卷起波浪，一层一层，像是有鱼群在洄游。

这景象美极了，令人陶醉——如果不往下看的话。

"那里——"罗生伸手遥指，"那就是乱马。"

顺着他手臂的方向，阿珵看到了远处地表。即使隔得如此之远，她也吃了一惊。

重庆西边的大地，像是有看不见的巨兽从地底钻出，巨大的裂隙凭空出现，撕开街道，继而将周围的建筑吞噬。即使北碚的居民早被疏散，无人伤亡，但这种无视钢筋水泥、将整个人类文明痕迹抹掉的气势，足以令人胆寒。

而更可怕的是，那摧枯拉朽的破坏痕迹，正在向他们靠近。

整个重庆的西面，大地倾覆，山丘倒栽，一条条裂隙如同巨蛇般游向东边。灰尘弥漫，滚滚朝前，像是奔涌的洪水。

罗生明显感觉到手臂被阿珵抓紧。他想安慰她，但也被地震震慑，只能抱住她。

更大的摇晃从脚底传来。他们以为是地震袭来，但向西远眺，乱马尚在十多公里开外。

“是晚霞计划……”罗生喃喃道，“倒计时结束了！重庆要站起来了。”

在重庆东面，传来一连串爆炸巨响。那是埋好的炸药在引爆，山丘被夷平，沟壑被填满，一条朝向东面的道路显露出来。

与此同时，塔顶不仅左右摇晃，还在上升。这座塔原本就有四百米高，此时更是直插入云。晚霞在阿珵周围流动，高空的风变大，吹得她衣衫猎猎，头发也在风中摆动。

正如罗生所说，重庆城站起来了。这不是比喻，是真正意义上的“站立”——在过去的四年里，重庆城的表面建筑被修剪，山体被加固，底部则安装了夸父巨轮，这些浩大的工程，将重庆改造成了一座具有活动能力的城市。

现在，罗生和阿珵扶紧栏杆，目睹了重庆崛起的全过程。

数百个夸父巨轮先是空转，到一定速度后，周围的挡板被炸开，轮子楔入地底，继而掀起层层土浪。这情形，像是卡车陷入泥坑后，司机猛踩油门，后轮轰鸣着将车往前推——只是整个重庆城被从地底推出来，重量是卡车的亿万倍，所需马力也同样是天文数字。但重庆做到了，土石纷飞中，城市主体先是蠕动，继而破开地表，在城市内部机械的轰鸣声中，逐渐加速。

相比乱马地震的恐怖，城市破土而出的景象更为震撼。尽管已经在软件里模拟过无数次，但此时，罗生还是屏住了呼吸。

里氏震级超过 9.0 的乱马在西边奔腾，一路踏碎山川河流，直奔重庆。但这座城市在经过最初的加速后，已然获得动能，向前移动。巨轮再次加速，拖着钢板以及钢板上的城市——包括城市里惊恐的人们，挣脱周围山体和土石的束缚，滚滚向前。它离开后，曾经的山城，如今只剩下一个大坑。

随后，大坑被地震波及，砂石灌入，又被填平。

乱马还在往东蔓延，但新重庆城已经全速行驶，碾出一条条凹痕，将地震裂缝在身后越甩越开。

罗生终于松了口气。他转过头，看到阿琞惊魂甫定的表情，不禁笑了，说：“放心，我们已经离开震中心了。以后，城市会一直移动，直到安全。”

阿琞点点头。她的侧脸一片绯红，蒙上了光边。

罗生看着她脸颊的红色，以为她在害怕，随即醒悟过来——这是霞光的映照。他和阿琞一起抬头西望。

地震渐息，大地归于平静，而西边天际之上，正弥漫着一大片灿烂晚霞。

“有晚霞。”阿琞喃喃道。

罗生深吸口气，指向城市奔向的东方：“晚霞行千里！”

蝶魄

武夫刚

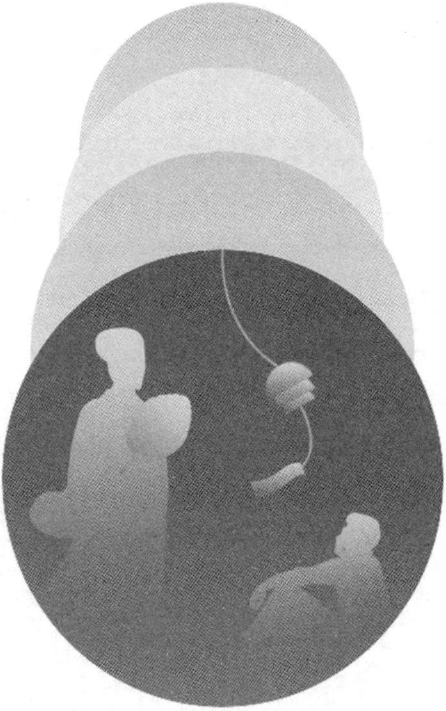

第一个世界

王勇是蜀汉治下的一个年轻木匠。

自从上次北伐，临阵乱箭射死张郃之后，丞相没有继续征兵，反而将所有民夫与一部分士卒放归田园。

在此后的一年之中，丞相抽出许多时间在成都城里城外巡视，特意一个个接见了所有的木匠。木匠们个个与有荣焉，并且在同行之间兴奋地传言，丞相一定是想要搞一个比连弩更厉害的发明，甚至，不止一个。

王勇就是一个年轻的木匠，丞相前来见了他多次。

与其说接见，不如说是丞相来“拜访”他。这让他诚惶诚恐。他不识字，不敢说“拜访”这两个字是不是该这么用，也不知道他作为一个木匠是不是配得上这两个字。

当丞相第三次来见他的时候，他虽然不像初次那样惊慌了，但还是恭敬地泡上早就准备好的茶叶。

丞相清瘦而双目明亮，鬓角白了，身边没有卫兵，只带了一个书童。

他老人家在王勇家的木椅上坐定，和蔼地询问轮轴上的减震机关是否可以继续减少成本，上次交谈之后是否有了新的成果。

王勇连忙奉上一款新的减震机关样品，这次这种可以用圆木边缘的边角料削成，形状相当巧妙，所需的人工也不多，甚至上面可以留有树皮。

丞相很高兴，让书童收好了样品，又让书童取出三贯钱，作为对王勇的直接奖赏。他老人家甚至抽出一枚竹简，亲自把王勇的名字与功赏记在上面。

王勇虽然大喜，但也分外忐忑。

丞相走后，王勇长吁一口气。而他背后的大木箱忽然自行打开，从里面探出两颗乌溜溜的大眼睛，一个清脆的声音响起："丞相走了?"

随即，一个十四五岁的女孩子从木箱里钻了出来。她穿着男装，动作灵活矫健，看起来随她爹。

她爹可不是一般人，乃是天下名将，已故的大汉车骑将军，张飞!

她那对又圆又大的明亮眼睛，小麦色的、不那么白皙的肌肤，看起来也……随她爹?

这个女孩子是张车骑的第二个女儿，名叫张玉凤，同时也是当今皇后的妹妹[①]。

她也是王勇忐忑的原因。

王勇忐忑，并不是因为丞相会对他不好，或者对她不好。他相信丞相绝对会公正地对待每一个人。他忐忑的真正原因是，刚才那个精巧的、带着树皮的车轮减震机关，不是他自己的作品，而是这个张玉凤所做。

本来以张玉凤的门第，他一个平凡年轻木匠是高攀不上的。不过，这亏了他祖上是河北燕地人士，同时他自己又是父辈逃难到荆州后出生的，与张玉凤算是双重的同乡，年纪也相仿，所以当张玉凤想要找一个木匠代替她把作品呈给丞相，就选了他。

为此，在过去的一年时间里，她几乎天天和他腻在一起，一同挥汗如雨地钻研木匠活。而且王勇愿意承认，她比他更有天分。

---

① 根据陈寿《三国志》记载，张飞的两个女儿生年不详，第一个女儿在 221 年入宫嫁给后主刘禅。诸葛亮逝世于 234 年。张飞的第二个女儿在 237 年入宫。本故事采信这样一个假设：在 234 年北伐期间，张飞的第二个女儿尚未出嫁。

就连挂在他房檐下的那串木制风铃，常常发出不规则的悦耳声音，获得过丞相的称赞，其发明者也不是王勇自己，而是她。

张玉凤钻出大木箱，对他嫣然一笑："谢谢你，今天要吃火锅庆祝一下呢！"

王勇不好意思地说："这次这个，主要是你的点子啊。你真的应该当面呈给丞相，他老人家一定不会生气的。"

张玉凤皱起好看的浓眉，说："不行。原来我想要显露身份，找我的皇帝姐夫，可是我姐才吹了两天枕边风，就被姐夫痛骂，说后宫妇人不许打扰丞相的军国大事，还罚跪了她一整天。我不敢再连累我姐了。"

王勇也叹了口气。当今坐在成都龙椅上的这位年轻皇帝，虽然被很多人说比不上先帝的英明神武，但是唯有一点好，就是在维护丞相的时候不遗余力，甚至有时会用力过猛……

时光荏苒，两年之后，在万众期待之中，丞相点起十万大军，发动了新的一次北伐。

王勇随军出发后，也正式见到了新的发明：木牛流马！

凭着这个发明，大军通过了山水险峻、人迹罕至的褒斜道。这条小路，往常只有少量徒步的信使商旅能通过，现在木牛流马却可以在这条小路上持续不断地供应十万大军的粮草。

很快，前方传来捷报，大军轻取了一个名叫"五丈原"的地方。等到王勇与其他工匠一起前往五丈原，参与加固营帐工事的时候，才知道这里距离长安已经没有大山阻隔，而且只剩下三四天的距离了。

大汉光复长安已经指日可待，这是前四次北伐都没有过的良好预期，军中人人振奋。

但军中也人人担心丞相的健康。丞相越发消瘦了，身子几乎撑不起官袍，说话声音比起往日也显得中气不足。

在白日可以见到他监督后勤、清点粮草，在半夜可以见到他巡视阵地、防备夜袭，在清晨可以见到他当众裁断公务、赏功罚过，那么他老人家什么时候才睡觉呢？

更要命的是，大军在五丈原就此坐下了。据说前面有二十万贼军把守，而且像乌龟一样缩着，很少露出破绽。

王勇同样心急如焚，但他只是个木匠。他能想到的，就是进一步改进木牛流马，哪怕能再多供应一两万军队的军需也是好的，那样便可以使得五丈原这里多维持一两万的兵力。

他从未像现在这样想念张玉凤，想要问问她还有什么灵感。

但是此刻，张玉凤远在千里之外的成都。

如果求见丞相，告诉他一切真相，求他把张玉凤接过来，或者派王勇回到成都去与张玉凤探讨，这样会不会让王勇迄今得到的奖赏与重用全部化为乌有？

会不会触怒皇帝？

以及更要紧的，会不会白白让丞相额外操劳？

王勇犹豫了很久，终于他还是下了决心，要去求见丞相，把这一切都告诉他老人家。

正当他走到中军大帐前、面对卫兵想要开口求见的时候，他忽然听到了“嘀铃铃”的风铃声音。

他不曾把风铃带到军中来，但是风铃只有张玉凤和他自己两人会做，难道张玉凤已经来了？

王勇心中一喜，随即，他醒了。

第二个世界

他醒来了。

明明原本的状态就是清醒的，但他却从清醒之中醒来了。

在头顶上“当当”乱响的不是风铃，而是一个硕大的青铜钟。

周围围满了男女老幼，都极为关切地注视着他的一举一动。

有一个漂亮的、皮肤黝黑的女孩子，手里拎着宽嘴大耳的青铜面具，穿着麻布短裙，露着健美黝黑的大腿，脚踝上束有金环，嫌弃地居高临下看着他，撇撇嘴，说：“你这是睡着了？”

他躺在地上，好一会儿之后才想起这一切是怎么回事。

现在是人类尚未发明文字的洪荒时代。

这里是一个城邦，文明水平相当之高，拥有陶器、玉器、青铜与天文历法的技术。

城邦中有“国人”二百户，一共约一千六百人，他们统治着大约九千名奴隶。

在城邦之外，还有广袤丰美的平原，那里居住着十几万甚至几十万“野人”，因为没有文字也没有户口的概念，所以他们的数量完全无从统计。

那些人没有青铜，没有社会组织，各自耕种一小块土地，自给自足。

而城邦的国人之中，有六百名青壮男子武士，他们拥有青铜刀、青铜戈、青铜面具、牛皮胸甲等装备，可以轻易地击败任何野人村落，使其全部沦为奴隶。

但城邦最多只能拥有九千奴隶，这是因为，如果奴隶再多，国人就镇压不住他们、无法有效地监督他们干活了。

每年总会有那么十几次奴隶暴动。在暴动时，一千六百国人必须悉数上阵，就连驼背老太太，也要拿起青铜武器去镇压。

最近一次的奴隶暴动发生在三天前。

国人费尽九牛二虎之力才将其镇压。现在城邦的国人们，几乎人人带伤，而春耕不等人，更何况附近还有两个规模相似的城邦，对这边虎视眈眈。

在此城邦虚弱之际，所有人都期待巫师从神启之中得到指引，但是老巫师被暴动的奴隶杀死了，他原本准备接班的两个儿子也死了。

现在城邦的希望，就落在了老巫师的两个年少学徒身上。

其中一个名叫勇。

勇终于想起来了，他与另一个学徒在一起请神，各自设法施展神通，寻求神启。然后，他在神启之中，见到丞相、北伐、木牛流马，还有皇亲国戚的黑美人……

那些不是真实存在的，虽然其真实感强到令他恍惚……

现在站在他身边居高临下的这个黑美人名叫阳水，从小与他一起长大，是老巫师的另一个学徒。

她不仅聪明伶俐，而且是城邦之中的第一美女。

城邦的风俗是以肤黑为美，因为在外跑得多、晒太阳多，这才证明身体健康。

阳水跳巫祝之舞的水平，也大大超过勇。所以她觉得自己才是新任的巫师，要执掌城邦的前进方向，目前心中充满了竞争意识，正在卖力地排挤勇。

阳水骂道："你还要睡多久？滚回你家去吧，这里不是你睡懒觉的地方。"

勇抹了一把脸，说："我看到了神启。"

阳水立刻在他后腰上用赤足踢了一脚："放屁，我才看到了神启。"

围观众人之中，有长老出来打圆场："不要动手动脚。你们可以把你们看到的神启说出来，告诉我们，今后该怎么办。"

阳水挺起胸，面向众人，大声说："把奴隶每七个杀死一个，可以让他们安宁。然后我们再去野人之中抓奴隶凑足人数。”

众人安心地发出嗡嗡讨论，这个决定与大多数人想的差不多。虽说杀掉上千奴隶看起来成本不小，不过最近这次暴动也确实动静太大，值得多用一些人头来禳灾。

长老又转向勇：“你也看到了神启？你看到的是什么？”

这时勇已经定下神来，回忆了与丞相的接触带给他的启示，站起身，说：“把所有奴隶都释放掉。”

祭台上一片哗然。所有人都觉得这说法太过荒唐，但是正因为过于荒唐，所以又让人感到一种神圣的恐惧，好像不敢不信。

阳水说：“你就是在放屁！没有了奴隶，你自己去给大家种地吗？还是说，大家吃你的肉过冬？”

勇想了一想，平静地说：“那就，先释放五百奴隶好不好？我给他们讲几个故事，然后再释放他们。”

长老狐疑地说：“这能有什么用吗？”

勇镇定地说：“这是我在神启之中看到的。再说，一刀一刀砍死一千多奴隶要费多少气力？不如听我的，比较省事。”

“省事”的优点说动了长老们。

虽然阳水百般抱怨，但长老们还是决定先听勇的，把五百奴隶领到祭台前，让勇对他们讲话。

勇说：“我给你们讲几个故事。故事说的是，有一个人非常厉害，是天下所有人的王，叫做皇帝……”

他讲了自己记得的东汉末年的故事。

他讲了关公的故事，在千里之外也要投奔他的兄长，这就是忠义。

他讲了刘皇叔的故事，因为他的仁义，千万百姓愿意跟随他逃难。

他也讲了吕布的故事，无论一个人再怎么能打，只要心中没有忠义，那就只是像虎豹豺狼一样的野兽罢了，没有人看得起，下场也很惨。

他还讲了丞相的故事，在赤壁之战，以弱胜强，令暴虐强者止步。曹贼专权篡位，孙贼背盟偷袭，而丞相被托孤之后，仍然对汉室忠心耿耿。他一次次北伐，鞠躬尽瘁，都是因为他心中的忠义。所有人都爱戴他。

这一切故事，特别是关于丞相的，都牵动着勇的感情。他讲起来，就像是在讲自己亲身经历过的事，或者说，难道那些真的不是他自己的事？

奴隶们一开始都是一脸阴沉麻木，毕竟都是被捆着牵过来的，但是到后来也听得如醉如痴。就连祭台旁边坐着的阳水、长老们都听傻了。

世上从未有过如此精彩的长篇故事，比所有人心中最狂野的想象还要精彩一百倍，没有谁能抵挡这种碾压性的文化冲击。

最后，勇说："我想做个仁义的人，也想要你们心中懂得忠义。你们愿不愿像关公、丞相那样，做个忠义之人？"

奴隶们乱糟糟地嚷起来，都说愿意。

勇下令释放他们，允许他们今后自由生活，只要把每年的收成交一半到城邦里就可以了。

奴隶们喜出望外。

长老们看到情势如此，也只好真的将他们释放。

临别前，勇给他们一人发了一个青铜面具，一个个地握住他们的手，说："记住，你心中要有忠义。"

奴隶们一走而空，祭台前恢复了清冷。天色已晚，勇口干舌燥，捧起陶罐大口喝水。

阳水凑近他，用手指捅捅他的肩膀："喂，你讲的那些故事，真的是你在神启里见到的？还有没有？我想听。"

勇只是一笑："还想听？"

阳水期待地看着他，乖乖地点点头。

勇说："那明天再释放五百奴隶吧。"

次日，城邦的国人们都凑过来听故事，祭台前面只有五百奴隶，后面反倒坐了六七百的国人。他们听了还想听。如是几天之后，原本九千的奴隶一共放走了将近五千。

昂贵的青铜面具都发完了，后面是用临时造的竹片面具凑的数。

终于长老们实在不敢继续放人，这件事才就此作罢。

接下去的半年时间里，国人们的生活轻松了许多，因为需要监视管理的奴隶们变少了。但秋冬该怎么办？

秋收时节，不出所料，城邦的粮食收成只有往年的一半。

这时，勇下令去找那些被释放了的奴隶，让他们纳粮。

三天后，阳水闯进勇的家里，把长柄青铜戈往地下一扔，没好气地说："你的神启都是打胡乱说的吧？忠义有什么用？乖乖纳粮的只有一半人，剩下的人里，有一半逃跑得不知去向，还有一半直接翻脸不认人了。"

勇没有感到惊讶，说："翻脸不认，也很正常，世上总是有不忠不义之人。"

阳水气急败坏地指着他的鼻子："都是你害的，你还像没事人一样？今年一冬你都不许吃饭，饿死你！"

勇说："但我们还有两千忠义之士对不对？把他们叫出来，让他们戴上青铜面具，去讨伐那些不忠不义之人啊。丞相就是这样讨伐曹贼的，对不对？不忠不义，犹如禽兽，杀他们只不过像是杀猪杀羊，我说错了吗？"

阳水张大嘴看着他，愣了半晌，忽然眼神变得明亮凶狠起来，抄起脚边的青铜戈，转身跑出了勇的家。

六天以后，阳水怔怔地回来了。

“他们……去掉老幼之外有一千五百的忠义之士，打起仗来个个都像是我们城邦里的武士一样，尽心尽力，听号令，不怕死。我们城邦里多少年来才只有六百武士……你竟然一下子就鼓捣出来一千五……”

勇微笑说：“不忠不义之贼人，都铲除了？”

阳水用力一拍桌子：“当然！那可是一千五百人去打他们，容易得就像杀鸡。而且贼人心里本来就是虚的，互不相帮，杀了一百多之后，剩下的都哭爹喊娘地来投降、来纳粮，个个都抢着要做忠义之士了。”

她又低下头玩着手指，喃喃地说：“我……我真的服了你，你那是真正的神启。我……我当时只是觉得七这个数字听起来比较厉害而已……”

勇只是一笑，说：“国中剩下的四千多奴隶，也放了吧？咱们让他们也都成为忠义之士。”

“好!”

次年，新释放的奴隶之中再次出现了一千多“不忠不义之贼人”，城邦调集起五千多忠义之士去讨伐他们，再次轻松地令他们臣服。

时光荏苒。

在接下去的十年里，勇身边的国人不再忙于监视和镇压奴隶，而是在不存在文字的情况下，努力地背诵勇所讲述的神启，并且四处传扬仁义与忠义的道理。

这已经不再仅仅是“讲故事”了，而是对野人的“教化”。

仁义与忠义的道理，不仅是吸引人的故事，也不仅是空洞的说教，它本来就是划时代的统治术。

它展示出真正的威力，不是在奴隶之中，而是在更多的野人之中。

因为不需要监督与镇压，只要让他们懂得忠义，他们就会自行耕种与纳粮，所以城邦可以管理的人口上限增加了不止十倍。

而对于经过了教化仍然不忠不义之人，也可以随时从忠诚的臣民中拉起成千上万的大军前去讨伐。

他们即便只是自备武器，举着削尖了的竹矛，勇气也不逊于手执青铜武器的旧时代国人武士。

十年后，当多达四万人的军队在左国、右国的城墙下列队通过的时候，这两个临近的城邦也终于承受不住如此压力，宣布对勇投降。勇从此成为了三个城邦共同的王。

三个城邦连成一线，犹如冬季夜空中格外明亮的三连星。勇把自己的国家称为三星帝国。

在宣布三星帝国命名的那天，勇迎风站在城墙上，俯瞰着欢呼的军队。阳水站在勇的身边，也崇拜地仰视着他的侧脸。

她说：“王，接下去我们该做什么？你在神启里见到了吗？”

勇抬起头，望向大平原的地平线，意气风发地说：“把人派出去，去寻找万里之长的大河，去寻找长江、黄河，去寻找大海、中原！”

忽然，他听到了风铃声。清脆的、不规则的、悦耳的风铃声。

勇觉得很奇怪。风铃这件器物，他从未对身边的任何人谈起过，难道另外有人发明了同样的东西？

然后，他醒了。

第三个世界

他醒来了。

这次他确信原本就是十分清醒的状态，但他还是从清醒之中醒来了。

他好像是从温暖的洗澡水中坐了起来，空气凉飕飕的，有人在抓着他的肩膀拼命摇晃，简直要把他摇出脑震荡。

“你醒了吗？醒了，太好了。这边这个人也醒了！”

周围大约有二十多个人，都笑嘻嘻地围绕着他鼓掌。他们都穿着相当干练利索的衣服，身上挂满了大大小小的工具，例如绳索、望远镜、小刀与步枪……

这是一个庞大的穹顶，大到可以把洪荒时代的整个城邦笼罩进去，穹顶顶部高得仿佛云端，上面有无数复杂的机械结构。在穹顶下的地板上，是多到数不清的一排排胶囊匣子，每个胶囊匣子长约两米，正好可以躺下一个人。在胶囊匣子阵列的上空，盘绕着庞杂而又肮脏的管道和线缆，比蜘蛛网还要乱，令人难以分辨它们各自的走向。

周围有七八十个胶囊匣子被打开了，其中有十几个光着身子、披着毯子的人，茫然地站在它们之间。这对于整个穹顶下成千上万的胶囊匣子来说，只是不起眼的一小部分罢了。

他意识到自己也同样光着身子，一脸茫然。

在那些身上有衣服有装备的人之中，为首的一人身上忽然发出“嘀嘀”的响声。他脸色一变，说：“警报被触发了，机器蜘蛛已经到了外面。快撤，把他们都护送走。”

他的同伴们立刻协调一致，无声地开始行动，搀扶着刚刚醒来的人们，钻进地下挖出的一条地道，迅速地撤离。紧接着是一阵头昏脑涨的被迫奔跑，他们钻进树林，潜入河流，爬上小山，遇到更多的同伴，最终被接应进了一个破旧、荒凉的小镇，躲进小镇房屋的地窖里。

然后是一场欢庆的宴会，庆祝“行动大获成功”，欢迎新加入的同伴们。

他还是蒙的，只知道有人给他衣服，他就穿上，肚子很饿，于是给什么就吃什么。

吃过以后，他扯住身边的人问：“这里是什么地方？我为什么会来到这里?”

身边的人是一个身材窈窕的女郎，穿着黑色的紧身皮衣，戴着黑色的手套，留着黑色的短发，有黑色的大墨镜遮住上半张脸，只露出薄薄的红唇与白皙的下颌。

她惊讶地说：“你不知道？你什么都记不得了？这里是真实的世界，我们把你从虚拟世界中救了出来。”

他比她更惊讶：“真实世界？虚拟世界?”

黑衣黑墨镜的女郎把他拉到派对的角落，让他和她一起蹲下，细细地对他解释。

失控的人工智能毁灭了人类文明，并且把大量的人类抓起来，关进胶囊匣子，用活灵活现的虚拟世界去刺激他们的大脑，实则把他们沉睡的肉身作为电池使用，以这种方式饲养他们。

但人类并非全部都被抓捕、饲养了，还有像这群人这样的反抗者存在，他们在不断努力着，从胶囊匣子之中救出更多的同伴，让反抗的力量不断壮大，以求有一天夺回这个属于人类的世界，重建文明。

“你难道不记得自己少年时被机器蜘蛛抓走的情形？以及你被抓走之前的生活？你看，其他的新同伴们都已经回忆起来了。”

他摇了摇头。

黑衣黑墨镜的女郎心疼地用指尖抚摸他的脸庞，虽然戴着大墨镜，但是她的怜惜之情还是从语气中清楚地表现了出来：“可能你是从襁褓时期就在做电池了，机器蜘蛛竟然把你害得如此之深。但是不要紧，如今的你已经自由，可以拥有真实的、属于自己的人生。这么说来，你也想不起自己的名字了？”

他开口说：“我有名字的，叫……”

她捂住他的嘴：“不是你虚拟世界的名字，那全都是假的。你在真实世界里，应该拥有一个真正名字才行。你以后就叫义弘吧，我叫安珀。”她亲切地与他握手，“以后我会好好帮助你适应真实世界的。”

义弘，这个新得到了“义弘”名字的男人，好奇地环视这个地窖，观察身边那些又笑又哭又唱歌的派对中人，又请黑衣黑墨镜的女郎安珀带他到地面上，小心谨慎地在镇子里散了一圈步。

空气湿漉漉的，天上阴云很低。

丞相的北伐大业是假的？

戴着青铜面具的洪荒帝国也是假的？

可是这个小镇上的风与尘土，看起来并不比沉重精美的青铜面具更真实一些。

义弘站在无人居住的房屋旁，摸着剥落的墙皮，说：“这里……就是真实的世界？可是我昨天……”

安珀打断他的话：“昨天你还没有醒来，你所有的记忆都是虚假的。你不要提它，不要想它，你一定要学会把那些记忆全部彻底忘掉，因为它们本来也不存在，全都是失控的人工智能为了饲养你而编造出来的。那些不是你自己真正的人生，现在在这里才是。”

义弘自己体验过“在清醒状态下醒来”，而且是两次，他明白自己不得不接受这一点，但是他心中有更大的不安。

“你有没有想过，”他说，“这个世界可能也是虚假的？现在你和我一样，也生活在梦境里？”

安珀的眼睛被墨镜遮住，不过小嘴倒是勾勒出一道自信的笑容：“刚才在宴会上，你可喝了不少啤酒呢。现在是不是憋得难受？”

义弘尴尬地说：“确实很想，可以告诉我厕所在什么地方吗？”

安珀拍手笑着说：“这就是真实世界。有很多细腻的真实体验，是你在虚拟世界所体验不到的。”

义弘很想说，无论是在做木匠的时候，还是在做巫师的时候，他都能做到坚持每天上厕所，没有哪一天是没上过的……

不过他刚一开口想要解释，安珀就制止住他，告诉他不许回忆虚拟世界。这是她“帮助适应真实世界”的特有方式。

安珀还用锥子戳了他一记，告诉他疼痛是一种可贵的真实感受。

可是义弘暗暗摇头。他做木匠时也被钉子戳破过脚掌，做巫师时也曾割开手背放血作法。那些疼痛体验与安珀的锥子并无本质不同。

现在的他，已经没有什么安全感，只觉得自己迟早会下一次“醒来”。

而安珀总是陪在他身边，不厌其烦地一次次对他解释，现在的真实世界与他过去的经历截然不同，现在这个世界绝对是真实的。

让义弘感动的是，这个反抗者营地中大多数人觉得他神叨叨的、做事不上心，是个累赘，唯有安珀愿意照顾他，认为是他被虚拟世界戕害太深，需要额外的帮助。她甚至带着他告别这个营地，去游历世界，去见识真实的世界究竟有多么精彩。

时光荏苒，他们两人一起在废土上旅行，去了许多地方。

她教会他识字。他惊讶地发现，自己学习识字居然相当迅速，好像是在这个世界里曾经学过。

她带他去了图书馆的遗址，寻找大火烧剩的书籍残片。她说电子信息大多被失控的人工智能所篡改、删除了，纸质书籍才是可靠的。

义弘在纸质书籍上读到了关于三国的历史、关于三星堆的历史，得知丞相最终还是出师未捷身先死，而洪荒帝国消失在了时间的长河里。

他也跟着她见到了万里长江，见到了庞然伟业三峡大坝在人类文明荒芜之后依然矗立。

这个世界的尺度、信息量，都一次次地让义弘感到震惊。每当这个时候，身边风尘仆仆的安珀就很高兴地对他说："这才是真实世界，对不对?"带着一点小孩子炫耀自己爸爸似的得意。

机器蜘蛛无处不在，不眠不休地追杀人类。他们沿路躲避，有一段时间只能躲在一个小岛上。

他们两个人在小岛上养鸭子、捉螃蟹、种辣椒，又偶尔驾着小船来到陆地上开枪猎杀野牛，做成牛油火锅吃。

安珀还不忘记说："你看，这就是真实的生活，把小鸭子一点一滴地养大，在辛苦中收获我们的成果，宰杀获取鸭肠，然后涮在火锅里滋润我们的味觉。这就是真实的世界。"

义弘很难对她解释，但是他知道，皇后的妹妹请他吃过的火锅，巫师师妹猎来大象鼻子切片烹出的肉，虽然口味各有特色，但也与现在这个"真实世界"里的火锅同样美味。

虽然他一直冥顽不灵，安珀始终没有放弃他。

他甚至感到她是在赌气，是在跟欺骗奴役人类的失控人工智能较劲，一定要拯救义弘的灵魂，为此不惜搭上自己的青春。

这反而让义弘越来越害怕，怕她真的发现连这个世界也并不那么真实。

终于到了两人相处的第七年，安珀发动了一次绝大的努力，当然义弘在其中也出力不小。他们在各地找到文献，通过仔细的阅读和对比，确认了人类曾经拥有火星基地以及繁忙的地球火星货运航线。现在应该还有货运飞船能够运转。

第八年，他们真的潜入了航天发射基地，启动了库存的飞船，飞向火星。

第十年，他们在火星降落了。

火星基地寂静无人，但是室内生存环境仍然良好地被机器维护着，甚至一直干干净净没有灰尘。室内的温度、氧气都没有问题。

安珀在室内摘下头盔，用势在必胜的语气对义弘说："如何？"

义弘已经震惊得说不出话。

他望着精致的白色房间，望着窗外暗红色的沙地，望着迅速从地平线上升起的火卫一，望着小而冷淡的太阳，望着太阳旁边那颗小到只剩光点的蓝色行星。他终于不再相信这个尺度的世界与那样遥远的细节是能够捏造出来的了。

安珀用力伸开双臂，笑说："虚拟世界，大概只会用一个红色像素光点来糊弄你吧？但在真实世界，它是这个样子的！"

这一次义弘终于没有反驳，也没有露出疑惑的神色，老实地点了点头。

安珀拉住他的手，笑嘻嘻地往他的掌心里放了两个小药丸，一个鲜红，一个淡蓝。

她说："你吃下蓝色药丸，就可以回到原本的虚拟世界里，去过那虚假的太平日子；吃下红色药丸，却可以验证现在这个世界是不是真实，如果不是真实，你可以再一次地醒来。你选哪一个？"

义弘把两粒药丸都轻轻放在桌上，说："我学到过，药物会制造幻觉，只会阻碍我们寻求真实。我不想嗑药。"

安珀笑起来，一挥手把两粒药丸打飞到墙角，又拉起义弘的双手，说："恭喜你通过了考验，这次我才要真的恭喜你，你已经认清这个真实世界了。在真实世界里，你不需要遵循别人喂给你的选项，你拥有无限的自由选择与无限的可能性。”

义弘也微笑着反握住她的双手，感激地用力点头：“嗯，我现在和你一起，正处在真实的世界之中。”

安珀说：“飞船是可以往返的，让我们回到地球去吧，回到反抗小组之中，但愿他们都还安好。”

义弘备受鼓舞，想说，如果其他人遭遇了不幸，仅凭我们两个人也可以继续反抗，继续建设这美好的人类文明。

但他话还没有说出口，就变了脸色，因为他在这无风的火星基地室内，听到了风铃声。

在突如其来的绝望中，他醒来了。

第四个世界

他醒来了。

一股洪水般庞大的悲戚从他心中涌起。

安珀用尽自己的青春去证明的，还有她那反抗组织的同伴们不惜流血牺牲去夺取的，倾注了他们所有情感与寄托的，并且博得了他自己信任的，终究也只是一个虚假的世界吗？

他跪趴在地上，像婴儿一样地哭泣，像野兽一样地吼叫，像在暴风雨中的海船上一样地呕吐。

他发现自己是从一面大穿衣镜里跌出来的，于是他立刻抱住镜子，用额头往上撞去。但他无法再回到镜子里。他一次次地用全力去撞，撞得头破血流，却浑然不觉疼痛，而镜子居然也没有碎。

在他周围是一个山中的小花园，身边有两个人，或者说没有人。

因为其中之一是一个胖胖的熊猫，蹲坐着，捏着一个烟斗，口吐人言：“唉，喊你们不要进入那个镜子，我说过，那个镜子是会让人不幸的撒[1]。”

他已经回想起来了，这位熊猫是传说中的熊猫仙人，而自己是和自己的影子一起来找他玩来着。

身边的另一个“人”，一个通体纯黑的女孩子，她不是人，是他的影子。

她身上没有什么细节，只有两个亮晶晶的眼白，以及乌溜溜的眼珠，身上有裙子和凉鞋的轮廓，与他自己的发型穿着完全不同。但她确实是他的影子。

她也吓到了，拉住他的手臂，说：“不要哭了好不好，你怎么了嘛？我对你说声对不起好不好？我不该怂恿你到镜子里去试试的。”

他也想起了自己的名字，叫“勇勇”。他讨厌这个名字。

从小到大还没觉得这个名字有什么特殊，但如今从镜子里走了一遭之后，他不仅变得讨厌自己的名字，而且还讨厌整个世界。

根据他现在回想起的记忆，他在进入镜子之前，被影子拉着到处玩。不知为何，他的影子是个特别任性又贪玩的女孩子，别人没玩过的她要玩，别人没去过的地方她要去，别人都只是把熊猫仙人当成传说，她偏要他带着她翻山越岭，真的把熊猫仙人找到了。

熊猫仙人有一面能给人不幸的镜子，都明说会给人不幸了，她还一定要推他进入镜子里看看……

丞相的北伐、洪荒帝国的成立、人类为了夺回文明的战斗，这些都是镜子里的幻象与幻想，是吗？

而这个世界，天是绿的，草是蓝的，而且花草满地乱跑。熊猫仙人会抽烟斗会说话，自己的影子也会说话。自己明明是个男的，影子却是个女的？

① 语气词，川渝方言。

从镜子里出来以后，无论怎么看都觉得这个世界很假。难道它反而是真实的吗？

毫无疑问，它肯定也是假的，这里的一切都是毫无意义的。

勇勇哭到精疲力竭后，起身轻声说："走了，回家。"

回到家里，他就闷头坐着，再也不肯出去玩。无论影子怎么百般恳求，威逼利诱，他也不肯出去。

但是影子也格外烦人。不得已，他只好再次带着影子去找了熊猫仙人，问他能不能把影子从自己脚底剪下来。没想到熊猫仙人说可以，于是帮他剪掉了影子。影子开心得跳起来，立刻疯跑得没影儿了。

勇勇懒得再管她。反正一切都是假的，她也是假的，再说她压根也只是个影子，连活人都不是。

在这个世界里，只有白天，没有夜晚。不过，今天晴天，明天必定是雨天，晴雨就这样有规律地交替。勇勇一天一天地枯坐着度过。

有一天，几个人拿着棍棒闯进勇勇的家，将他逮捕。他们说，影子在外面闯了祸，犯了罪。她的罪行有：擅自去挤奶牛女王的奶、纵火导致烧毁山林，以及挖土。

挖土也是犯罪？行行行，爱咋咋地吧。

于是勇勇被抓起来，被宣判了无期徒刑，罚他永远在火锅店担任服务员。

火锅店服务员变成了无期徒刑？这个荒唐的世界绝对是假的。

于是勇勇被强制喂了变小药，变得只有三寸高。他的工作地点是在火锅店的火锅上，踩着透明的桥，在赤红的热油上空走来走去，搬着"巨大"的半尺长的漏勺，帮食客捞东西。

不许吃饭，不许睡觉，但是饿不死，在火锅的香气之中极度饥饿、极度困倦，但还是要替人捞出美味食物给他们吃。

确实是痛苦的刑罚。

是影子坑害他成这样的。不过据说影子已经被关进了小黑屋，在没有光线的地方被闷杀了。

而在火锅店里，勇勇也没有影子，因为在火锅店里没有灯光照明，有的是一百亿只萤火虫在店堂上下拥挤地飞来飞去。勇勇的四面八方、头上脚下全都是萤火虫，明亮得没有一点影子。

但其实还是有一点影子的，理论上或许会有一点点极淡极淡的影子，因为勇勇每天都听到身边弥漫着痛苦的、细微的呢喃声："勇勇，救救我。我现在好像活着，但只活着一点点……"

勇勇本来不想理她，被烦得不行了，才低声骂道："都是你闹出来的，还连累了我，你就忍着吧。"

影子没有了声息。

忍着吧，反正都是假的。等到下一次风铃响起，这一切也就不复存在了。

但是日复一日，强烈的饥饿感、困倦感、疲劳感轮番袭来，带来前所未有的真实感。

勇勇有的时候在无力无助的恍惚中，也开始想，如果这个世界就是真实的，该怎么办?

如果他没有去碰熊猫仙人那面一人多高的镜子，那么他就不会怀疑这个从小长大的世界。

万一这个世界真的是真实的，那么他这算是什么？因为进入一次镜子，而在怀疑恐惧之中荒废了自己的一生吗？这一切都是镜子的诅咒吗？这没什么不可能的，连熊猫仙人都这样说。

终于有一天，他力竭了，头一歪就落到了"庞大如湖"的血红色火锅里。在镜子里经历的每一个世界中，火锅都是开心美味的东西，谁能想到在这里却是阎罗的油锅呢?

食客们纷纷惊叫，把筷子伸进来，想要打捞他、救活他。

但是在油汪汪的火锅里，好几个人想要捞同一个东西的时候，往往偏偏捞不到。

勇勇只觉得全身火烧火燎，感到窒息，但心里却相当轻松，他只是默念："这都是假的，都是假的……"

不值得对未来有任何期待，不值得对人生有任何期许。

忽然，一股力量托住了他，把他送到了火锅边上。

那是影子！

在萤火虫飞满了上下左右的火锅店里，终究有一个地方是没有萤火虫的，那就是火锅红汤里面！

当勇勇沉没的时候，从红油中投下的微妙光亮就把他的影子映在了内侧面的火锅壁上。

影子费力地把他拖出油层，送到食客的筷子上，双手合十恳求说："求求你们喊人来，把他救活。"然后就一溜烟地跑了，跑得没了影儿。

勇勇不在乎自己是死是活，他觉得死活都是假的，不过他还是得到了静养的机会，被允许在后厨仓房里睡觉，得到了一些东西吃，养了三个月之后，他回到了"替人捞东西"的服刑岗位上。

他继续麻木地工作，麻得像最麻的麻椒一样麻。可以确定的是，这次，影子的确不在他身边了。

但他反正也无所谓。

只是不知为何，工作日渐变得轻松，等他注意到这一点的时候，才发现，火锅店的生意变得越来越差了；一年之后，甚至变得空荡荡的，连续三四天也不见得有一个客人上门。

如果火锅店就此倒闭会怎么样？

结论是被别的商家盘下，因为火锅店真的在勇勇的面前倒闭了。

隔壁的烤肉店盘下了这个店面，黑脸的老板娘吆五喝六地闯进来，带着七八个人："这里、这里还有这里，全部都砸掉，重新装修！还有，店里被判了无期徒刑的人，在哪个地方？"

烤肉店老板娘来到了勇勇面前，她的脸真黑，黑得没有鼻子嘴巴的轮廓，只有两个眼睛……

"勇勇，你果然还活着，太好了，我是你的影子呀！我来救你了！"

勇勇大吃一惊，他本来以为在这个不知真假的无聊世界里，已经没有什么可以让他吃惊了。

可现实是，他的影子上次在他跌进油锅之后得以显形，跑了出去，然后在隔壁开了一家烤肉店？生意极为红火？生生地把这间火锅店挤垮？把店面盘了下来？

这么说，如果私营的监狱倒闭，里面无期徒刑的人也都可以释放了吗？这法律也真是……算了，爱咋咋地吧。

稀里糊涂地，勇勇被影子用一勺变大药浇在头上，然后就变大了。影子抱住了他。

"对不起，对不起，"她把脸埋在他的胸口，乱蹭鼻涕，哭着说，"都是我害了你。你不要再伤心了好不好？以后我也不敢再闯祸了，不会再离开你了。你不喜欢出去玩，我也不出去了。"

勇勇不禁笑了起来。影子真忙碌，真能折腾，过得真充实。她一定认为这个世界非常真实。

万一这个世界是真实世界呢？

他也抱住自己的影子，说："你还想玩，我就带你出去玩吧。我们还可以再找熊猫仙人，把你和我再缝起来。"

这个时候，他听到了风铃的声音。

然后醒了。

第五个世界

他醒来了。

在他面前站着十几个道士，都是身着道袍、气色清雅之辈。道士们纷纷行礼颔首，对他说：

“恭喜师兄。”

“恭喜师弟。”

他很快回忆起来，自己其实是青城山的一名道士，名叫王道永。

今年他二百八十一岁，已经修行两百多年了。从二百五十五岁开始，他连续闭关二十六年，今日出关，已经达到了金丹大成的境界。这是宗门之中一件难得的喜事，所以祖师与同门师兄弟都前来祝贺。

一枚光辉灿灿的金丹，升起在他头顶心，又缓缓下落，没入了他的道冠，沉入他的体内。

此前他经历过的那一层又一层的世界，一世又一世的人生，都是在闭关冥想之时，自身神识被煌煌大道所冲刷，以致看到的虚假幻象，似庄生梦蝴蝶。

神识涤清化金丹，今日方知我是我。反正理论上是这样的。

王道永不动声色，谢过诸位同门，无喜无悲地飘然下山去了，仿佛二十六年的闭关只是午后小睡而已。

白发苍苍的祖师拈须微笑：“道永这孩子，道心冲虚而稳固，前途不可限量啊。”

同门望着王道永的背影，纷纷羡慕不已。

王道永却不在乎什么道心与前途，他在思考他所经历过的四段虚假人生。好吧，算上这两百多岁的修仙人生，你是第五段，你也不见得是真实的。

“醒来”，看似是每个人每天都会遇到的小事，但是当它发生在王道永身上时，配合那奇特的风铃声，就显得极端残忍粗暴。

调皮捣蛋的影子，反抗不屈的战士，她们的人生都定格在他醒来前的一刹那，没有了将来。她们也好，同一世界里成千上万的人也好，仿佛在那一刹那全部死去了，被无边无际无知无识的黑暗所吞没。

他们甚至比不上死者，因为千百万的死者还能留在千百万活人的记忆中，而在这个世界，无人知道他曾有个会说话的影子，无人知道人类对失控机器蜘蛛的反抗……

只有王道永一个人知道。

他随意地坐在山下的大树旁，日复一日地沉默着，反复地思考这个问题，就像一头不断反刍的黄牛。

渐渐地他发现，虽然他失去了一个又一个的世界，但是他却能留下一层又一层的回忆。纵然世界是假的，可是他的回忆却是真的。如果他想要拥抱真实，那么他唯一可以拥抱的其实是自己的记忆。

于是王道永开始在青城山下的各个村镇之中游历，轮流在各个茶馆里支起摊子说书。他讲述天下三分的故事，他讲述洪荒帝国的故事，他讲述飞上火星的故事，他讲述熊猫仙人的故事。在热闹的茶馆里他会讲述，在冷清的茶馆里他会讲述，即便只有一个客人一边听一边打盹，他也会讲述。在他讲述故事的时候，他可以暂时得到慰藉，因为这时候他不必担心世界是真是假，可以沉浸在自己的可靠记忆里。即便现在这个世界也是梦幻泡影，他的记忆却不会破灭。

时光荏苒。

五十年后，有师兄来茶馆听书，同时告诉他师门近期的大事。有魔门妖女现世，妄为不法，师祖下令见之即讨伐。王道永没有把这事放在心上。

一百年后，有师弟来茶馆听书，同时把魔门妖女真身的情报转达给他：据说魔门妖女的周身被幽冥毒素侵染，肌肤乃是暗色浅黑。王道永随意地点点头，只是听听而已。

一百五十年后，有师叔匆匆来到茶馆，把他拉到一旁，要求他回到山上，协同提防魔门妖女，因为她会上山偷袭杀人、夺取金丹。王道永拒绝了。

两百年后，有一天，正是春耕农忙时节，茶馆里听客寥寥，却有一个傻愣愣的小后生，趁着王道永说完一段书、坐下歇息的时候，凑过来一把握住他的手腕，笑说："先生，你讲的故事真好。我觉得故事里的人都像是活的，比我见到的真人还真。"

王道永一笑。他很高兴有听众与自己分享那些珍贵的回忆。

小后生又觍着脸笑说："我特别喜欢你书里的黑妹子，觉得就像是我的老婆。"

王道永瞪他一眼："那是我的老婆！"

这时，一个道士从天而降，降落在茶馆门口，掀开帘子闯进来。他的道袍被撕破了，脸上熏黑了一半。小后生见状，害怕地躲到王道永背后。

"王师兄！"闯入的道士急切地说，"魔门妖女被我们击退后，可能带伤隐匿在山下。这一次，如果你见到她，可不能再不管了！"

王道永平静地点点头说："我心里自然有数。师弟你辛苦了，快回山疗伤去吧。"

师弟走后，王道永背后的小后生仍然握着他的手腕，尖尖的指甲掐在他的手腕脉门上面。

王道永微笑着回头说："没事了，姑娘，我不会把你怎么样的，你可以松手了。"

明明是小后生，他却口称"姑娘"。

“小后生”发出女声，紧张地说：“你是什么时候看破我身份的？”

王道永耸耸肩：“从一开始，从两百年前，从我刚开始在这里说书后不久，你就常常来，每一次都变化不同的相貌，但我知道那是你。”

那女子一闪身，转到他的面前，这是他第一次直接见到她的真身：浅黑色的面容，清秀的五官，细腻的肌肤，散发着氤氲晦暗之气。

她眼角含泪，颤抖着说：“我一直也在寻找你的破绽，但没想到，你的道行居然比我高出那么多？我从一开始就没有过机会，是吗？”

她想要继续捏住王道永的手腕脉门，但是手指已经颤抖无力。她的真元受损，生命只剩下有数的几个时辰了。

王道永叹了口气：“你就没有想过直接来问我讨吗？”

他一张口，吐出了自己的金丹。魔门妖女瞠目结舌，小嘴张开，正好被他把金丹塞进口中。

她大惊失色：“你……你为什么要救我？付出这么大代价？”

王道永笑说：“因为你很喜欢我说的书，我知道你没有说谎。而且，区区金丹不是什么要紧物事，你不必放在心上。”

她抓住他的两边肩膀，用力摇头：“你擅自救了我，师门那边你怎么交代？我现在尚未复元，来不及带你走。你也千万不要再回山了，你往东南走，去找沱江，去找金沙江，找船沿江而下，到巫山去。我在那里等你！”

又有道士前来，魔门妖女没有办法，赶紧悄悄逃走。

王道永没有找船游江的机会。他失去金丹之后，只剩下虚弱的肉体凡胎，很快就被同门师兄弟看破，扭送回了青城山。

与魔门妖人同流合污，使得祖师对他大失所望，罚他吊在千年银杏树上，任凭恶禽啄食。每当恶禽啄瞎他的眼睛，银杏古树的磅礴法力又能让他的眼睛逐渐康复，直到下一次再被啄瞎。

王道永并不在乎。他不重视世间与肉身，只重视自己的记忆。

两年后，突然有一天，阴云骤雨笼罩了青城山，冷风吹得他在树上飘来荡去。

祖师殿的大钟响了，同门道士满山乱跑，嚷道："魔门妖女，魔门妖女来袭!"

杳冥冥兮羌昼晦，东风飘兮神灵雨!

盛装的黑肤美女在阴云的漩涡中现身。她因为炼化了金丹而实力大增，骑着毛色火红的豹子，肩上停着虎纹的花狸猫，喊道："我不是什么魔门妖女，我是巫山神女！牛鼻子们，把王道永交出来!"

两百年来云淡风轻的王道永，在此刻内心动摇了。因为她在两百年来一直陪伴着他，是与他一同珍爱着过去各个世界的同伴。

王道永喊道："你来做什么？我不需要你报恩。"

巫山神女骑在红豹子上，在湿润的强风中盘旋，高声说："我不是来报恩的，我来找你，是因为我知道你喜欢我！我记得你讲过的每一段书，每一个故事里都有一个像我一样的黑妹子。所以，你一定是喜欢我的!"

这都是什么跟什么……

王道永无奈了，觉得这事简直没法解释。他只能说："你不要蛮干，你是打不过祖师的。"

巫山神女没有回答，反而消隐了身形。

青城山上越发风雨大作，就像猎鹰飞高、准备下扑那样，即将发动你死我活的一击。

在这个时候，王道永听到了穿透一切狂风暴雨的风铃声，好像是在温柔春日里的微风中摇荡的风铃。

他松了口气，从未像现在这样感激那风铃声。

然后他醒来了。

第六个世界

他醒了。

他从趴着的课桌上费力地抬起头，揉了揉被压得酸痛的胳膊。旁边都是昏昏欲睡的同学，谁也没看他一眼。

迷糊了几分钟后，他回想起，自己名叫王大勇，是某理工大学的大一学生，在线性代数课上睡着了，还做了一连串的怪梦。而现在他终于醒来时，周围已经坐满了其他系的陌生同学，而黑板上的板书也变成了“存在主义哲学”。

王大勇收拾收拾书包，悄悄离开了教室，谁也没有注意到他。

次日，他去行政楼递交了退学申请。

次年，他复读考取了某电影学院导演专业。

对于自己的人生使命，王大勇已经有了更为沉淀稳定的认识。在这不知是真是假的世界上，在风铃响起前，他总是可以与自己的记忆相守相伴。

即便那些世界都破灭了、消失了，那些世界的人都像是死了一样，王大勇仍然知道自己可以做什么。他可以为那些人争取生命，让他们依然以某种形式存在。

在现在这个世界，他找到了比说书更好的形式，那就是电影。

时光荏苒。

王大勇从电影学院毕业后，每隔数年就会创作一部新的电影。没有其他任何人可以像他这样，在电影中呈现一个个细节无比丰富、饱含深情的瑰丽世界。

他的作品中，获得过年度票房冠军的有历史片《出师表》、玄幻片《青铜面具》、科幻片《废土4：执子之手》、动画片《我的影子不是我》。到五十岁时，他已经是业内顶尖的大腕名导。

在这段人生里，王大勇并没有遇到特别值得注意的黑美人。他与一位肤白貌美的妇联公务员结了婚，后来又离了婚，生的女儿判给了他。

五十岁这一年，他正在巫山县组织拍摄新的大作，这次是古装偶像仙侠片《巫山神女》。

某天他正在检查特技威亚吊索的时候，接到了女儿学校老师的电话。

王大勇看到来电名字，手一抖："又要请家长了？"

情况比他预想的更糟，女老师气急败坏地告诉他，女儿不仅今天翘课没来上学，还把自己的翘课宣言做成表情发到了班级群里，影响极坏。"你们家长不肯配合的话，我们真的没法管。"

王大勇很慌。

他真正慌的是，如果女儿现在不在学校里，那么她会在什么地方？不良娱乐场所？荒郊野地？是谁把她带坏的？她的人身安全有保障吗？

还好今天制片人也在片场。他是王大勇多年来最可靠的老搭档，而且是个人精。王大勇正打算去学校附近找找，制片人却先找关系托人查了高铁与长途汽车站的售票情况，查出这个女孩子一大早就乘坐高铁去了成都。

王大勇感到一阵晕眩。如今的高铁未免也太方便了。翘课出走的初中生，一言不合就跑得跨省了啊？

报警也报了，全国儿童走失寻找平台也登记了，天网系统的监控也查了。最后终于得到的消息是，十五岁的女儿在成都某地扫了支付码，锁定了时间地点。

这时候，王大勇已经与制片人一起乘坐高铁来到了成都，时间刚过中午。

他们赶到女儿最近一次的支付码扫码地点，只见那是个商城，里面有好几家高级美容院，而一个小麦色皮肤的辣妹正从大门口走出来。

那正是王大勇的女儿。虽然其皮肤突然由白变褐，但毕竟是亲生的，他一眼就可以认出。

王大勇叫住了她，震惊而又心疼地端详她那辣妹打扮。

她穿着露背的小吊带，涂着亮瞎眼的粉色唇彩，脸上脖子上，乃至背后与大腿都做了美黑，美黑效果细腻又匀称。王大勇在演员化妆等领域也有多年经验，当场看出这身美黑妆的品质很高，价格也必然不菲。

“你，你这是哪来的钱搞这一套?”

“刷的是我妈给的卡，你管得着么? 哼，你是不是最喜欢黑妹子?开不开心?”

女儿单手叉腰，懒得看他，掏出一个崭新的高端三星手机，低头在触屏上扒拉。

“这手机……哪里来的钱买的?”

“分期付款，我会打工还钱的。哼，你是不是最讨厌三星这个牌子? 我偏要买。”

王大勇确实在许多场合表示过对某半岛上三星财阀的厌恶，还匿名拍摄过骂三星的短视频。那是因为他认为某半岛上的财阀不配使用史前洪荒帝国的名字。

他叹了口气，不打算对女儿具体解释，如果她愿意用三星手机，就让她用吧。

分期付款的坑还得记得帮她填上。

制片人忍住笑，问她："你究竟是想让你的爸爸喜欢，还是想让你的爸爸生气？"

她那张小麦色的俏脸红一阵白一阵，支吾半天，最后说："哼。"

看来她自己也没有想好，又或者两种心情都有。

总算人还是平安的。王大勇守着女儿，在晚上回到了重庆，把她请进了一家火锅店。

坐在她往日最喜欢的麻辣火锅面前，女儿黑着脸，只顾玩手机，不动筷子也不碰调料。

在王大勇与制片人的反复说教与安慰之下，硬话软话都来过了一套，她终于开口嘟哝出了真心话："我看不起你。"

老父亲心碎了："就算是我做事有很多不够好的地方，你也不用这样吧？"

女儿拍案而起："我不是说那些鸡毛蒜皮的事。我是说你抛弃我们母女俩的事。我终于明白了，为什么你每一部电影里女主角都是黑的，为什么你现在每天念叨什么古巴国？你根本不爱我们，你和我妈离婚，就是因为你出轨了一个古巴黑人！"

"噗！"制片人一口茶水喷到了服务员身上，紧接着忙不迭地道歉。

王大勇捂住脸，全身无力地说："电影里我设定的都是太阳晒过的肤色，与非洲拉美那些黑人是两码事……我跟你妈是和平分手，谁也没有出轨……"

女儿用涂着鲜红指甲油的手指，指着他的鼻子说："少狡辩了，一切谜底都揭开了，真相只有一个！"

王大勇抓住她的手，按在桌上，说："巴国，你知道吗？你现在所在的这个地方，古代就叫巴国。我筹拍《巫山神女》，所以一两年来一直念叨古巴国的文化资料，说的就是古代的巴国。跟地球另一边卖雪茄的那个古巴，没有关系！"

女儿失魂落魄地跌坐回到座位上。她红着脸，怯生生地转向制片人，轻声问：“真的?”

制片人和蔼地笑着说：“你不信的话，可以查一下手机上的百科，再问问你的老师。关于巴文化，你下次还可以去我们的片场接触一下。”

女儿噘了一会儿嘴，终于抄起筷子，赌气地捞起一大片午餐肉，塞进嘴里。

王大勇这才终于放下心来。青春期的种种叛逆、烦恼与胡思乱想，他希望一顿火锅都能治愈，如果不能，那就两顿。

次日，学校老师再次打电话来，说王大勇的女儿还是没有去上学。

王大勇心急如焚，放下电话，却赫然见到女儿翘课来到了片场，正缠着副导演，要求得到一个群众演员的角色。

他气不打一处来，立刻上前拉住她的胳膊：“你……你给我老实上学去!”

就在这时，他突然听到了仿佛来自很远地方的风铃声。

并且醒了。

第七个世界

他醒来了。

这次他的眼前一片漆黑，突然跳出了一个精致的窗口，上面流动着半透明的浅蓝色光辉，又显示出滚动字幕，对他介绍了当前的情况。

他名叫布雷夫，姓王，今年生理年龄五十一岁，心理年龄十七岁。

这是因为，他在十七岁时，遭遇脑后插管断电事故，不幸成为了植物人，到今日此时才在医疗救治下重新恢复意识。

他在病床上躺了整整三十四年，因为病痛与治疗影响而看到了从木牛流马到女儿叛逆的种种怪诞幻觉，现在终于可以拥有正常的人生了，可喜可贺。

当然，“脑后插管”作为人人享有的社会基础设施，他现在的身体也可以像其他健康人一样使用。以上的信息窗口就是通过脑后插管呈现给他的。

此外还有事故补偿、弱势群体福利、复健指南、就业培训等密密麻麻的信息。布雷夫·王选择了“拔出脑后插管，下线”。

他在一个水疗床里睁开了眼，似乎这一次才算是真正地醒来。

周围是素净又高效的病房，冷漠又熟练的护士把他从水疗床里搀扶起来，帮助他擦身穿衣，然后直接把他领到住院区门口。

对于他的一切问题，护士都只有一句话：“你到线上去看。”

走出医院后，布雷夫·王试着再次把便携式终端插进了后颈处的插口里，他的眼前顿时出现了五颜六色的飘窗，显示出为他分配的住房已经准备好，为他指路，全自动地引导着他在新家安顿下来。

他发现自己完全可以足不出户地生活。家里有哑铃与跑步机帮助他复健，这都是社会福利的一部分。每日的食品完全免费，由无人机送达，无人机还会自动地取走垃圾。

在线上是大片大片色彩缤纷的虚拟世界，有成千上万的大陆，成千上万的国度，数不清的年代与风俗。虚拟游戏进化到了极致状态，千百万个游戏世界，玩家可以随意跳转，享受无尽花样的社会生活。

虚拟游戏通过脑后插管，不仅可以让玩家体验到美景与音乐，还可以让玩家体验到清凉与暑热，甚至可以让玩家体验各种美食与美酒。

在现实中只需要进食无人机送来的淡黄色营养膏，然后用虚拟游戏里的美味佳肴来“下饭”即可。反正对味觉神经的刺激是完全到位的。

营养膏免费，虚拟美食却要收费。用户不是为营养付费，而是为味觉体验付费。

在深度经历过许多梦中世界后，布雷夫·王对于这样的高科技环境已经不太适应。而尤其让他惊讶的是，游戏中的NPC形成了最发达的文化，以至于所有人的情感配偶都是NPC。

婚姻与生育完全脱钩了，生育凭借的是基因库与人造子宫。

通常一个男人会维持四五个老婆的生活状态，太多的话容易记不清谁是谁。

而某些特别热爱生活的玩家，例如一个很著名的“综合天榜霸主”，是个小麦色皮肤的强气姐姐，人们都知道她与二十八个猛男老公一起享受着和和美美的感情生活。

布雷夫·王看到这样的世界，不由得想起那誓死抗击失控机器人、拼命主张真实美好世界的抵抗组织，苦笑起来。

布雷夫·王也会在真实世界出门散步，这并不被禁止。只是真实世界是极为单调乏味的，大片大片的灰色楼房，没有装饰也没有色彩。人们行色匆匆，全都穿着款式相同的工作服，面无表情。他们只有工作时才会出现在现实世界的街道上，这里并不存在业余休闲与情感寄托。更多人的工作完全存在于线上，例如游戏开发和运营、行政管理、教育销售等。

布雷夫·王选择了游戏世界策划的工作。不过，与他在记忆里可以轻易地成为受欢迎的说书人、大受好评的电影导演不同，在眼前这片虚拟社会之中，他感到了“现实的重力”……

那一连串真实人生体验过的梦境，在他手中转化为企划案，竟然难以在气象万千的游戏平台之间获得一席之地。

他做了两年的助理打杂工作，职场氛围还不坏，但他难以更进一步，去与那些更有天分、更有天马行空想法的成熟制作人竞争。

对此，布雷夫·王想：*或许我的竞争力在于我对于“真实世界”的概念有着痛切的认识与真挚的情感。*

在醒来后的第三年，他做了一个全新的企划案，叫做“真实世界游乐园”。其内容就是，在真实世界搭建一个游乐园，里面安排糕点屋、演唱会、水滑梯、云霄飞车等游乐项目。可惜，企划案得到的评价是“挺有想法，但看起来不好玩”，这个项目眼看也要被打入冷宫。

布雷夫·王困惑了，究竟怎样才能叫做好玩？难道人们就这样不在乎真实世界中的体验吗？固然布雷夫·王自己知道，风铃很可能还会响起，当前的真实世界八成也是虚假的，但是其他人应该不知道的啊。

他想去问问最擅长玩的人的意见。不过，高端玩家们工作时在现实世界，而下了班以后就在各种高段位游戏里大放异彩，社交圈子里觥筹交错的都是达人名流。布雷夫·王这种小人物给他们发私信，他们根本没空回复。

但布雷夫·王抓住了一个盲点：这个世界里没有人会在现实中社交。所以只要在工作时间去线下见面，就有可能抓到对方。

那位有二十八个老公的强气姐姐，名叫克丽丝·许，她的职业就很适合线下突击拜访，因为她是一名地铁乘务员。

布雷夫·王查明了她工作的地铁班次，找准时间上了车。

此刻地铁上并不拥挤，大多数乘客都直挺挺地坐在座位上，闭目享受着脑后插管提供的碎片化娱乐。

地铁在高楼大厦之间穿行，有时穿楼而过，有时穿山而过，轨道式样优美，但没有谁往窗外看一眼。

布雷夫·王找到了著名女玩家克丽丝·许。

她穿着式样单调的工作服，守在车门边，很容易认出，因为她在现实世界与游戏世界是同样的面容，同样的小麦色肌肤。

布雷夫·王一喜，在他看来，以真实面孔为头像进入游戏的人，必对真实世界抱有一定的感情。

然而，当布雷夫·王走近，对她说明来意时，克丽丝·许却和其他人一样，面无表情地说："我在上班，有什么事等上线再说。"

布雷夫·王不服，反正现在没有任何人可以打扰他们，他就赖在克丽丝·许身边，絮絮叨叨地把自己的企划案介绍了一遍。

克丽丝·许皱皱眉头，说："听起来很无聊。对你来说，真实世界是什么?"

布雷夫·王的眼睛一亮。果然身为顶级优秀玩家的她是个有想法的人，终于有人愿意与他探讨真实与虚拟之间的区别了。

他采用了比较温和的说法："我认为，真实世界相当于一个格外强大的游戏世界，又有诸多不可替代的独特之处，比如……"

克丽丝·许打断他，摇头说："不，真实世界根本就不完整，线上环境才是完整的世界。"

布雷夫·王感到失望，不过也早就思考过相关问题的反驳："可是比方说，虚拟世界的所有服务器都是依托于真实世界的电力而运转的，但真实世界却不依赖于虚拟世界。"

克丽丝·许忽然露出了微笑，这还是布雷夫·王第一次见到这个世界有人面对面对他一笑。

她说："你有没有参观过现实世界里电力检修的场面？去看一眼吧，参观是很容易申请的。"

布雷夫·王感到她的这个指点颇有深意，回家以后就插管上线，申请了一次参观。

次日他赶到指定的电力检修现场，看到了一个大场面：重达三百四十吨的巨型变压器正在吊装到设备位置上，周围有难以尽数的线缆与辅助设备簇拥着。近百名工人围绕在巨型变压器周围，像是蜜糖旁边的蚂蚁。

整个施工现场回荡着金属碰撞、吊车运转的噪音，但没有人声。

工人们井然有序地上上下下，但他们之间并不交谈，甚至很少相互看一眼。

布雷夫·王惊异地看着这一切，只觉得施工现场有这许多人，却没有一丝人味儿。

而当他插管上线，点进这个参观页面，却看到了施工现场各处都标着闪闪发亮的标记，有的标记在蹦跳，有的标记在旋转。

每个人的工作服都呈现出不同的鲜艳颜色，还有许多关于个人与其工作任务的相关信息在他们头顶上飘浮。

工作群里有闹哄哄的对话，相互之间的吆喝，有询问、有汇报、有责令，甚至还有骂街，这些都是通过便携式的脑后插管终端完成的。

人们显得不那么井然有序了，但施工现场的一切顿时都具备了意义。

这时候布雷夫·王才理解了，为什么说只有配合了线上环境，现实世界才是完整的。

这个世界的人类并不是逃避现实，而是在用意识统御着现实。

关于“梦幻比现实更加真实”的命题，他在这个世界里见到了新的诠释。

他回到家，懒洋洋地倒在沙发上，插管上线，想着明天下班以后去试玩两个新游戏。

风铃声是在这个时候响起的。

他明明已经是在数码虚拟世界里了，风铃声却竟能穿透这一层。

然后他猝然醒了。

第八个世界

在精致温暖的房间里，王勇突然睁开眼，猛地坐起，捂住胸口，大口喘气，汗流浃背。

他身边坐着的三五个人，都紧张地起身：

“你不要紧吧?”

“没想到真的闹出人命了。”

“儿子，你现在身上痛吗，还有没有什么不舒服?”

王勇定下神来，摇摇头：“没事。”

毕竟那一切都只是梦而已。只是入梦太深，即便在醒来以后，他也一度以为自己需要呼吸，需要排汗。

身边的人之中，最为关切担忧地看着他的，是一位小麦色肌肤的美丽女性。

在大多数时候，他醒来时，似乎身边都有这样一位女性，而这一次……是他的亲妈。

王勇很快就回想起了自己在这个世界的身份，以及对于整个世界的理解。

每一次都很奇妙：在梦中时，完全想不到自己原本是谁，但醒来后，很轻易地就可以把一切都回忆起来。

这是个人类科技文明极度发达的宇宙。

人的身体早已不需要呼吸，不需要饮食，不会衰老也不会死亡。

人类有充足而廉价的原子操控设备，可以随心所欲地制造一切，还掌握更先进的仪器，可以在任意的局部尺度上改变宇宙定律。

空间可以任意地开拓，物质可以任意地无中生有，守恒定律可以被更高的科技所修改。

人与人之间还可以随意地用意念交流，交流时能像交谈一样精确控制，不至于总是暴露私心。

刚才那就是一种传统的休闲娱乐活动，一个人做梦，三五个亲朋好友围在他身边，以意念交流的方式观赏他的梦境。这种玩法本来是大家轮流做梦，只是王勇特别擅长做梦，创新思维特别发达，亲朋好友都很喜欢，所以他分担得多一些。

不过一场梦能套娃到这个地步，最后搞出一种山穷水尽的坏感觉来，也是谁都没有预料到的……

王勇需要休息一段时间，想要在庞大冷清的城市群里散散步，飞天盘旋兜兜风。

亲朋好友们也各自告辞，都说："没想到一次梦游玩了这么久，谢谢你，我得赶紧回去看看我认识的人是不是还在。"

等到王勇与母亲一起散完心、回到家里，却见刚才告辞的亲朋好友们居然再次来访了。

他们每个人都脸色惨白，忧心忡忡，比刚才王勇醒来时难过十倍。

如果是王勇在梦境里见到的各种文明落后的时代，那些时代的人绝对不会想到，一群不食人间烟火、长生不老、拥有无限物质享受的人，竟然还会发愁到如此地步。

"我们已经反复清点过人数，可是数来数去，只剩下四十八个人了。"

王勇也大惊失色："我这次入梦前，明明还有五百三十二人来着。一下子就少了那么多？现在，全宇宙只剩下四十八个人了吗？"

这个宇宙正在面临着文明灭绝的危机。

在这个宇宙里，人是不老不死的，但却会莫名其妙地消失。

如果一个人有一段时间落单、独处、不与他人交往，他就会渐渐地被亲朋好友们淡忘，而当所有人都忘记他时，他也就彻底消失了。甚至与他有关的文字记录、影像资料也都会不翼而飞。从种种迹象来看，似乎是孤独的人已经发疯，自己去设法删除、销毁记录和资料。谁也不明白为什么会这样。

最后留下的，是庞大冷清、没有文字、没有人像、又绵延数百光年的瑰丽城市，盲目地记录着宇宙中曾有数以亿计的人类存在。

所以人与人之间的每日社交，就像在极寒冬夜抱团取暖一样，是性命攸关的。“大家聚在一起欣赏梦境”的习俗，也是这种文化的一部分。

全宇宙只剩下五百多人，为什么还会有很多人落单独处？这却是因为，每天和这些熟人聚在一起，太无聊了。

在这个宇宙里，每个人都享有无限的空间与无限的物质财富，无论想要什么，都可以随意地去打印。那么为了排遣空虚无聊的感觉，人当然会想要打印一些什么来玩玩：

打印一架飞机来开，享受风的自由。

打印一片有城堡的田园，在里面与花朵、羊羔相伴。

打印一条全自动肉类联合加工流水线，再打印一头小猪从左边塞进去，看看能不能正确地让香肠从右边出来。

在千年万年的人生里，只要偶尔一次迷失在只属于自己的快乐之中，就是万劫不复。在这个宇宙，偏偏就是会有这种诅咒。

王勇知道自己该怎么做。

他不知道这个世界是真是假。他能信赖的，仍然是自己的记忆。但是在现在这个世界里，他想要再现那些记忆，可以使用的手段与以往完全不同。

以往，他采用的手段是说书、电影、虚拟游戏，更多的是说书。

这一次，他对母亲与亲友们说："让我们增加人口吧。"

母亲与亲友们说："生育与教育，没有那么快。"

如果不经历生育与教育的过程，贸然地用基因合成等方式，制造出来的只不过是NPC而已。而且，现在整个宇宙已经变得无比寂寥乏味，新生的孩子们在精神上很难健康成长。

王勇说："我会把我梦中见过的人一个个打印出来，他们都是活生生的、真正的人。"

没错，这一次，他把梦境呈现出来，不是以文字语言的形式，不是在银幕上，不是在二进制的内存空间里，而是与他自己使用同样的基本粒子，打印到现实世界来！

那也是这个宇宙之中最宝贵的财富：新奇的陌生人。

于是王勇打印出了策划开发虚拟游戏的同事们，以及几位著名玩家，包括克丽丝·许。借助他们对自己的印象，又打印出了游戏策划助理布雷夫·王，与自己融合。

这正是他想法中的关键一步。

在这一层梦境里，他身边有大量的人拥有建构一个世界的经验！他花了一些功夫对他们讲述现有情况，并且把修改宇宙定律与创造物质的方法教给他们，他们就可以自己去把自己认识的、记得的人打印出来了！

打印活人，然后再让活人去打印活人。

梦中的世界，在现实里呈指数爆炸式生长开来。

百万、千万、亿万的人们，他们都是活着的，他们都有自己的想法、愿望与人生。在王勇醒来的一刹那，他们本来都该停滞与消失了，而现在他们的人生得以延续下去。

王勇自己继续追溯打印他梦到过的世界。

他打印出了身为导演的王大勇，与之融合，打印出了相关的整个世界，有高铁、有三峡大坝，把女儿送回了学校，叮嘱她不要再逃课。

他打印出了身为道士的王道永，与之融合，还打印出了青城山、巫山，以及整个天圆地方的一片空间，让“仙灵之气”成为局部宇宙规律的一部分，并且阻止了巫山神女的决死战斗，告诉她不需要再拼命了。

他打印出了一个奇特的世界。这个世界的物理定律让他费了不少苦心，但终于还是来到了现实中，让他见到了熊猫仙人，和他的影子。他实践了自己醒来前的诺言，带影子出来玩，在整个宇宙里，好玩的地方正在变多，令人目不暇接。

他打印出了青铜时代的小小帝国，打印出了阳水，又打印出了更宽广的世界，带着她去了中原，去看了大海，见到了更多新奇的事物。

他打印出了北伐的军队，也打印出了关中、蜀道、成都、荆州，打印出了那个时代的天下。他打印出了丞相。北伐已经不再是危急的任务了，而丞相也得到了休息治疗的机会，不会死去。

王勇一次次地热泪盈眶。那些人，他们都没有走，他们都在，都活生生地留在他的心里，现在也终于活生生地回到了他的面前。

他还没有忘记，特意去禀报了丞相，告诉他，在木牛流马的研发之中，皇后的妹妹张玉凤也有一份功劳。他还回到新打印出的成都，见到了正在等他随军归来的张玉凤。

他也对张玉凤细细地讲解了眼前这一切是怎么回事。

张玉凤抱住头：“我觉得很难听懂……不过我有一件事想问。”

王勇温柔地说：“你尽管问。”

张玉凤面色一沉，伸出小麦色的细嫩手指，指向他的身后：“你身后那些黑黑的女人是怎么回事？我是皇后的妹妹，她们见我为何毫无礼数？”

王勇的温柔笑容凝固在脸上。

阳水双手叉腰，踏前一步，冷笑说：“我就是王后本人，我才不想认什么野妹妹。”

影子一把抱住王勇的胳膊：“哼哼，你们身份高贵又有何用？我可是从他出生第一天就和他在一起了，知道什么叫形影不离吗？”

巫山神女兀自得意扬扬：“你们都不知道，其实他真正喜欢的是我。”

皮肤白皙的女儿搂着前妻，咬牙切齿地说：“我算是知道你为什么要跟我妈离婚了。虽然这当中没有古巴黑人，可是我也要替我妈讨个说法。”

克丽丝·许摆摆手，笑说：“你们不必在意我。我才不会找真人做老公，只不过我觉得他很有趣，想来交个朋友。真没想到，真实世界游乐园真的被你做成了呢。”

安珀警惕而又狐疑地左右打量：“义弘，你确定她们都是真实的人？如果害怕你就说出来，我会保护你。”

母亲掩口而笑：“儿子你确实很有本事，只是咱家以后的婆媳问题会不会有点多？”

王勇抱住了头。

大约一百多年后的一天，诸葛丞相来找王勇。

或许现在真的可以使用“拜访”一词了，但王勇还是敬重地请丞相上座，为他泡茶。

他谦恭地说：“丞相，您老人家不忙了吗？”

丞相看起来气色很好，恢复了隐居南阳时的潇洒，只是一笑：

“那边事情还很多，不过很多已经不适合我去插手了。我想办法打印出了昭烈帝和他的义弟们，而昭烈帝为了与曹贼相争，力主打印出了汉献帝。等到汉献帝打印出来，昭烈帝本人也傻了眼，因为这意味着他本人不再拥有继承汉献帝帝位的名分。现在他已经与曹贼那边讲和，约定谁都不要再把刘家的列祖列宗打印出来了。”

一个人打印十个人，十个人打印一百个人，很容易引发预料不到的连锁反应。丞相当然不希望打印曹贼，但是张飞的妻子、张玉凤的亲妈，却是夏侯渊的堂妹。她被打印出来以后，偷偷去央求技术人员打印夏侯渊，然后夏侯渊自然要想办法重建整个曹贼阵营……

丞相故意眨眨眼：“当然，主公也好，曹贼也罢，他们眼下都顾不得相争了。土改工作队足以让他们焦头烂额。”

王勇也笑了。不过他觉得这样混搭起来热热闹闹的没什么不好。大家都是不老不死的，有足够的时间去慢慢掰扯，哪怕闹出了人命，都可以通过打印的方式把人复活。

反过来，如果没有了那许多人间的摩擦与烦恼，所有人都太太平平地相互熟识，那么宇宙的诅咒恐怕又要渐渐笼罩在人类身上了。

丞相说：“我特意来找你，是想谈谈人如果独处，就会被遗忘，进而被宇宙抹去信息的问题。”

王勇严肃起来：“请丞相指教。”

丞相说：“你有没有考虑过，我们正处在一个超级智慧生物的梦境之中，而一个个人被宇宙抹去，正是那个超级智慧生物的内心在发生遗忘？”

王勇深深佩服。

他自己确实想到了这个可能性，但这是因为他已有太多次“醒来”的经验，已经不相信现在这个宇宙就是真实世界；然而丞相并无那么多的经验，居然也思考得出了相同的结果。

他对丞相表达了自己的敬意和赞美，接着又说："可是我们怎样验证这个猜想正确与否呢？我一直在为这个发愁。"

丞相的双眼炯炯有神，就像在谈隆中对的那一天一样："我所想到的是，这整个宇宙可以看成是超级智慧生物的神经空间投射，那么我们是否可以在其中找到视觉神经中枢与肌肉运动神经中枢呢？通过前者，我们可以透过超级智慧生物的视觉，去观察真实的宇宙；而通过后者，我们可以对真实宇宙施加能动性的影响。我对此已经有了一些观测记录……"

王勇张大嘴合不拢。他万万想不到有一天会与丞相讨论"神经中枢"或者"能动性"这样的字眼。这位打印出的丞相是怎么回事？难道是"多智而近妖"了吗？

可是当初打印丞相的时候，是凭借了他自己的记忆，辅以许多同时代人的印象。所有人都认定了，丞相的智力是比任何人都高的。

在他老人家被打印出来以后，已经过去了一百多年，他老人家大概确实有时间博览群书，补上所有的知识，让他的才智再次大放异彩。

王勇听了丞相的建议，以自己的威望，把事情就这样推行了下去。

人类设法统计了宇宙每个角落的信息，而每个角落的物理规律都是不同的，需要花费巨大心思去观测。

在多次的分析尝试失败之后，终于他们确定了"超级智慧生物"的"电磁感应神经"与"原子行为神经"的所在之处。

通过"原子行为神经"，他们在真实世界之中释放了一粒光子，极微小的光点一闪而过，被"电磁感应神经"捕捉到了。

人类无不欢欣鼓舞。全人类团结起来，迈出了新的一大步。

下一次，就是在现实世界设法用原子级别打印，去构造一台电磁波收发装置，这样就在当前宇宙与真实世界之间建立了稳固的联络方式。再下一次，打印的就是一台原子打印机了。

经过数次动物实验之后，王勇决定把自己打印到真实世界之中去。

这次实验经过了无比谨慎的筹划，执行过程意外地顺利，王勇再一次醒来，在真实世界睁开了眼睛。

这是他第一次自主可控地突破梦境，在梦境之外醒来。

在这次的“真实世界”之中，他看到了同样满天星斗的宇宙，看到了自己在一颗冰原冻土的行星上。

冻土上吹过凛冽的风，大大小小的碎冰在地上被吹得滚动，相互碰撞，发出清脆、不规则、无可预知的声音。

那声音简直像……像是无数的风铃一样。

王勇看到面前的恒星的九成面积被黑色罩子罩了起来，却又开了几个小小的明亮窗子。

在他的理解中，那看上去就是一个戴森球。

而在更远的地方，星星排成一道天河，并且在天河中显著地明灭闪烁着。那不是王勇身边大气层造成的影响，更合理的解释是，其中的成千上万颗恒星，每一颗都被戴森球包裹着。

他兴奋地把这一切告诉梦中的自己，而梦中的自己也很是欣喜，行动指挥室里一片欢腾。

不过，梦中的王勇提了一个尖锐的问题：“现在梦里梦外有两个我了，我们之间该怎样协调关系？这是个人格伦理的问题。”

梦外的王勇一愣：“糟糕，当初没想到这么多……”

这时突然梦中的王勇在脑后挨了重重一击，当场扑地晕倒。所有人惊叫起来。而一拳打倒他的人，是一个小麦色肌肤的陌生女子，穿着与众不同的雪白长裙，她的黑色眸子十分深邃，而脸庞肩背的皮肤深处似乎闪烁着无垠星空。

她说："只要在出梦的时候，在这里入睡即可，像是插管登录游戏那样，不就行了？"

指挥室内大哗。丞相又惊又怒，喝道："是谁让她进来的？卫兵何在？"

那女子娇嗔地说："我不需要谁批准我进来，整个宇宙都是我的梦境，我想出现在哪里就出现在哪里。你们在我的梦里，居然操纵我的身体，你们知道这让我有多害怕吗？你们也没有问过我是不是愿意！"

丞相与梦外的王勇都感到难以置信："你说你是……"

那小麦色肌肤的白裙女子挺起胸，摆出宣示尊严的态度："没错，我就是你们所说的那个'超级智慧生物'的化身，是你们一切的起点。对于你们来说，我就是宇宙女神。"

第九个世界

王勇站在高空露台上。

戴森球的窗口射出阳光，照耀着一颗行星。行星最高的尖塔塔顶有一个干干净净的露台，暴露在真空的太空之中，面对着灿烂明灭的天河。

小麦色肌肤的宇宙女神穿着白色长裙，站在王勇身旁。在这个清雅的露台上，她只邀请了王勇一个人。

正是这个人，让她的梦境不可思议地热闹起来，甚至还入侵了她的现实世界，搞出了这件让她不知该爱还是该恨的大事件。他是她梦里那么多小人儿之中最特殊的一个。

王勇则感慨地俯瞰着露台下的大地。

经过宇宙女神的许可，整个行星都在变得生机勃勃，人们一个接一个地被打印出来，他们在这个世界打印出田野、房屋、草木，令冰原冻土迅速地染上各种色彩，在其中欢畅地忙碌着，还有飞鸟在露台的下方掠过。

当初王勇决心把自己打印到“梦外”来，是基于一个假设：梦中世界的规律与梦外是相近的。

他赌赢了，看来宇宙女神并未梦到她认知范围之外的事物。在梦外的世界，人们仍然可以在一定程度上修改局部的宇宙定律，自由自在地创造物质。在目力所及之处，还有更多的行星正在打印成形。

“你把那个罩住太阳的东西叫做戴森球？”宇宙女神说，“姑且就那么叫吧。但其实那是我的本体。”

王勇不禁为之气夺，全身微微战栗……她的本体，是盘踞在整个恒星上、将其包裹的巨大生物。

宇宙女神却耸耸肩，继续说：“你是否看到了那天河？”

王勇醒过神来，忙说：“那正是我出来以后最先注意到的几件东西之一。”

宇宙女神说：“那里面的每一个光点，都是我的同类，不知有几千几万，成群聚拢在一起。我在这宇宙中，真不是什么稀奇的存在，你们居然叫我‘超级智慧生物’，真好笑。”她咧嘴笑了起来，明明就被那称呼恭维得很开心。

王勇笑说：“你的同类，并不都像你一样做梦吧？”

宇宙女神很坦率：“嗯，没有你们，我也颇为寂寞呢。整个宇宙是那样大、那样冷、那样陌生，我也时常感到渺小无助。你有没有看到天河尾端，那几个光环？”

王勇点头。在那样几万光年远处出现的光环构造，他简直想象不出具体是怎样的文明在建造它。

宇宙女神说："那是引力透镜，一共有十三个。你觉得为什么正好有十三个引力透镜聚在一起？"

王勇恍然大悟，那光环不是构造，而是折射成的虚像。但是新的谜题他更无法猜到答案："是为什么？"

宇宙女神说："那是一个生物的十三个眼睛。"

王勇深深地陷入了无言之中，全身绷紧，睁大眼睛仰望着光环的方向。

宇宙女神也转头仰望同一个方向，这一次，她的眼神不再自信傲然，而变得与王勇一样："它正在追赶吞噬我的同族，把天河吸入口中，我们毫无反抗之力，仿佛生来就是为了给它吃的。如果以你熟悉的时间计量来算的话，大约再过四百万年就会到我这里。那么，它是否在宇宙中有同类？它是无知的贪吃蠢猪吗，还是智力又比我等高出一大层次，乃至无法沟通？又有什么样的存在，会以它为食？"

王勇一时觉得仿佛喉咙被噎住了，好容易才把这种感觉咽下去。他鼓起勇气说："我会帮你探明那些问题的答案，也想帮助你逃脱被吞噬的命运。"

宇宙女神望着他嫣然一笑，眼神中也仿佛有璀璨星斗："你果然很敢想，我对你们充满期待。"

她话音未落，突然露台围墙的小门被撞开，好几个女子挤在一起跌了进来。

"哎哟！"

"我说了，不要推！"安珀骂道。

"我也说了，该换我偷听了！"女儿叫道。

王勇："……"

只能说，意念交会的交流方式，用来吵架的话，真的很吵。

影子看到偷听已经败露，径直跑到王勇面前，张牙舞爪地说：

“我不服。她虽然在梦里是女神，但是在这个世界也只不过是一条小鱼罢了。她不应该搞什么特殊。”

看着宇宙女神笑嘻嘻地和她们闹在一起，他感到胸口一阵温暖，鼻子又一阵发酸。

眼前这个无限未知的浩瀚宇宙，仍然不一定是真实世界。或许下一刻王勇就又会醒来。但他已经把她们和更多的人用心地记在脑海之中，这是他最大的决心所在。

即便他会再次失去整个世界，他也会尽全力记住那些他牵挂的人。

就在这时，他听到了几个飘渺灵动的音符，仿佛竖琴的和弦。虽然这里是完全真空的外层空间，但琴声清晰可闻。

王勇浑身一震，连忙左右张望。

母亲注意到他的脸色有异，关切地问：“怎么了?”

他轻轻摇头，说：“没什么。”